HEYNE
ÜCHER

DOUGLAS ADAMS

DAS LEBEN, DAS UNIVERSUM UND DER GANZE REST

Roman

Aus dem Englischen
von Benjamin Schwarz

WILHELM HEYNE VERLAG
MÜNCHEN

HEYNE ALLGEMEINE REIHE
Nr. 01/12194

Titel der Originalausgabe
LIFE, THE UNIVERSE AND EVERYTHING
erschien bei Pan Books Ltd., London

Umwelthinweis:
Dieses Buch wurde auf
chlor- und säurefreiem Papier gedruckt

Wilhelm Heyne Verlag GmbH & Co. KG, München
Printed in Germany 2000
Umschlagillustration: Hendrik Dorgathen, Mühlheim
Vignette: Christian Moser, München
Umschlaggestaltung: Nele Schütz Design, München
Druck und Bindung: Elsnerdruck, Berlin

ISBN: 3-453-17069-5

http://www.heyne.de

Für Sally

Das Leben, das Universum und der ganze Rest
ist die Fortsetzung von
Das Restaurant am Ende des Universums,
das die Fortsetzung von
Per Anhalter durch die Galaxis ist.

1

Sein frühmorgendlicher Entsetzensschrei war der Laut, mit dem Arthur Dent üblicherweise erwachte und sich mit einem Schlag erinnerte, wo er war.

Nicht nur, daß die Höhle kalt war; nicht nur, daß sie feucht und stickig war. Es war der Umstand, daß die Höhle mitten in Islington lag und der nächste Bus erst in zwei Millionen Jahren ging.

Die Zeit ist der ungeeignetste Ort, wenn man mal so sagen darf, an dem man verlorengehen kann. Arthur Dent konnte das bestätigen, denn er war schon sowohl in der Zeit als auch im Raum verlorengegangen. Wenn man im Raum verlorenging, blieb einem wenigstens was zu tun.

Er war nach einer verzwickten Reihe von Ereignissen, bei denen er in bizarreren Gegenden der Galaxis, als er sie sich auch nur im Traum hätte vorstellen können, abwechselnd angeschnauzt und beleidigt worden war, auf der prähistorischen Erde hängengeblieben, und wenn sein Leben jetzt auch sehr sehr still geworden war, so fühlte er sich doch immer noch ganz schön hippelig.

Er war nun schon fünf Jahre lang nicht mehr angeschnauzt worden.

Und da er auch kaum jemanden zu Gesicht bekommen hatte, seit er und Ford Prefect sich vor vier Jahren getrennt hatten, war er auch die ganze Zeit nicht beleidigt worden.

Bis auf ein einziges Mal.

Es war an einem Frühlingsabend vor ungefähr zwei Jahren gewesen.

Er kam gerade kurz nach Dunkelwerden zu seiner Höhle zurück, als er Lichter bemerkte, die gespenstisch durch die Wolken blinkten. Er drehte sich um und starrte nach oben, und Hoffnung keimte ihm plötzlich im Herzen. Rettung. Des Schiffbrüchigen sehnsüchtigster Traum – ein Raumschiff.

Und während er noch so guckte, während er staunend und aufgeregt nach oben starrte, schwebte durch die warme Abendluft lautlos und ohne viel Tamtam ein langes, silbernes Raumschiff herab, dessen lange Beine sich in einem präzisen technischen Ballett entfalteten.

Es setzte sanft auf dem Boden auf, und das leise Brummen, das man hatte hören können, erstarb, als sei es von der Abendruhe eingelullt worden.

Eine Rampe wurde ausgefahren.

Licht strömte heraus.

Eine lange Gestalt erschien als Silhouette in der Luke. Sie kam die Rampe herunterspaziert und blieb vor Arthur stehen.

»Du bist ein Trottel, Dent«, sagte sie schlicht und einfach.

Sie sah fremdartig aus, sehr fremdartig. Sie war von ausgesprochen fremdartiger Länge, hatte einen ausgesprochen fremdartig flachen Kopf, ausgesprochen fremdartige, kleine, schlitzige Augen, sie trug verschwenderisch in Falten gelegte goldene Gewänder mit einem ausgesprochen fremdartigen Muster auf dem Kragen und hatte eine bleiche, graugrüne, fremdartige Haut, die jenen strahlenden Schimmer besaß, wie ihn die meisten graugrünen Gesichter nur mit viel Übung und sehr teurer Seife zustande bringen.

Arthur starrte sie verdutzt an.

Die Gestalt betrachtete sich ihn gelassen.

Arthurs erste Anwandlung von Hoffnung und Ängstlichkeit waren sogleich von Erstaunen überwältigt worden, und alle möglichen Gedanken kämpften in diesem Augenblick um die Benutzung seiner Stimmbänder.

»Www ...?« sagte er.

»Ba … ha … ah …«, setzte er hinzu.

»Ra … ru … wah … wer?« brachte er endlich raus und versank in brütendes Schweigen. Jetzt merkte er, daß er, solange er sich erinnern konnte, kein Wort mehr zu jemandem gesagt hatte.

Das fremdartige Wesen runzelte kurz die Stirn und zog etwas zu Rate, was wie eine Art Klemmblock aussah, den es in seiner mageren und spindeldürren, fremdartigen Hand hielt.

»Arthur Dent?« fragte es.

Arthur nickte hilflos.

»Arthur *Philip* Dent?« fuhr die fremdartige Gestalt in einer Art durchdringendem Kläffen fort.

»Äh … äh … ja … äh … äh …«, bestätigte Arthur.

»Du bist ein Trottel«, wiederholte die fremdartige Gestalt, »ein richtiges Arschloch.«

»Äh …«

Das Wesen nickte sich bestätigend zu, setzte ein ausgesprochen fremdartiges Häkchen auf seinen Klemmblock und kehrte rasch wieder zu seinem Raumschiff um.

»Äh …«, sagte Arthur verzweifelt, »äh …«

»Red nicht so mit mir«, kläffte das fremdartige Wesen. Es schritt die Rampe hoch, kroch durch die Luke und verschwand im Raumschiff. Das Schiff schloß sich. Es begann, tief und pulsierend zu brummen.

»Äh, he!« schrie Arthur und rannte hilflos darauf zu.

»Warte doch mal!« rief er. »Was soll das denn heißen? Was? Warte doch mal!«

Das Schiff stieg in die Höhe, als lasse es sein Gewicht wie einen Mantel zu Boden fallen, und blieb für einen Moment zögernd in der Luft hängen. Dann schoß es sehr sonderbar in den Abendhimmel hinauf. Es flog durch die Wolken, die es kurz hell aufleuchten ließ, und dann war es weg, und Arthur, der hilflos einen kleinen Tanz aufführte, stand mitten in der Unermeßlichkeit des vielen Landes alleine da.

»Was?« kreischte er. »Was? Was? He, was? Komm sofort zurück und sag's noch mal!«

Er sprang und tanzte herum, bis ihm die Beine zitterten, und schrie, bis es in seinen Lungen kratzte. Niemand gab ihm Antwort.

Es war niemand da, der ihn hören oder mit ihm hätte reden können.

Das fremdartige Raumschiff donnerte bereits auf die oberen Schichten der Atmosphäre zu, hinaus in die entsetzliche Leere, die die ungeheuer wenigen Dinge, die es im Universum gibt, voneinander trennt.

Sein Besitzer, der Fremde mit dem kostspieligen Teint, lehnte sich in seinem Sitz zurück. Sein Name war Wowbagger der Unendlich Verlängerte. Er war ein Mann mit Vorsätzen. Nicht sehr guten Vorsätzen, wie er als erster zuzugeben bereit gewesen wäre, aber es waren wenigstens Vorsätze, und sie hielten ihn wenigstens auf Trab.

Wowbagger der Unendlich Verlängerte war – das heißt, ist – einer der ganz wenigen Unsterblichen im Universum.

Diejenigen, die unsterblich geboren werden, wissen instinktiv, wie sie damit fertig werden, aber Wowbagger gehörte nicht zu ihnen. Im Grunde haßte er sie inzwischen, dieses Rudel heiter-gelassener Arschlöcher. Ihm war seine Unsterblichkeit versehentlich durch einen Unglücksfall mit einem Teilchenbeschleuniger, einem flüssigen Mittagessen und ein paar Gummiringen aufgehalst worden. Die genauen Einzelheiten des Unglücks spielen keine Rolle, weil es niemandem mehr gelungen ist, die Umstände, unter denen es dazu gekommen war, noch mal genauso eintreten zu lassen, und viele Leute, die es versuchten, haben schließlich sehr dämlich aus der Wäsche geguckt oder tot oder beides.

Wowbagger schloß gereizt und müde die Augen, stellte an seinem Stereoradio ein bißchen leisen Jazz ein und überlegte, daß er sich damit abfinden könnte. Wenn's die

Sonntagnachmittage nicht gäbe, hätte er wirklich nichts dagegen einzuwenden.

Zuerst hatte er einen Riesenspaß daran gehabt, er machte sich einen Jux daraus, gefährlich zu leben, Risiken einzugehen, aus hochverzinslichen, langfristigen Kapitalanlagen Riesensummen rauszuschlagen und überhaupt jedermann auf Teufel kaputt zu überleben.

Schließlich waren es die Sonntagnachmittage, mit denen er nicht zu Rande kam, und diese furchtbare Lustlosigkeit, die so um zwei Uhr fünfundfünfzig einzusetzen pflegt, wenn man weiß, daß man alle Vollbäder genommen hat, die man zweckmäßigerweise an einem Tag nehmen kann, daß man, egal wie intensiv man auch auf jeden x-beliebigen Artikel in der Zeitung starrt, ihn niemals wirklich lesen oder die umwerfend neue Beschneidungstechnik anwenden wird, von der in ihm die Rede ist, und daß, während man die Uhr anstiert, die Zeiger unbarmherzig auf vier Uhr vorrücken und die lange, dunkle Teestunde der Seele beginnt.

So verloren die Dinge nach und nach ihren Reiz für ihn. Das vergnügte Lächeln, das er zu anderer Leute Beerdigungen aufzusetzen pflegte, verging allmählich. Er begann, alles zu verachten – das Universum im allgemeinen und jedermann darin im besonderen.

Und genau das war der Punkt, an dem er seinen Vorsatz faßte, die Sache, die ihn in Schwung halten würde und ihn, soweit er sehen konnte, auf ewig in Schwung halten würde. Es war dies:

Er würde das Universum beschimpfen.

Das heißt, er würde jedermann darin beschimpfen. Individuell, persönlich, einen nach dem anderen und (worüber er wirklich freudig mit den Zähnen knirschte) in alphabetischer Reihenfolge.

Als ihm die Leute widersprachen, wie sie es manchmal taten, daß der ganze Plan nicht nur unbedacht, sondern schlichtweg unmöglich sei wegen all der Leute, die immerfort geboren werden und sterben, da fixierte er sie bloß eiskalt und sagte: »Ein Mann darf doch noch träumen, oder?«

Und so hatte er losgelegt. Er rüstete ein solide gebautes Raumschiff mit einem Computer aus, der die ganze Datenbearbeitung schaffen konnte, die er brauchte, um über die gesamte Bevölkerung des bekannten Universums auf dem laufenden zu bleiben und die grauenhaft komplizierten Reiserouten zu errechnen, die sich daraus ergaben.

Sein Schiff flog durch die inneren Orbitalbahnen des Sternensystems Sol davon und machte Anstalten, sich um die Sonne herum zu katapultieren und in den interstellaren Raum zu schleudern.

»Computer«, sagte er.

»Hier«, kreischte der Computer.

»Wohin als nächstes?«

»Wird gerade ausgerechnet.«

Wowbagger blickte einen Moment lang auf das grandiose Geschmeide der Nacht, die Billionen winziger Diamantenwelten, die die unendliche Finsternis mit Licht bestäubten. Ein jeder, jeder einzelne lag auf seinem Weg. Die meisten von ihnen würde er Millionen Male hintereinander besuchen.

Einen Moment lang stellte er sich seine Reiseroute vor, indem er alle Pünktchen am Himmel miteinander verband wie bei dem Kinderspiel mit den numerierten Punkten. Er hoffte, daß das von irgendeinem günstigen Punkt im Universum aus gesehen ein ganz, ganz unanständiges Wort ergäbe.

Der Computer piepte tonlos, um anzuzeigen, daß er mit seinen Berechnungen fertig war.

»Folfanga«, sagte er. Und piepte.

»Vierter Stern im System Folfanga«, fuhr er fort. Und piepte wieder.

»Voraussichtliche Reisezeit drei Wochen«, redete er weiter. Und piepte wieder.

»Dort treffen wir auf einen kleinen Rabauken«, er piepte, »vom Stamm der A-Rth-Urp-Hil-Ipdenu.«

»Ich glaube«, setzte er nach einer kleinen Pause hinzu, während der er piepte, »du hattest beschlossen, ihn einen hirnlosen Arsch zu nennen.«

Wowbagger grunzte. Einen Augenblick lang oder zwei besah er sich die Majestät der Schöpfung vor seinem Fenster.

»Ich glaube, ich mache ein kleines Nickerchen«, sagte er und fügte hinzu: »Welche Sendebereiche werden wir die nächsten paar Stunden durchfliegen?«

Der Computer piepte.

»Kosmovid, Denkpix und Home Brain Box«, sagte er und piepte.

»Irgendwelche Filme, die ich nicht schon dreißigtausendmal gesehen habe?«

»Nein.«

»Ähä.«

»Es gibt *Angst im Raum*. Den hast du bloß dreiunddreißigtausendfünfhundertsiebzehnmal gesehen.«

»Weck mich zur zweiten Rolle.«

Der Computer piepte.

»Schlaf gut«, sagte er.

Das Raumschiff flog weiter durch die Nacht.

Inzwischen fing es auf der Erde an, in Strömen zu regnen, und Arthur Dent saß in seiner Höhle und erlebte einen der absolut miesesten Abende seines ganzen Lebens, während ihm alles mögliche durch den Kopf ging, was er dem Fremden hätte sagen können, und er dabei Fliegen zerquetschte, die ebenfalls einen miesen Abend hatten.

Am nächsten Tag machte er sich aus Kaninchenfell einen Beutel, weil er meinte, er könne ihm von Nutzen sein, um irgendwas darin aufzubewahren.

2

Der Morgen – es sind inzwischen zwei Jahre vergangen – war lieblich und aromatisch, als Arthur aus der Höhle kroch, die er sein Zuhause nannte, bis er eine bessere Bezeichnung für sie fände oder eine bessere Höhle.

Obwohl ihm die Kehle wieder wehtat von seinem frühmorgendlichen Entsetzensschrei, war er plötzlich irrsinnig guter Laune. Er wickelte sich fest in seinen abgewetzten Morgenmantel und strahlte den hellen Morgen an.

Die Luft war klar und duftete, eine Brise huschte leicht durch das hohe Gras rings um seine Höhle, die Vögel zwitscherten sich gegenseitig zu, die Schmetterlinge flatterten hübsch in der Gegend herum, und die ganze Natur schien sich zu verschwören, so liebenswürdig wie nur möglich zu sein.

Dennoch waren es nicht diese ländlichen Freuden, weswegen Arthur sich so fröhlich fühlte. Ihm war nur eben eine fabelhafte Idee gekommen, wie er mit der schrecklichen Einsamkeit fertig werden könnte, mit den Alpträumen, dem Scheitern aller seiner Versuche, einen Garten zustande zu bringen, und mit der absoluten Zukunftslosigkeit und Sinnlosigkeit seines Lebens hier auf der prähistorischen Erde. Und die Idee war, daß er einfach verrückt würde.

Er setzte wieder sein Strahlen auf und nahm einen Happen von einem Kaninchenbein, das noch vom Abendbrot übrig war. Eine Weile kaute er glücklich darauf herum, dann beschloß er, seine Entscheidung feierlich zu verkünden.

Er stellte sich gerade hin und blickte der Welt fest in ihre Felder und Berge. Um seinen Worten Gewicht zu verleihen, steckte er sich den Kaninchenknochen in die Haare. Er breitete die Arme weit aus.

»Ich werde verrückt!« verkündete er.

»Gute Idee«, sagte Ford Prefect und kletterte von dem Felsen, auf dem er gesessen hatte.

Arthurs Gehirn vollführte Luftsprünge. Sein Kiefer machte Liegestütze.

»Ich war 'ne Zeitlang verrückt«, sagte Ford, »hat mir wahnsinnig gut getan.«

Arthurs Augen schlugen Rad.

»Du siehst«, sagte Ford, »…«

»Wo warst du denn?« unterbrach ihn Arthur, sobald sein Kopf mit Denken fertig war.

»Überall«, sagte Ford, »hier und dort.« Er grinste in einer Art, von der er genau wußte, daß sie zum Die-Wände-Hochgehen war. »Ich ließ meinen Geist einfach 'ne Weile überschnappen. Ich war der Meinung, wenn die Welt mich dringend genug brauchte, würde sie sich schon melden. Und das tat sie.«

Er nahm aus seinem inzwischen furchtbar schäbigen und abgewetzten Beutel den Sub-Etha-Sens-O-Matic.

»Wenigstens«, sagte er, »denke ich das. Der Kerl hier hat ein paar Tönchen gemacht.« Er schüttelte ihn. »Wenn es falscher Alarm war, werde ich verrückt«, sagte er. »Wieder verrückt.«

Arthur schüttelte den Kopf und setzte sich. Er sah auf.

»Ich dachte, du wärst tot …«, sagte er schlicht.

»Das war ich auch 'ne Weile«, sagte Ford, »und dann beschloß ich, für ein paar Wochen eine Zitrone zu sein. Die ganze Zeit hatte ich wahnsinnigen Spaß dran, in ein Gin-Tonic und wieder raus zu springen.«

Arthur räusperte sich und räusperte sich gleich noch mal.

»Wo«, sagte er, »hast du denn …?«

»Ein Gin-Tonic gefunden?« fragte Ford heiter. »Ich fand einen kleinen See, der meinte, er bestünde aus Gin-Tonic, und ich sprang rein und wieder raus. Zumindest glaube ich, er meinte, er bestünde aus Gin-Tonic.«

»Vielleicht«, setzte er mit einem Grinsen hinzu, das besonnene Leute hätte auf einen Baum raufsausen lassen, »habe ich mir's auch bloß eingebildet.«

Er wartete auf eine Reaktion von Arthur, aber Arthur war nicht so dumm.

»Erzähl weiter«, sagte er gleichmütig.

»Der Sinn der ganzen Sache ist, verstehst du«, sagte Ford, »daß es sinnlos ist, sich verrückt zu machen, indem man versucht, sich davor zu bewahren, verrückt zu werden. Da könnte man genausogut einfach klein beigeben und sich die Vernunft für später aufheben.«

»Und du bist also wieder ganz bei Verstand, oder?« sagte Arthur. »Ich frag' bloß aus Interesse.«

»Ich war in Afrika«, sagte Ford.

»Ja?«

»Ja.«

»Wie war's da?«

»Und das hier ist also deine Höhle?« fragte Ford.

»Äh, ja«, sagte Arthur. Er fühlte sich sehr sonderbar. Nach fast vier Jahren totaler Isolierung war er so erfreut und erleichtert, Ford wiederzusehen, daß er fast geheult hätte. Andererseits war Ford jemand, der einem sofort auf den Wecker ging.

»Sehr nett«, sagte Ford mit einem Blick auf Arthurs Höhle. »Sie muß dich doch einfach ankotzen.«

Arthur machte sich nicht die Mühe zu antworten.

»Afrika war sehr interessant«, sagte Ford, »ich hab' mich da ganz drollig benommen.«

Er starrte gedankenvoll in die Ferne.

»Ich fing plötzlich an, grausam zu Tieren zu sein«, sagte er leichthin. »Aber nur«, setzte er hinzu, »zum Spaß.«

»O ja«, sagte Arthur vorsichtig.

»Ja«, versicherte ihm Ford. »Ich möchte dich nicht mit Details belästigen, denn sie würden ...«

»Ja?«

»... dich belästigen. Aber es wird dich vielleicht interessieren, daß ich allein für die endgültige Form des Tieres verantwortlich bin, das du in späteren Jahrhunderten als die Giraffe kennengelernt hast. Und ich habe versucht, fliegen zu lernen. Glaubst du mir das?«

»Erzähl's mir«, sagte Arthur.

»Ich erzähl's dir später. Ich will nur so viel verraten, daß der *Anhalter* sagt ...«

»Der ...«

»Der *Anhalter*. Der Reiseführer *Per Anhalter durch die Galaxis*. Erinnerst du dich nicht?«

»Doch. Ich erinnere mich, daß ich ihn in den Fluß geworfen habe.«

»Ja«, sagte Ford, »und ich habe ihn wieder rausgefischt.«

»Das hast du mir gar nicht gesagt.«

»Ich wollte nicht, daß du ihn noch mal reinwirfst.«

»Da hast du recht«, gab Arthur zu. »Und er sagt?«

»Was?«

»Der *Anhalter*, was sagt er?«

»Der *Anhalter* sagt, es ist eine Kunst zu fliegen«, sagte Ford, »oder vielmehr ein Trick. Der Trick ist, daß man lernt, wie man sich auf den Boden schmeißt, aber daneben.« Er lächelte schwach. Er zeigte auf die Knie seiner Hose und hob die Arme, um Arthur seine Ellbogen zu zeigen. Sie waren nichts als Löcher.

»Bis jetzt bin ich damit nicht sehr weit gekommen«, sagte er. Er streckte die Hand aus. »Ich freue mich sehr, dich wiederzusehen, Arthur«, fügte er hinzu.

Arthur schüttelte in einer plötzlichen Anwandlung von Rührung und Verwirrung den Kopf.

»Ich habe jahrelang niemanden zu Gesicht gekriegt«, sagte er, »niemanden. Ich weiß kaum noch, wie man redet. Immer wieder vergesse ich Wörter. Ich übe, verstehst du? Ich übe, indem ich zu diesen Dingen rede ... zu diesen ... wie heißen denn diese Dinge, zu denen man nicht reden darf, weil sonst die Leute glauben, man wäre verrückt? Wie Georg der Dritte.«

»Könige?« schlug Ford vor.

»Nein, nein«, sagte Arthur. »Die Dinge, zu denen er immer geredet hat. Wir sind umgeben davon, Himmelherrgottsakra. Ich habe selber Hunderte gepflanzt. Sie sind alle eingegangen. Bäume! Ich übe, indem ich mit Bäumen rede. Was ist damit?«

Ford hielt immer noch die Hand ausgestreckt. Arthur sah sie verständnislos an.

»Schütteln«, soufflierte Ford.

Das tat Arthur, zuerst ängstlich, als könnte sie sich plötzlich in einen Fisch verwandeln. Dann packte er sie fest mit beiden Händen, durch und durch überwältigt und erleichtert. Er schüttelte sie und schüttelte sie.

Nach einer Weile hielt Ford es für angebracht, sie wieder wegzuziehen. Sie stiegen auf die Spitze eines nahegelegenen Felsens und betrachteten die Szene ringsumher.

»Was ist eigentlich aus den Leuten aus Golfafrincham geworden?« fragte Ford.

Arthur zuckte die Schultern.

»Viele haben's nicht über den Winter vor drei Jahren geschafft«, sagte er, »und die paar, die übrigblieben, sagten im Frühjahr, sie brauchten unbedingt Ferien und hauten mit einem Floß ab. Die Geschichte lehrt uns, daß sie am Leben geblieben sein müssen ...«

»Aha«, sagte Ford, »na ja.« Er stemmte die Hände in die Hüften und sah sich wieder in der leeren Welt um. Plötzlich hatte Ford was Energisches und Entschlossenes.

»Wir gehen mal los«, sagte er aufgeregt und bebte vor Energie.

»Wohin denn? Wie denn?« fragte Arthur.

»Das weiß ich nicht«, sagte Ford, »aber ich habe einfach das Gefühl, daß es die richtige Zeit ist. Es passiert bald etwas. Wir sind schon auf dem Weg.«

Er senkte die Stimme zu einem Flüstern.

»Ich habe«, sagte er, »Störungen im Strudel entdeckt.«

Er blickte angestrengt in die Ferne und sah so aus, als wäre es ihm an dieser Stelle ganz recht, wenn der Wind ihm das Haar dramatisch aus der Stirn blies, aber der Wind war nicht weit entfernt damit beschäftigt, mit ein paar Blättern herumzualbern.

Arthur bat ihn, das gerade Gesagte zu wiederholen, weil der den Sinn nicht genau verstanden habe. Ford wiederholte es.

»Im Strudel?« fragte Arthur.

»Im Raum-Zeit-Strudel!« sagte Ford, und als der Wind in diesem Moment kurz vorbeiwehte, bleckte er die Zähne nach ihm.

Arthur nickte, dann räusperte er sich.

»Meinst du damit«, fragte er vorsichtig, »so was Ähnliches wie einen Vogonen-Apfelkuchen? Oder wovon redest du eigentlich?«

»Von einem Strudel!« sagte Ford, »im Raum-Zeit-Kontinuum, einem sogenannten ›Eddy‹.«

»Ach so«, nickte Arthur, »*er* ist es? Also, *er* ist es?« Er schob die Hände in die Taschen seines Morgenmantels und blickte wissend in die Ferne.

»Was?« sagte Ford.

»Äh, wer«, sagte Arthur, »ist Eddy denn nun eigentlich genau?«

Ford sah ihn gereizt an.

»Hörst du mir endlich mal richtig zu?« keifte er.

»Ich habe ja die ganze Zeit zugehört«, sagte Arthur, »aber ich bin nicht sicher, daß es geholfen hat.«

Ford packte ihn am Kragen seines Morgenmantels und sprach so langsam und deutlich und geduldig zu ihm, als wäre er jemand von der Telefonrechnungsstelle.

»Es scheint ...«, sagte er, »ein paar Stellen zu geben ...«, sagte er, »mit Schwankungen ...«, sagte er, »im Gewebe ...«, sagte er ...

Arthur blickte völlig blödsinnig auf die Stelle seines Morgenmantels, an der Ford ihn festhielt. Ford redete weiter, ehe Arthur den blödsinnigen Blick in eine blödsinnige Bemerkung umsetzen konnte.

»... im Gewebe von Raum und Zeit«, sagte er.

»Ach das«, sagte Arthur.

»Ja, das«, bestätigte Ford.

Sie standen da allein auf einem Berg auf der prähistorischen Erde und starrten sich gegenseitig entschlossen ins Gesicht.

»Und es hat was gemacht?«

»Es«, sagte Ford, »hat Schwankungen hervorgebracht.«

»Tatsächlich?« sagte Arthur, dessen Augen einen Moment lang den Augen Fords nicht auswichen.

»Tatsächlich«, sagte Ford mit ähnlich standhaftem Blick.

»Gut«, sagte Arthur.

»Verstehst du?« sagte Ford.

»Nein«, sagte Arthur.

Eine Weile wurde es ganz still.

»Das Schwierige an dieser Unterhaltung ist«, sagte Arthur nach so was wie einem nachdenklichen Blick, der langsam über sein Gesicht kroch wie ein Bergsteiger, der eine heikle Steilwand erklettert, »daß sie ganz anders ist als die meisten Unterhaltungen, die ich in letzter Zeit hatte. Die, wie ich dir ja erklärt habe, meistens mit Bäumen stattfanden. Sie waren nicht wie diese Unterhaltung hier. Bis auf einige vielleicht mit ein paar Rüstern, die manchmal tief im Sumpf stecken.«

»Arthur«, sagte Ford.

»Hallo? Ja?« sagte Arthur.

»Glaub mir einfach alles, was ich dir sage, und die ganze Sache wird sehr, sehr einfach.«

»Ach, weißt du, ich glaub' dir das nicht, glaub' ich.«

Sie setzten sich und ordneten ihre Gedanken.

Ford holte seinen Sub-Etha-Sens-O-Matic raus. Der gab ein undefinierbares Brummen von sich, und ein kleines Lämpchen an ihm flackerte schwach.

»Macht's die Batterie nicht mehr?« fragte Arthur.

»Nein«, sagte Ford, »eine Störung schwirrt im Raum-Zeit-Gefüge rum, ein Eddy, eine Schwankungszone, und sie ist irgendwo in unserer Nähe.«

»Wo denn?«

Ford bewegte das Gerät langsam in einem leicht zittrigen Halbkreis. Mit einemmal blitzte das Lämpchen auf.

»Dort!« sagte Ford und streckte den Arm aus. »Dort hinter dem Sofa!«

Arthur sah hin. Zu seiner großen Überraschung stand auf dem Feld vor ihnen ein mit Paisley-Samt bezogenes Chesterfield-Sofa. Er glotzte es höchst intelligent an. Pfiffige Fragen kamen ihm urplötzlich in den Sinn.

»Warum«, fragte er, »steht denn dort auf dem Feld ein Sofa?«

»Ich hab's dir doch gesagt!« schrie Ford und sprang auf. »Eddy im Raum-Zeit-Kontinuum!«

»Und das ist sein Sofa?« fragte Arthur, der langsam auf die Beine und, wie er hoffte (allerdings nicht sehr optimistisch), hinter die Bedeutung all dessen kam.

»Arthur!« brüllte Ford ihn an. »Das Sofa steht dort wegen der Schwankung im Raum-Zeit-Gefüge, die zu kapieren ich dein unheilbar erweichtes Hirn die ganze Zeit zu überreden versuche. Es ist aus dem Kontinuum getrudelt, es ist Raum-Zeit-Strandgut, es ist doch egal, was es ist, wir müssen's uns fangen, es ist unsere einzige Möglichkeit, hier wegzukommen!«

Er kletterte schnell den Felsen hinab und rannte über das Feld davon.

»Uns fangen?« murmelte Arthur, dann zog er amüsiert die Stirne kraus, als er sah, wie das Chesterfield-Sofa träge über das Gras davonhopste und -schwebte.

Mit einem Aufschrei gänzlich unerwarteten Entzückens hüpfte er den Felsen hinunter und stürmte aufgeregt hinter Ford und dem widersinnigen Möbel her.

Sie rannten fröhlich durch das Gras, sprangen herum, lachten, riefen sich Anweisungen zu, um das Ding aus der oder jener Richtung zu scheuchen. Die Sonne schien verträumt auf das wogende Gras, und winzige Feldtiere flogen hinter ihnen wie verrückt durch die Luft.

Arthur fühlte sich glücklich. Er war irrsinnig darüber erfreut, daß der Tag endlich mal so ganz nach Plan verlief. Erst vor zwanzig Minuten hatte er beschlossen, verrückt zu werden, und nun jagte er bereits ein Chesterfield-Sofa über die Felder der prähistorischen Erde.

Das Sofa hopste mal hierhin, mal dorthin und schien gleichzeitig so fest wie die Bäume zu sein, an denen es vorüberschwebte, und so nebelhaft wie ein wallender Traum, wenn es wie ein Gespenst durch sie hindurchwehte.

Ford und Arthur trampelten planlos hinter ihm her, aber es wich aus und schlug Haken, als folge es seiner eigenen komplizierten mathematischen Topographie, und das tat es auch. Immer noch rannten sie hinterher, immer noch tanzte und wirbelte es dahin, und plötzlich kehrte es um und duckte sich, als schösse es über den Rand eines Katastrophendiagramms hinweg, und da saßen sie auch schon so gut wie auf ihm. Mit einem Sprung und einem Schrei hüpften sie drauf, die Sonne flutschte weg, sie stürzten durch ein schwindelerregendes Nichts und tauchten unerwartet mitten auf dem Rasen von Lord's Cricket Ground, St. John's Wood, London, auf, und zwar gegen Ende des letzten Meisterschaftsspiels gegen Australien im Jahr neunzehnhundertpaarundachtzig, als England bloß noch achtundzwanzig Runs zum Sieg fehlten.

3 Wichtige Fakten aus der Geschichte der Galaxis, Nr. 1: (Zitiert aus *Des Täglichen Sternenreporters Volkstümliche Geschichte der Galaxis*)

Der Nachthimmel über dem Planeten Krikkit ist der uninteressanteste Anblick im gesamten Universum.

4 Es war ein reizender, ganz bezaubernder Tag, als Ford und Arthur ganz zufällig aus einer Raum-Zeit-Abweichung herauspurzelten und recht unsanft auf den jungfräulichen Rasen von Lord's Cricket Ground fielen.

Der Applaus der Menge war enorm. Er galt nicht ihnen, aber sie verbeugten sich trotzdem instinktiv, was ein Glück war, denn der kleine, schwere, rote Ball, dem die Menge in Wirklichkeit Beifall geklatscht hatte, pfiff nur Millimeter über Arthurs Kopf weg. In der Menge wurde ein Mann ohnmächtig.

Sie warfen sich rückwärts zu Boden, der ganz widerlich um sie zu kreisen schien.

»Was war das?« zischte Arthur.

»Irgendwas Rotes«, zischte Ford zurück.

»Wo sind wir?«

»Äh, auf was Grünem.«

»Formen«, murmelte Arthur. »Ich brauche Formen.«

Dem Applaus der Menge waren schnell das erstaunte Keuchen und das verlegene Gekicher Hunderter von Leuten gefolgt, die sich noch nicht recht entschließen konnten, ob sie, was sie gerade gesehen hatten, glauben wollten oder nicht.

»Ist das euer Sofa?« fragte eine Stimme.

»Was war das?« flüsterte Ford.

Arthur sah auf.

»Irgendwas Blaues«, sagte er.

»Form?« fragte Ford.

Arthur sah noch mal hin.

»Sieht aus«, zischelte er Ford mit wütend gekräuselten Augenbrauen zu, »wie ein Polizist.«

Sie blieben, finstere Blicke um sich werfend, ein paar Augenblicke hocken. Das blaue Ding, das wie ein Polizist geformt war, tippte ihnen beiden auf die Schulter.

»Na los, ihr zwei«, sagte die Form, »dann woll'n wir mal.«

Diese Worte wirkten auf Arthur wie elektrisch. Er sprang hoch wie ein Schriftsteller, der das Telefon klingeln hört, und schoß eine Reihe erschreckter Blicke auf das Panorama um sich her ab, das sich plötzlich in etwas ganz erschreckend Alltägliches verwandelt hatte.

»Wo haben Sie das denn her?« schrie er die Polizistenform an.

»Was haben Sie gesagt?« fragte die Form erstaunt.

»Das hier ist doch Lord's Cricket Ground, oder vielleicht nicht?« schnappte Arthur. »Wo haben Sie das gefunden, wie haben Sie es hierher gekriegt? Ich denke«, setzte er hinzu und faßte sich an die Stirn, »ich beruhige mich am besten erstmal.«

Er setzte sich unversehens vor Ford hin.

»Es ist ein Polizist«, sagte er. »Was machen wir jetzt?«

Ford zuckte die Achseln.

»Was willst *du* denn machen?« fragte er.

»Ich will«, sagte Arthur, »daß du mir sagst, daß ich die letzten fünf Jahre geträumt habe.«

Ford zuckte wieder mit den Schultern und tat wie geheißen.

»Du hast die letzten fünf Jahre geträumt«, sagte er.

Arthur erhob sich.

»In Ordnung, Herr Wachtmeister«, sagte er. »Ich habe die letzten fünf Jahre nur geträumt. Fragen Sie ihn«, fügte er hinzu, »er kam drin vor.«

Nach diesen Worten schlenderte er gemütlich auf den Rand des Spielfelds zu, während er seinen Morgenmantel glattstrich. Da bemerkte er plötzlich seinen Morgenmantel und blieb stehen. Er starrte ihn an. Er stürzte auf den Polizisten los.

»Und wo habe ich die Sachen hier her?« zeterte er.

Er klappte zusammen und lag zuckend auf dem Rasen.

Ford schüttelte den Kopf.

»Er hat schlimme zwei Millionen Jahre hinter sich«, sagte er zu dem Polizisten. Zusammen hoben sie Arthur auf das Sofa, schafften ihn vom Rasen und wurden nur kurz unterbrochen, als das Sofa plötzlich mittendrin verschwand.

Die Reaktion des Publikums auf all das waren zahlreich und vielfältig. Die meisten von ihnen sahen sich dem Anblick nicht gewachsen und hörten sich das Ganze statt dessen im Radio an.

»Tja, das ist ein interessanter Zwischenfall, Brian«, sagte ein Rundfunkreporter zum anderen. »Ich glaube, es hat keine irgendwie gearteten rätselhaften Materialisierungen auf dem Kricketrasen mehr seit ... o seit ... also ich glaube, es hat überhaupt noch keine ... Hat es doch? ... Woran ich mich erinnere?«

»Edgbaston 1932?«

»Ach, was ist denn damals gesehen ...?«

»Ja, Peter, ich glaube, es war, als Wilcox gegen Canter

gerade von der Pavillonseite her werfen wollte, da rannte plötzlich ein Zuschauer genau übers Spielfeld.«

Es entstand eine Pause, während der erste Reporter darüber nachdachte.

»Ja … a … a …«, sagte er, »ja, aber daran ist doch wirklich nichts besonders Mysteriöses, nicht? Er hat sich doch eigentlich nicht materialisiert, oder? Er rannte einfach über den Rasen.«

»Ja, das stimmt, aber er behauptete, *gesehen* zu haben, wie sich etwas auf dem Rasen materialisierte.«

»Ach, wirklich?«

»Ja. Ein Krokodil, glaube ich, ein Krokodil irgendeiner Spezies.«

»Ach. Und hatte es sonst noch jemand bemerkt?«

»Offenbar nicht. Und es bekam niemand eine genaue Beschreibung aus ihm heraus, deshalb wurde auch nur ganz oberflächlich danach gesucht.«

»Und was passierte mit dem Mann?«

»Tja, ich glaube, jemand erbot sich, ihn mitzunehmen und ihm irgendwas zu Mittag zu spendieren, aber er beteuerte, er habe schon gegessen, und zwar ziemlich gut, deshalb wurde die ganze Sache fallengelassen, und Warwickshire siegte schließlich mit drei Wickets Unterschied.«

»Also ganz was anderes als die Geschichte hier. Denn diejenigen von Ihnen, die sich gerade eingeschaltet haben, wird es vielleicht interessieren, daß äh … zwei Männer, zwei ziemlich schäbig gekleidete Männer und ja, wirklich, ein Sofa … ein Chesterfield, habe ich recht?«

»Ja, ein Chesterfield.«

»Sich hier gerade mitten auf Lord's Cricket Ground materialisiert haben. Aber ich glaube, sie hatten damit gar nichts Böses im Sinn, sie waren vollkommen gutmütig und …«

»Entschuldigung, darf ich kurz unterbrechen, Peter, und sagen, daß das Sofa eben verschwunden ist.«

»Tatsächlich. Na, ein Rätsel weniger. Trotzdem ist es zweifellos eins für die Kricketchroniken, vor allem, weil es sich in diesem dramatischen Spielaugenblick ereignete, wo England nur noch vierundzwanzig Runs braucht, um das Turnier zu gewinnen. Die Männer verlassen jetzt in Begleitung eines Polizeiwachtmeisters den Rasen, und ich denke, alle werden sich nun wieder beruhigen, und das Spiel wird gleich weitergehen.«

»Also, Sir«, sagte der Polizist, nachdem sie sich durch die neugierige Menge einen Weg gebahnt und Arthurs friedlich inaktiven Leib auf eine Decke gelegt hatten, »vielleicht haben Sie die Güte und erzählen mir, wer Sie sind, woher Sie kommen und was die kleine Szene sollte.«

Ford sah einen Augenblick zu Boden, als versuche er, sich zu irgendwas zu sammeln, dann richtete er sich auf und warf dem Polizisten einen Blick zu, der ihn mit der ganzen Gewalt jedes einzelnen Zentimeters der ganzen sechs Lichtjahre Entfernung zwischen der Erde und Fords Heimat in der Nähe der Beteigeuze traf.

»Okay«, sagte Ford sehr ruhig, »ich werd's Ihnen erzählen.«

»Ja, also, das ist vielleicht nicht nötig«, sagte der Polizist hastig, »nur sehen Sie zu, daß es nicht noch mal vorkommt, egal, was es auch war.« Der Polizist drehte sich um und spazierte davon auf der Suche nach jemandem, der nicht von der Beteigeuze stammte. Zum Glück war der Platz voll davon.

Arthurs Bewußtsein näherte sich seinem Körper wie von weit her und äußerst widerstrebend. Es hatte da drin schon entsetzliche Zeiten mitgemacht. Langsam und ängstlich schlüpfte es hinein und setzte sich auf seinen gewohnten Platz.

Arthur setzte sich auf.

»Wo bin ich?« fragte er.

»Lord's Cricket Ground«, sagte Ford.

»Großartig«, sagte Arthur, und sein Bewußtsein eilte

noch mal nach draußen, um kurz Luft zu holen. Sein Körper sackte hintenüber auf den Rasen.

Zehn Minuten später saß er im Erfrischungszelt über eine Tasse Tee gebeugt, und in sein verstörtes Gesicht kam langsam wieder Farbe.

»Wie fühlst du dich jetzt?« sagte Ford.

»Ich bin zu Hause«, sagte Arthur heiser. Er schloß die Augen und atmete gierig den Dampf seines Tees ein, als handele es sich um – tja, Arthur empfand es so, als handele es sich um Tee, worum es sich auch handelte.

»Ich bin zu Hause«, wiederholte er, »zu Hause. Es ist England, es ist heute, der Alptraum ist vorbei.« Er machte die Augen wieder auf und lächelte heiter. »Ich bin, wo ich hingehöre«, sagte er gefühlvoll flüsternd.

»Zweierlei sollte ich dir meiner Meinung nach sagen«, sagte Ford und schob ihm den *Guardian* über den Tisch.

»Ich bin zu Hause«, sagte Arthur.

»Ja«, sagte Ford. »Das eine ist«, sagte er und zeigte auf das Datum auf dem Kopf der Zeitung, »daß die Erde in zwei Tagen vernichtet wird.«

»Ich bin zu Hause«, sagte Arthur. »Tee«, sagte er, »Kricket«, fügte er vergnügt hinzu, »gemähter Rasen, Holzbänke, weiße Leinenjacken, Bierdosen …«

Allmählich konzentrierten sich seine Augen auf die Zeitung. Er drehte den Kopf mit leicht gerunzelter Stirn zur Seite.

»Die habe ich doch schon mal gesehen«, sagte er. Seine Augen wanderten langsam zum Datum hinauf, auf das Ford gelangweilt mit dem Finger tippte. Sein Gesicht wurde ein, zwei Sekunden lang zu Eis und begann dann, die schrecklich langsame Einsturznummer vorzuführen, die Eisschollen in der Arktis im Frühjahr so frappierend drauf haben.

»Und das zweite ist«, sagte Ford, »daß du anscheinend einen Knochen im Bart hängen hast.« Er schob seinen Tee zurück.

Vor dem Erfrischungszelt schien die Sonne auf ein zufriedenes Publikum. Sie schien auf weiße Hüte und rote Gesichter. Sie schien auf Eislollies und brachte sie zum Schmelzen. Sie schien auf die Tränen kleiner Kinder, deren Eislollies gerade geschmolzen und vom Stiel gefallen waren. Sie schien auf die Bäume, sie blitzte von wirbelnden Kricketschlägern, sie strahlte von dem äußerst ungewöhnlichen Gegenstand zurück, der hinter den Sichtblenden parkte und den niemand bemerkt zu haben schien. Sie glühte auf Ford und Arthur herunter, als sie blinzelnd aus dem Erfrischungszelt kamen und die Szene um sie her betrachteten.

Arthur zitterte.

»Vielleicht«, sagte er, »sollte ich ...«

»Nein«, erwiderte Ford scharf.

»Was denn?« sagte Arthur.

»Versuche nicht, dich selber zu Hause anzurufen.«

»Wieso wußtest du denn, daß ...?«

Ford zuckte die Schultern.

»Aber warum eigentlich nicht?« sagte Arthur.

»Leute, die mit sich selbst telefonieren«, sagte Ford, »erfahren nie etwas für sie Nützliches dabei.«

»Aber ...«

»Paß auf«, sagte Ford. Er griff zu einem imaginären Telefon und wählte eine imaginäre Nummer.

»Hallo?« sagte er in den imaginären Hörer. »Ist dort Arthur Dent? Ah, hallo, ja. Hier spricht Arthur Dent. Nicht auflegen.«

Enttäuscht betrachtete er das imaginäre Telefon.

»Er hat aufgelegt«, sagte er, zuckte die Achseln und legte den imaginären Telefonhörer wieder ordentlich auf die imaginäre Gabel.

»Das hier ist nicht meine erste Zeitanomalie«, setzte er hinzu.

Eine verdrießliche Miene ersetzte die vorher schon verdrießliche Miene auf Arthur Dents Gesicht.

»Also, wir sind nicht zu Hause und sitzen nicht hoch und trocken«, sagte er.

»Man könnte von uns noch nicht mal behaupten«, sagte Ford, »daß wir zu Hause sind und uns kräftig abtrocknen.«

Das Spiel ging weiter. Der Werfer näherte sich mit langen Schritten der Bahn, trabte los und rannte schließlich. Er explodierte plötzlich zu einem Wirbel aus Armen und Beinen, aus dem ein Ball flog. Der Schlagmann drehte sich herum und drosch ihn hinter sich über die Sichtblende. Fords Augen folgten der Kurve, die der Ball beschrieb, und zuckten einen Augenblick. Er erstarrte. Wieder blickte er die Flugbahn des Balls entlang, und wieder zuckten seine Augen.

»Das ist nicht mein Handtuch«, sagte Arthur, der in seinem Kaninchenfellbeutel herumkramte.

»Schsch«, sagte Ford. Er kniff seine Augen gespannt zusammen.

»Ich habe ein golgafrinchanisches Jogging-Handtuch«, fuhr Arthur fort, »es war blau mit gelben Sternen. Das hier ist es nicht.«

»Schsch«, sagte Ford noch einmal. Er bedeckte die Augen mit der Hand und guckte mit dem anderen.

»Das hier ist rosa«, sagte Arthur, »deins ist es auch nicht, oder?«

»Es wäre schön, wenn du aufhören würdest, wegen deines Handtuchs rumzulabern«, sagte Ford.

»Es ist aber nicht mein Handtuch«, beharrte Arthur, »das ist ja der Punkt, den ich dir …«

»Und der Punkt, wo ich dich bitten möchte, das Gequatsche darüber einzustellen«, fuhr Ford mit leisem Knurren fort, »ist jetzt.«

»In Ordnung«, sagte Arthur und stopfte es wieder in den unbeholfen zusammengenähten Kaninchenfellbeutel. »Mir ist klar, daß das kosmisch gesehen wahrscheinlich unwichtig ist, aber komisch ist es, das ist alles. Plötzlich ein rosa Handtuch statt eines blauen mit gelben Sternen.«

Ford begann, sich sehr merkwürdig zu benehmen, oder vielmehr begann er eigentlich nicht, sich merkwürdig zu benehmen, sondern er begann, sich auf eine Art und Weise zu benehmen, die merkwürdig anders war als die sonstigen merkwürdigen Arten und Weisen, auf die er sich normalerweise benahm. Was er tat, war folgendes. Ohne auf die amüsierten Blicke zu achten, die das bei den umstehenden Artgenossen der Menschenmenge hervorrief, die sich um das Spielfeld drängte, wischte er sich mit den Händen in eckigen Bewegungen über das Gesicht, duckte sich hinter irgendwelche Leute, sprang hinter anderen in die Höhe, stand dann still und zwinkerte furchtbar mit den Augen. Wenig später pirschte er sich langsam und unauffällig vor, wobei er erstaunt und konzentriert die Stirn runzelte wie ein Leopard, der nicht genau weiß, ob er nicht gerade eine Meile entfernt, jenseits von einer heißen, staubigen Ebene, eine halbleere Dose Katzenfutter erspäht hat.

»Das ist auch gar nicht mein Beutel«, sagte Arthur plötzlich.

Der Zauber war gebrochen, Fords gebannte Aufmerksamkeit verflogen. Wütend drehte er sich zu Arthur um.

»Ich meinte eben nicht mein Handtuch«, sagte Arthur. »Wir haben festgestellt, daß das nicht meins ist. Es ist nur so, daß der Beutel, in den ich das Handtuch, das nicht meins ist, stecken wollte, auch nicht meiner ist, obwohl er ihm ungeheuer ähnlich sieht. Persönlich bin ich nun der Meinung, daß das äußerst seltsam ist, besonders weil ich mir auf der prähistorischen Erde den Beutel selbst gemacht habe. Das hier sind auch nicht meine Steine«, setzte er hinzu und zog ein paar flache, graue Steine aus dem Beutel. »Ich wollte gerade eine Sammlung interessanter Steine anlegen, aber die hier sind, wie jeder sehen kann, sehr langweilig.«

Ein erregter Schrei brandete durch die Menge und übertönte, was auch immer Ford als Antwort auf diese Mitteilung gesagt haben mochte. Der Kricketball, der diese Reaktion hervorgerufen hatte, fiel vom Himmel genau in Arthurs mysteriösen Kaninchenfellbeutel.

»Ich würde sagen, das eben war doch auch sehr sonderbar«, sagte Arthur, der schnell den Beutel zumachte und so tat, als suche er den Boden nach dem Ball ab.

»Ich glaube, hier ist er nicht«, sagte er zu den kleinen Jungs, die sich im selben Augenblick um ihn scharten, um sich an der Suche zu beteiligen, »wahrscheinlich ist er irgendwohin gerollt. Ich nehme an, dort drüben hin.« Er deutete vage in die Richtung, in die er sie am liebsten hätte abzwitschern sehen. Einer der Jungs sah ihn höhnisch an.

»Alles in Ordnung?« fragte der Junge.

»Nein«, sagte Arthur.

»Warum hast 'n dann 'n Knochen im Bart?« fragte der Junge.

»Ich erziehe ihn dazu, daß es ihm überall gefällt, wo ich ihn hinstecke.« Arthur war stolz auf diesen Satz. Das waren, dachte er, genau die Sachen, die junge Gemüter amüsierten und anregten.

»Oh«, sagte der kleine Junge, legte den Kopf zur Seite und dachte darüber nach. »Wie heißt du?«

»Dent«, sagte Arthur, »Arthur Dent.«

»Du bist ein Trottel, Dent«, sagte der Junge, »ein richtiges Arschloch.« Der Junge sah an ihm vorbei auf irgendwas anderes, um zu beweisen, daß er's mit dem Weglaufen nicht besonders eilig hatte, und dann spazierte er langsam davon und kratzte sich die Nase. Plötzlich fiel Arthur wieder ein, daß die Erde in zwei Tagen in Trümmer ging, nur schmerzte ihn diesmal der Gedanke nicht besonders.

Das Spiel ging mit einem neuen Ball weiter, die Sonne schien weiter, und Ford hüpfte weiter auf und ab, schüttelte den Kopf und zwinkerte.

»Irgendwas geht in dir vor, stimmt's?« fragte Arthur.

»Ich glaube«, sagte Ford in einem Ton, den Arthur mittlerweile als den Ton kannte, in dem Ford immer etwas absolut Unbegreifliches prophezeite, »daß da drüben ein PAL ist.«

Er zeigte hin. Komischerweise war die Richtung, in die er zeigte, nicht die, in die er sah. Arthur blickte in die eine Richtung, das heißt, rüber zu den Sichtblenden, und dann in die andere, zum Spielfeld. Er nickte, er zuckte die Achseln. Noch einmal zuckte er die Achseln.

»Ein was?« fragte er.

»Ein PAL.«

»Ein Prefect ...?«

»... AL.«

»Und was ist das?«

»Problem Anderer Leute«, sagte Ford.

»Aha. Soso«, sagte Arthur und wurde wieder etwas lockerer. Er hatte keine Ahnung, wovon die Rede war, aber zumindest schien es vorüber zu sein. Das war's aber nicht.

»Da drüben«, sagte Ford und zeigte wieder auf die Sichtblenden, während er zum Rasen rübersah.

»Wo denn?« fragte Arthur.

»Da!« sagte Ford.

»Klar«, sagte Arthur, dem nichts klar war.

»Wirklich?« sagte Ford.

»Was?« sagte Arthur.

»Du kannst«, sagte Ford geduldig, »das PAL klar sehen?«

»Ich meine, du hast gesagt, es wär' das Problem anderer Leute.«

»Stimmt.«

Arthur nickte langsam, vorsichtig und mit der Miene ungeheurer Dämlichkeit.

»Und ich möchte wissen«, sagte Ford, »ob du's sehen kannst.«

»Du siehst es?«

»Ja.«

»Wie«, sagte Arthur, »sieht's denn aus?«

»Also, wie soll ich das wissen, du Blödian?« schrie Ford. »Wenn du's siehst, erzähl's mir doch.«

Arthur spürte das dumpfe Pochen direkt hinter den Schläfen – ein Merkmal so vieler Gespräche mit Ford. Sein Gehirn lag auf der Lauer wie ein verängstigtes Hündchen in seiner Hütte. Ford nahm ihn am Arm.

»Ein PAL«, sagte er, »ist etwas, das wir nicht sehen oder nicht sehen können oder das unser Gehirn uns nicht sehen läßt, weil wir denken, es sei das Problem Anderer Leute. Genau das bedeutet PAL. Problem Anderer Leute. Das Gehirn streicht es einfach aus, es ist wie ein blinder Fleck. Wenn du es direkt anguckst, siehst du es nicht, es sei denn, du weißt genau, was es ist. Die einzige Hoffnung ist, daß man es zufällig aus dem Augenwinkel zu fassen kriegt.«

»Ach so«, sagte Arthur, »deshalb bist du ...«

»Ja«, sagte Ford, der wußte, was Arthur sagen wollte.

»... immer auf und ab gehüpft und ...«

»Ja.«

»... hast mit den Augen gezwinkert ...«

»Ja.«

»... und ...«

»Ich glaube, du weißt jetzt, worum sich's dreht.«

»Ich kann es sehen«, sagte Arthur, »es ist ein Raumschiff.«

Einen Moment lang war Arthur von der Reaktion überwältigt, die diese Enthüllung hervorrief. Ein Gebrüll entrang sich der Menschenmenge, und aus allen Richtungen kamen Leute angerannt, die schrien, kreischten und in einem wilden Getümmel übereinanderfielen. Er stolperte erstaunt zurück und sah sich ängstlich um. Und dann sah er sich noch viel erstaunter um.

»Aufregend, nicht?« sagte eine Erscheinung. Die Erscheinung wabbelte vor Arthurs Augen rum, obwohl es wahrscheinlich eher so war, daß Arthurs Augen vor der Erscheinung rumwabbelten. Sein Mund wabbelte ebenso.

»W ... w ... w ... w ...«, sagte sein Mund.

»Ich glaube, deine Mannschaft hat eben gewonnen«, sagte die Erscheinung.

»W ... w ... w ... w ...«, wiederholte Arthur und interpunktierte jeden einzelnen Stotterer auf Fords Rücken. Ford starrte besorgt auf den Tumult.

»Bist du nicht Engländer?« sagte die Erscheinung.

»W ... w ... w ... w ... ja«, sagte Arthur.

»Tja, dann hat deine Mannschaft, wie ich eben schon sagte, gerade gewonnen. Das Turnier. Das heißt, der Pokal bleibt bei ihnen. Das muß dich doch sehr freuen. Ich muß sagen, ich mag Kricket ziemlich gern, ich möchte allerdings nicht, daß das außerhalb dieses Planeten jemand hört. Du meine Güte, nein.«

Die Erscheinung gab etwas von sich, das so aussah, als sei es vielleicht mal ein schadenfrohes Grinsen gewesen, aber das war schwer zu sagen, weil die Sonne direkt hinter ihr stand und einen blendenden Glorienschein um ihren Kopf legte und ihr silbernes Haar und den Bart auf eine Weise beleuchtete, die ehrfurchtsgebietend, hochdramatisch und mit einem schadenfrohen Grinsen nur schwer in Einklang zu bringen war.

»Dennoch«, sagte die Erscheinung, »wird in ein paar Tagen alles vorbei sein, nicht wahr? Aber wie ich schon das letzte Mal, als wir uns trafen, sagte, tat mir das sehr leid. Trotzdem, was gewesen sein wird, wird gewesen sein.«

Arthur versuchte zu sprechen, gab aber den ungleichen Kampf auf. Wieder knuffte er Ford.

»Ich dachte schon, es wäre irgendwas Furchtbares passiert«, sagte Ford, »aber das Spiel war bloß zu Ende. Wir sollten sehen, daß wir hier rauskommen. Oh, hallo, Slartibartfaß, was machst du denn hier?«

»Ach, rumbummeln, rumbummeln«, sagte der alte Mann würdevoll.

»Ist das dein Schiff? Kannst du uns irgendwohin mitnehmen?«

»Geduld, Geduld«, mahnte der alte Mann.

»Okay«, sagte Ford. »Es ist ja nur, daß dieser Planet ziemlich bald zerstört wird.«

»Das weiß ich«, sagte Slartibartfaß.

»Und, na ja, ich wollte halt darauf hinweisen«, sagte Ford.

»Hinweis angenommen.«

»Und wenn du der Meinung bist, daß du in dem Moment ausgerechnet auf einem Kricketfeld herumlungern mußt ...«

»Bin ich.«

»Dann ist das dein Raumschiff.«

»Ist es.«

»Vermute ich.« Ford drehte sich in dem Moment abrupt um.

»Hallo, Slartibartfaß«, sagte Arthur endlich.

»Hallo, Erdling«, sagte Slartibartfaß.

»Schließlich«, sagte Ford, »können wir nur einmal sterben.«

Der alte Mann überhörte das und blickte aufmerksam auf das Spielfeld mit Augen voller Ausdruckskraft, die keine erkennbare Beziehung zu dem Geschehen dort hatte. Was dort geschah, war, daß die Menge sich in einem weiten Kreis um den Mittelpunkt des Spielfeldes sammelte. Was Slartibartfaß in ihm sah, wußte nur er.

Ford summte irgendwas leise vor sich hin. Es war nur ein Ton, der in Abständen wiederholt wurde. Er hoffte, daß ihn irgend jemand fragen würde, was er da summe, aber das tat niemand. Wenn ihn jemand gefragt hätte, dann hätte er geantwortet, er summe die erste Zeile des Noel-Coward-Songs »Mad About the Boy«, und das immer und immer wieder. Er wäre dann darauf hingewiesen worden, daß er doch nur immer einen Ton singe, worauf er geantwortet hätte, daß aus Gründen, die, wie er hoffe, klar seien, er den Teil »About the Boy« weglasse. Er war sauer, daß niemand fragte.

»Es ist ja nur«, rief er schließlich, »wenn wir nicht bald gehen, könnten wir wieder mitten in den ganzen Käse geraten. Und nichts deprimiert mich so sehr, wie ansehen zu müssen, wie ein Planet vernichtet wird. Es sei denn vielleicht, wir sind noch drauf, wenn's passiert. Oder«, setzte er mit leiser Stimme hinzu, »lungern bei Kricketspielen rum.«

»Geduld«, sagte Slartibartfaß wieder. »Große Dinge stehen bevor.«

»Genau das hast du auch das letzte Mal gesagt, als wir uns trafen«, sagte Arthur.

»Und das taten sie auch«, sagte Slartibartfaß.

»Ja, das stimmt«, gab Arthur zu.

Im Moment schien allerdings nichts weiter bevorzustehen als eine irgendwie geartete Zeremonie. Sie wurde wohl eher eigens fürs Fernsehen veranstaltet als für die Zuschauer, denn von dort, wo sie standen, bekamen sie nur das mit, was sie aus einem Radio in der Nähe hörten.

Ford war auf aggressive Weise uninteressiert.

Er ärgerte sich, als er hörte, daß der Pokal sogleich dem Kapitän der englischen Mannschaft da drüben auf dem Rasen überreicht werden würde, er schäumte vor Wut, als es hieß, daß das deswegen geschehe, weil sie ihn nun zum x-ten Mal gewonnen hätten, er bellte nahezu vor Verdruß auf die Mitteilung, daß der Pokal die Asche eines Kricket-Torstabes enthalte, und als er daraufhin aufgefordert wurde, sich mit der Tatsache zu befassen, daß der fragliche Torstab 1882 in Melbourne/Australien verbrannt worden war, um »den Tod des englischen Krikkets« zu verkünden, drehte er sich zu Slartibartfaß um und holte tief Luft, hatte aber keine Gelegenheit, etwas zu sagen, weil der alte Mann nicht mehr da war. Der marschierte mit einer schrecklichen Entschlossenheit in seinem Schritt auf das Spielfeld zu, und so, wie sein Haar, der Bart und die Kleider hinter ihm herflatterten, sah er ganz so aus, wie Moses ausgesehen hätte, wenn der Sinai ein gut gemähter Rasen und kein rauchender Feuerberg gewesen wäre, als der er meistens dargestellt wird.

»Er sagte, wir sollten uns an seinem Raumschiff treffen«, sagte Arthur.

»Was in drei zarkender Füerwarks Namen macht der alte Idiot eigentlich?«

»Trifft sich in zwei Minuten mit uns an seinem Raumschiff«, sagte Arthur und zuckte die Schultern, was den totalen Denkverzicht anzeigte. Sie machten sich auf den Weg. Seltsame Geräusche erreichten ihr Ohr. Sie versuchten, nicht hinzuhören, bekamen aber trotzdem mit, daß Slartibartfaß mit Jammerstimme darum bat, ihm den Silberpokal mit der Asche auszuhändigen, weil er, wie er sagte, »von höchster Wichtigkeit für die vergangene, gegenwärtige und zukünftige Sicherheit der Galaxis« sei, und daß diese Worte mit unbezähmbarer Heiterkeit quittiert wurden. Sie beschlossen, das zu ignorieren.

Was als nächstes geschah, konnten sie nicht ignorieren. Mit einem Geräusch, wie wenn hunderttausend Leute »Wopp« sagen, entstand ganz plötzlich aus dem Nichts in der Luft über dem Spielfeld ein stählernes, weißes Raumschiff und hing dort unendlich bedrohlich und leise brummend.

Dann tat es eine Weile gar nichts, als erwarte es, daß alle sich wieder an die gewohnte Arbeit machten und es dort einfach hängen ließen.

Dann machte es etwas ganz Ungewöhnliches. Oder vielmehr, es öffnete sich und ließ etwas ganz Ungewöhnliches aus sich heraus, elf ganz ungewöhnliche Dinger.

Roboter, weiße Roboter.

Und das Ungewöhnlichste an ihnen war, daß sie offenbar passend zu dem Ereignis gekleidet waren. Sie waren nicht nur weiß gekleidet, sie hatten offensichtlich auch Kricketschläger mit, und nicht nur das, sie hatten offensichtlich auch Kricketbälle mit, und nicht nur das, sie trugen auch weiße Beinschienen um die Schienbeine. Diese

Beinschienen waren ganz ungewöhnlich, weil sie anscheinend Düsen enthielten, die es diesen seltsam kultivierten Robotern ermöglichten, von ihrem in der Luft schwebenden Raumschiff herabzufliegen und damit zu beginnen, Leute umzubringen, und genau das taten sie.

»Hallo«, sagte Arthur, »da scheint was los zu sein.«

»Schnell zum Schiff«, schrie Ford. »Ich will gar nichts wissen, bloß schnell zum Schiff.« Er rannte los. »Ich will nichts wissen, ich will nichts sehen, ich will nichts hören«, schrie er beim Laufen, »das ist nicht mein Planet, ich hab's mir nicht gewünscht, hier zu sein, ich will nichts damit zu tun haben, bringt mich bloß weg von hier, bringt mich auf eine Party mit Leuten, mit denen ich was anfangen kann!«

Rauch und Flammen stiegen vom Spielfeld auf.

»Na, die übernatürliche Brigade scheint heute zweifellos zahlreich hier aufgekreuzt zu sein ...«, brabbelte ein Radio stillvergnügt vor sich hin.

»Was ich brauche«, schrie Ford, um seine vorherigen Bemerkungen zu verdeutlichen, »ist ein starker Drink und Leute meinesgleichen.« Er rannte weiter und blieb nur einmal für einen Augenblick stehen, um Arthur am Arm zu packen und mit sich zu ziehen. Arthur hatte sein übliches Krisenverhalten angenommen, das darin bestand, mit weit offenem Mund dazustehen und alles über sich hinwegschwappen zu lassen.

»Sie spielen Kricket«, murmelte Arthur und stolperte hinter Ford her. »Ich schwöre, sie spielen Kricket. Ich weiß nicht, warum sie das tun, aber sie tun es. Sie bringen die Leute nicht bloß um, sie machen sich über sie lustig«, rief er, »Ford, sie machen sich über uns lustig!«

Dies zu bezweifeln wäre schwierig gewesen, ohne eine Menge mehr über die Geschichte der Galaxis zu wissen, als Arthur auf seinen Reisen bisher aufzuschnappen gelungen war. Die geisterhaften, doch gewalttätigen Gestalten, die man sich in der dicken Rauchwolke bewegen sah, schienen eine Reihe grotesker Ballschlagparodien auszuführen, wobei der Unterschied der war, daß jeder Ball, den sie mit ihren Schlagstöcken in die Gegend schlugen, dort, wo er aufkam, explodierte. Gleich der allererste Ball hatte Arthur von seiner anfänglichen Meinung abgebracht, die ganze Chose sei vielleicht bloß ein Reklamejux australischer Margarinehersteller.

Und dann war alles genauso plötzlich vorüber, wie es begonnen hatte. Die elf weißen Roboter stiegen in geschlossener Formation durch die wallenden Rauchwolken nach oben und kletterten, von ein paar letzten Flammenblitzen begleitet, in ihr in der Luft schwebendes weißes Raumschiff, das mit einem Geräusch, wie wenn hunderttausend Leute »Fuup« sagen, augenblicklich im Nichts verschwand, aus dem es gewoppt war.

Einen Moment lang herrschte ein furchtbares, angstvolles Schweigen, dann tauchte aus dem wallenden Rauch Slartibartfaß' bleiche Gestalt auf, der nun noch mehr wie Moses aussah, weil er trotz des nach wie vor fehlenden Berges jetzt wenigstens über einen brennenden und qualmenden gut gemähten Rasen schritt.

Er blickte wütend um sich, bis er die rennenden Gestalten Arthur Dents und Ford Prefects sah, die sich durch die angsterfüllte Menge drängten, die im Augenblick damit beschäftigt war, in die entgegengesetzte Richtung zu fliehen. Die Menge dachte zweifellos, was für ein ungewöhnlicher Tag das doch noch geworden sei, und wußte eigentlich nicht, in welche Richtung, wenn überhaupt in eine, sie rennen sollte.

Slartibartfaß gestikulierte aufgeregt zu Ford und Arthur rüber und rief ihnen etwas zu, während die drei sich allmählich seinem Raumschiff näherten, das immer noch hinter den Sichtblenden parkte und von der Menge offenbar nicht bemerkt wurde, die daran vorbeirannte und wahrscheinlich in dem Moment genügend eigene Probleme zu bewältigen hatte.

»Sie haben Laschentaschen haschen!« rief Slartibartfaß mit seiner dünnen Zitterstimme.

»Was hat er gesagt?« keuchte Ford, während er sich mit den Ellbogen den Weg bahnte.

Arthur schüttelte den Kopf.

»›Sie haben ...‹ oder irgend so was«, sagte er.

»Sie haben Maschenflaschen naschen!« schrie Slartibartfaß wieder.

Ford und Arthur sahen sich kopfschüttelnd an.

»Es hört sich wichtig an«, sagte Arthur. Er blieb stehen und rief.

»Was?«

»Sie haben raschen Aschen waschen!« schrie Slartibartfaß und winkte immer noch zu ihnen rüber.

»Er sagt«, sagte Arthur, »sie haben die Asche mitgenommen. Das ist es, glaub' ich, was er sagt.« Sie rannten weiter.

»Die ...?« sagte Ford.

»Asche«, sagte Arthur kurz. »Die verbrannten Überreste eines Kricket-Torstabs. Sie ist in einem Pokal. Das ...«, keuchte er, »ist ... es ... anscheinend ... was sie ... mitgenommen haben.« Er schüttelte leicht den Kopf, als versuche er, sein Gehirn dazu zu überreden, sich tiefer in seinem Schädel niederzulassen.

»Merkwürdige Sache, uns mitzuteilen«, schnauzte Ford.

»Merkwürdige Sache mitzunehmen.«

»Merkwürdiges Raumschiff.«

Sie waren am Raumschiff angekommen. Das Zweitmerkwürdigste daran war zu sehen, wie das Problem-Anderer-Leute-Feld funktioniert. Sie konnten jetzt deutlich das Raumschiff in seiner vollen Größe sehen, ganz einfach, weil sie wußten, daß es da war. Dagegen war ganz offensichtlich, daß niemand sonst es konnte. Aber nicht, weil es tatsächlich unsichtbar oder irgendwas ähnlich Hyperunmögliches gewesen wäre. Die technischen Schwierigkeiten, irgendwas unsichtbar zu machen, sind so unendlich groß, daß es bei einer Billion Malen neunhundertneunundneunzig Milliarden neunhundertneunundneunzig Millionen neunhundertneunundneunzigtausendneunhundertneunundneunzigmal viel einfacher und viel wirkungsvoller ist, das entsprechende Ding einfach wegzunehmen und ohne es auszukommen.

Der ultraberühmte Sciento-Magier Effrafax von Wug wettete einmal um sein Leben, daß es ihm innerhalb eines Jahres gelingen werde, den riesigen Megaberg Magramal vollkommen unsichtbar zu machen.

Nachdem er den größten Teil des Jahres mit enormen Lux-O-Röhren und Refracto-Vernullern und Spectrum-Umgehungs-O-Matics herumgefummelt hatte, war ihm neun Stunden vor Ablauf der Zeit klar, daß er's nicht schaffen würde.

Darum veranstalteten er und seine Freunde und die Freunde seiner Freunde und die Freunde der Freunde seiner Freunde und die Freunde der Freunde der Freunde seiner Freunde und ein paar weniger guter Freunde, die zufällig eine größere interstellare Speditionsfirma besaßen, was heute weit und breit als die schwerste Nachtschicht in der Geschichte der Galaxis bekannt ist, und tatsächlich war am nächsten Tag Magramal nicht mehr zu sehen. Effrafax verlor seine Wette ... also auch sein Leben ..., ganz einfach, weil irgendein pedantischer Schiedsrichter (a) bemerkte, daß, wenn er auf dem Gelände herumspazierte, auf dem Magramal sich eigentlich befinden sollte, er über nichts stolperte und sich an nichts die Nase stieß, und er (b) einen sehr verdächtigen Extramond entdeckte.

Das Anderer-Leute-Problem-Feld ist viel einfacher und wirkungsvoller und kann obendrein über hundert Jahre lang mit einer einfachen Taschenlampen-Batterie betrieben werden. Und es funktioniert so gut, weil es auf der angeborenen Neigung der Leute beruht, nichts zu sehen, was sie nicht sehen wollen, nicht erwartet haben oder nicht erklären können. Wenn Effrafax den Berg rosa angestrichen und ein billiges, simples Anderer-Leute-Problem-Feld darauf errichtet hätte, dann wären die Leute an dem Berg vorbei, um ihn rum, ja über ihn weg gelaufen und hätten einfach nicht bemerkt, daß das Ding da war.

Und genau das passierte mit Slartibartfaß' Raumschiff. Es war nicht rosa, aber wenn's das gewesen wäre, dann wäre es das geringste seiner Tarnprobleme gewesen, und die Leute hätten es einfach genauso ignoriert wie alles andere auch.

Das Sonderbarste an ihm war, daß es nur zum Teil wie ein Raumschiff mit Leitwerken, Raketenmotoren, Notluken und so weiter aussah, größtenteils aber wie ein kleines, hochkant stehendes italienisches Bistro.

Ford und Arthur starrten an ihm hinauf – verwundert und mit zutiefst gekränkten Gefühlen.

»Ja, ich weiß«, sagte Slartibartfaß, der in dem Moment aufgeregt und atemlos herbeieilte, »aber das hat einen Grund. Kommt, wir müssen los. Der alte böse Geist ist zurückgekehrt. Das Verderben droht uns allen. Wir müssen sofort hier weg.«

»Ich schlage vor, irgendwohin, wo's sonnig ist«, sagte Ford.

Ford und Arthur folgten Slartibartfaß in das Raumschiff und waren so perplex über das, was sie drinnen sahen, daß sie überhaupt nicht mitkriegten, was als nächstes draußen geschah.

Ein Raumschiff, noch eins, aber diesmal eins, das glatt und silbern war, schwebte lautlos und ohne viel Tamtam vom Himmel runter und entfaltete seine langen Beine in einem präzisen technischen Ballett.

Es setzte sanft auf dem Boden auf. Eine kurze Rampe wurde ausgefahren. Dann kam flott eine lange, graugrüne Gestalt herausmarschiert und näherte sich der kleinen Gruppe Menschen, die sich in der Mitte des Kricketfeldes versammelt hatte, um den Opfern des grotesken Massakers, das sich soeben ereignet hatte, beizustehen. Sie schob die Leute mit stummer, diskreter Autorität beiseite und gelangte endlich zu einem Mann, der, ohne Frage der Hilfe jeder irdischen Medizin entrückt, in einer ungeheuren Blutlache lag und seinen letzten Atem aushauchte und aushustete. Die Gestalt kniete schweigend neben ihm nieder.

»Arthur Philip Deodat?« fragte die Gestalt.

Der Mann, Entsetzen und Verwunderung im Auge, nickte schwach.

»Du bist eine nichtsnutzige, doofe Null«, flüsterte das Wesen. »Ich dachte, das solltest du wissen, ehe du abkratzt.«

5

Wichtige Fakten aus der Geschichte der Galaxis, Nr. 2: (Zitiert aus *Des Täglichen Sternenreporters Volkstümliche Geschichte der Galaxis*)

Seit Beginn dieser Galaxis haben zahllose Kulturen ihren Aufstieg und ihren Niedergang erlebt, Aufstieg und Niedergang, auf und nieder, auf und nieder – so oft, daß der Gedanke recht verführerisch ist, das Leben in der Galaxis bedeute

(a) so was Ähnliches wie Seekrankheit – Raumkrankheit, Zeitkrankheit, Geschichtskrankheit oder dergleichen – und

(b) Stumpfsinn.

6

Arthur schien, als trete der ganze Himmel plötzlich einfach einen Schritt beiseite und lasse sie durch.

Es schien ihm, als wehten die Atome seines Gehirns und die Atome des Kosmos durcheinander.

Es schien ihm, als werde er vom Wind des Universums weggeblasen, und der Wind sei er.

Es schien ihm, als sei er einer der Gedanken des Universums und das Universum ein Gedanke von ihm.

Es schien den Leuten auf Lord's Cricket Ground, es sei eben ein neues Nordlondoner Restaurant entstanden und schon wieder verschwunden, wie sie das ja oft tun, aber das sei ein Problem anderer Leute.

»Was ist passiert?« flüsterte Arthur ziemlich ängstlich.

»Wir sind gestartet«, sagte Slartibartfaß.

Arthur lag erschrocken und bewegungslos auf der Beschleunigungscouch. Er war nicht sicher, ob er eben raumkrank oder fromm geworden war.

»Netter Brummer«, sagte Ford, der ohne Erfolg zu verbergen versuchte, wie sehr ihn beeindruckt hatte, was Slartibartfaß' Raumschiff gerade gemacht hatte. »Bloß die Dekoration ist 'ne Schande.«

Ein, zwei Augenblicke lang erwiderte der alte Mann nichts. Er starrte auf die Instrumente wie jemand, der im Kopf Fahrenheit in Celsius umzurechnen versuchte, während sein Haus allmählich niederbrennt. Dann hellte sich seine Miene auf, und er blickte einen Moment auf den riesigen Panorama-Bildschirm vor sich, der ein beunruhigendes Gewirr aus Sternen zeigte, die wie Silberfäden um sie herumströmten.

Seine Lippen bewegten sich, als versuche er, etwas zu entziffern. Plötzlich schossen seine Augen voller Furcht zu den Instrumenten zurück, aber dann milderte sich sein Gesichtsausdruck lediglich zu einem beharrlichen Stirnrunzeln. Wieder sah er auf den Bildschirm. Er fühlte seinen Puls. Seine Stirnfalten wurden einen Augenblick lang noch tiefer, dann aber glätteten sie sich.

»Es ist ein Fehler, wenn man versucht, Maschinen zu begreifen«, sagte er, »sie machen einem bloß Ärger. Was sagtest du?«

»Die Dekoration«, sagte Ford. »'ne Schande.«

»Tief im Innersten von Geist und Universum«, sagte Slartibartfaß, »gibt's einen Grund dafür.«

Ford warf strenge Blicke um sich. Ganz sicher, dachte er, das heiße, die Dinge durch die rosa Brille zu betrachten.

Das Innere der Kommandokanzel war dunkelgrün, dunkelrot, dunkelbraun, eng und düster beleuchtet. Auf unerklärliche Weise war es der Ähnlichkeit mit einem kleinen italienischen Bistro nicht gelungen, an der Einstiegsluke zu enden. Kleine Lichtkegel pickten Topfpflanzen, lasierte Kacheln und alle möglichen undefinierbaren kleinen Messingsachen aus dem Dunkel.

In Bast gehüllte Flaschen lauerten häßlich im Schatten.

Die Instrumente, die Slartibartfaß' Aufmerksamkeit gefangenhielten, schienen am Boden von Flaschen zu sitzen, die in Beton steckten.

Ford griff hin und berührte ihn.

Falscher Beton. Plastik. Flaschenattrappen in falschem Beton.

Das Innerste von Geist und Universum kann meinetwegen einen Sprung mit Anlauf machen, dachte er, das ist doch Quatsch. Andererseits war nicht zu leugnen, daß die Art, wie das Raumschiff losgezischt war, die »Herz aus Gold« wie einen elektrischen Kinderwagen erschienen ließ.

Er stand mit Schwung von der Couch auf. Er strich mit der Hand an sich runter. Er warf einen Blick auf Arthur, der leise vor sich hinsang. Er blickte auf den Bildschirm und erkannte nichts. Er sah Slartibartfaß an.

»Wie weit sind wir schon geflogen?« fragte er.

»Ungefähr …«, sagte Slartibartfaß, »ungefähr zwei Drittel durch die ganze Galaxis, würde ich sagen, über den Daumen gepeilt. Ja, etwa zwei Drittel, denke ich.«

»Es ist ja merkwürdig«, sagte Arthur ruhig, »je weiter und je schneller man durchs Universum reist, desto mehr erscheint einem die eigene Position darin reichlich unfaßbar, und man ist erfüllt von einem tiefen … oder vielmehr entleert von einem …«

»Ja, sehr merkwürdig«, sagte Ford. »Wo fliegen wir hin?«.

»Wir werden«, sagte Slartibartfaß, »einem uralten bösen Geist des Universums mutig entgegentreten.«

»Und wo wirst du uns absetzen?«

»Ich brauche eure Hilfe.«

»Er läßt nicht locker. Sieh mal, du kannst uns doch irgendwo absetzen, wo wir ein bißchen Spaß haben, ich versuche gerade, es mir vorzustellen, wir können uns besaufen und vielleicht irgendwelche hundsmiserable Musik hören. Warte mal, ich schlag's eben mal nach.« Er holte seinen Reiseführer *Per Anhalter durch die Galaxis* hervor und überflog rasch die Teile des Inhaltsverzeichnisses, die sich vorwiegend mit Sex und Drugs und Rock'n Roll befaßten.

»Ein Fluch hat sich aus dem Nebel der Zeit erhoben«, sagte Slartibartfaß.

»Ja, das glaube ich«, sagte Ford. »He«, sagte er, als er zufällig auf ein ganz bestimmtes Stichwort stieß, »Eccentrica Gallumbits, bist du ihr mal begegnet? Der dreibrüstigen Hure von Erotikon VI? Manche Leute sagen, ihre erogenen Zonen fangen schon vier Meilen vor ihrem eigentlichen Körper an. Ich glaub' das nicht, ich sage, es sind fünf.«

»Ein Fluch«, sagte Slartibartfaß, »der die Galaxis mit Feuer und Zerstörung überziehen und möglicherweise das ganze Universum vor der Zeit ins Verhängnis stürzen wird. Ich meine es ernst«, fügte er hinzu.

»Hört sich ja gar nicht spaßig an«, sagte Ford, »mit etwas Glück bin ich dann so blau, daß ich nichts merke. Hier«, sagte er, indem er mit dem Finger auf den Monitor des *Anhalters* zeigte, »müßte es so richtig sündig zugehen, und ich meine, da sollten wir hin. Was sagst du dazu, Arthur? Hör auf, Mantras zu murmeln und sperr die Ohren auf. Uns fehlt's doch hier an wichtigen Dingen.«

Arthur rappelte sich von seiner Couch hoch und schüttelte den Kopf.

»Wo fliegen wir denn hin?« fragte er.

»Wo wir uns einem uralten bösen ...«

»Schnauze!« sagte Ford. »Arthur, wir fliegen in die Galaxis raus, um uns ein bißchen zu amüsieren. Ist das 'ne Idee, mit der du was anfangen kannst?«

»Worüber ist Slartibartfaß denn so bekümmert?« fragte Arthur.

»Über nichts«, sagte Ford.

»Über das Verhängnis«, sagte Slartibartfaß. »Kommt«, setzte er plötzlich in einem Ton hinzu, der keinen Widerspruch duldete, »es gibt vieles, was ich euch zeigen und erzählen muß.«

Er ging zu einer grünen schmiedeeisernen Wendeltreppe hinüber, die sich unbegreiflicherweise mitten in der Kommandokanzel befand, und stieg sie langsam hinauf. Arthur folgte ihm mit finsterem Blick.

Ford schleuderte den *Anhalter* wütend in seinen Beutel zurück.

»Mein Arzt sagt, ich habe eine mißgebildete Bürgerpflichtsdrüse und eine angeborene Schwäche am moralischen Rückgrat«, brummelte er vor sich hin, »und bin deshalb von der Rettung von Universen freigestellt.«

Trotzdem stampfte er hinter ihnen die Treppe hinauf.

Was sie da oben sahen, war schlicht und einfach albern, oder zumindest hatte es den Anschein, und Ford schüttelte den Kopf, vergrub das Gesicht in den Händen und plumpste gegen eine Topfpflanze, die gegen die Wand donnerte.

»Der zentrale Computerbereich«, sagte Slartibartfaß ungerührt. »Hier wird jede Berechnung durchgeführt, die das Schiff in irgendeiner Weise betrifft. Ja, ich weiß, wie das hier aussieht, aber in Wirklichkeit handelt es sich um einen komplizierten vierdimensionalen Geländeplan einer Reihe hochkomplizierter mathematischer Funktionen.«

»Es sieht aus wie 'n Witz«, sagte Arthur.

»Ich weiß, wie es aussieht«, sagte Slartibartfaß und ging hinein. Und da dämmerte Arthur plötzlich vage, was es vielleicht bedeuten könnte, aber er weigerte sich, es zu glauben. Das Universum konnte doch unmöglich so funktionieren, dachte er, das kann es doch nicht. Das, dachte er bei sich, wäre so absurd wie ... so absurd wie ... er hörte auf, in der Richtung weiterzudenken. Fast alle wirklich absurden Dinge, an die er sich erinnern konnte, waren bereits passiert.

Und das hier war eines von ihnen.

Es war ein großer Glaskäfig oder -kasten – das heißt, eigentlich ein Zimmer.

Darin stand ein Tisch, ein langer Tisch. Um ihn herum stand etwa ein Dutzend Stühle, Typ Wiener Caféhausstuhl. Auf dem Tisch lag eine Tischdecke – eine schmuddelige, rotweißkarierte Tischdecke, die hier und da Brandlöcher von Zigaretten verunziert war, jedes wahrscheinlich an einer mathematisch genau berechneten Stelle.

Und auf der Tischdecke stand ungefähr ein Dutzend halb verzehrter italienischer Menüs, umgeben von angeknabberten Brotstücken und halb angetrunkenen Weingläsern, mit denen Roboter lustlos herumspielten.

Alles war vollkommen unecht. Die Robotergäste wurden von einem Roboterkellner, einem Roboter-Weinkellner und einem Roboter-Oberkellner bedient. Die Möbel waren unecht, das Tischtuch war unecht, und jede einzelne Speise war zweifellos in der Lage, alle Eigenschaften eines, sagen wir mal, *pollo sorpreso* an den Tag zu legen, ohne wirklich einer zu sein.

Und alles zusammen nahm an einem kleinen Tänzchen teil – einer komplizierten Darbietung, an der Speisekarten, Rechnungsblocks, Brieftaschen, Scheckbücher, Kreditkarten, Uhren, Bleistifte und Papierservietten beteiligt waren und die so wirkte, als kippe sie jeden Augenblick in Gewalttätigkeit um, bei der aber in Wirklichkeit sich gar nichts tat.

Slartibartfaß eilte hinein und schien dann recht langwierig mit dem Oberkellner Begrüßungen auszutauschen, während einer der Robotergäste, ein Autorory, langsam unter den Tisch sank und aufzählte, was er einem Typen, der so was wie einem Mädchen gegenübersaß, alles anzutun gedenke.

Slartibartfaß nahm auf dem Stuhl Platz, der dadurch freigeworden war, und warf rasch und gewandt einen Blick auf die Speisekarte. Das Tempo des Geschehens rund um den Tisch schien aus irgendeinem Grunde unmerklich schneller zu werden. Streitigkeiten kamen auf, die Leute bemühten sich, irgendwas auf Papierservietten zu beweisen. Sie fuchtelten wütend mit den Händen voreinander rum und versuchten, die Hühnerbeine der anderen einer Prüfung zu unterziehen. Die Hand des Kellners begann, auf dem Rechnungsblock schneller herumzufahren, als das eine Menschenhand gekonnt hätte, und dann noch schneller, als das ein menschliches Auge zu verfolgen imstande gewesen wäre. Das Tempo nahm immer noch zu. Doch bald überschüttete sich die ganze Schar mit außerordentlichen und betonten Höflichkeiten, und Sekunden darauf schien es, als sei plötzlich allgemeine Übereinstimmung erzielt. Ein neuer Schwung vibrierte durchs Schiff.

Slartibartfaß trat aus dem Glasraum.

»Bistr-O-Mathik«, sagte er. »Die gewaltigste Computerstärke, die der Parawissenschaft bekannt ist. Kommt mit in den Raum der Informationsillusionen.«

Er rauschte vorbei, und sie folgten ihm verwirrt auf dem Fuße.

7

Der Bistr-O-Mathik-Drive ist eine hinreißende neue Methode, riesige interstellare Entfernungen ohne das ganze gefährliche Herumgefummele mit Unwahrscheinlichkeitsfaktoren zurückzulegen.

Die Bistr-O-Mathik selbst ist eine umwerfend neuartige Methode, das Verhalten der Zahlen zu begreifen. Wie bereits Einstein beobachtete, daß Zeit kein Absolutum ist, sondern von der Bewegung des Betrachters im Raum abhängt, und daß Raum kein Absolutum ist, sondern von der Bewegung des Betrachters in der Zeit abhängt, so hat man nun erkannt, daß die Zahlen nicht absolut sind, sondern von der Bewegung des Betrachters in Restaurants abhängt.

Die erste nicht-absolute Zahl ist die Anzahl der Leute, für die ein Tisch reserviert wird. Sie wird sich im Laufe der ersten drei Telefonate mit dem Restaurant fortwährend verändern und dann keine erkennbare Beziehung zur Anzahl der Leute haben, die wirklich dort aufkreuzen oder zur Anzahl der Leute, die später, nach der Show/dem Spiel/der Party/dem Konzert, dazukommen, oder zur Anzahl der Leute, die wieder weggehen, wenn sie sehen, wer noch alles gekommen ist.

Die zweite nicht-absolute Zahl ist die angegebene Ankunftszeit, die inzwischen als einer der bizarrsten mathematischen Begriffe bekannt ist, nämlich als Reziproversexkluson, eine Zahl, deren Existenz nur so definiert werden kann, daß sie alles andere als sie selbst ist. Mit anderen Worten: Die angegebene Ankunftszeit ist der einzige Moment, in dem es völlig ausgeschlossen ist, daß da irgendein Mitglied der Runde erscheint. Reziproversexklusons spielen mittlerweile in vielen Bereichen der Mathematik eine wichtige Rolle, etwa in der Statistik und der Buchhaltung, und sie bilden auch die Basisgleichung, die zur Errichtung des Problem-Anderer-Leute-Feldes benutzt wird.

Die dritte und allerrätselhafteste Zahl im Bereich der Nicht-Absolutheit ergibt sich aus dem Verhältnis zwischen der Anzahl der Posten auf der Rechnung, dem Preis jeden Postens, der Anzahl der Leute am Tisch und dem Betrag, den jeder zu zahlen bereit ist. (Die Anzahl der Leute, die überhaupt kein Geld mitgebracht haben, ist nur ein Unterphänomen in diesem Bereich.)

Die verwirrenden Widersprüche, die in diesem Punkte üblicherweise auftraten, blieben jahrhundertelang unerforscht, einfach weil niemand sie ernst nahm. Früher wurden sie auf solche Umstände wie Höflichkeit, Unverschämtheit, Knauserigkeit, Aufdringlichkeit, Müdigkeit, Erregbarkeit oder die Vorgerücktheit der Stunde zurückgeführt und am nächsten Morgen total vergessen. Nie wurden sie unter Laborbedingungen getestet, weil sie natürlich in Laboratorien nie auftraten – wenigstens nicht in Laboratorien, die etwas auf sich hielten.

Und so geschah es erst mit dem Auftauchen von Taschenrechnern, daß die bestürzende Wahrheit endlich ans Licht kam, und die hieß:

Zahlen, die innerhalb von Restaurantgrenzen auf Restaurantrechnungen geschrieben werden, folgen nicht denselben mathematischen Gesetzen wie Zahlen, die in allen anderen Gegenden des Universums auf allen anderen Stücken Papier geschrieben werden.

Die Wissenschaft wurde von dieser simplen Tatsache schlicht überrannt. Sie wurde dadurch völlig umgekrempelt. Ungeheuer viele mathematische Konferenzen wurden nun in so exzellenten Restaurants abgehalten, daß viele der hervorragendsten Geister einer ganzen Generation an Verfettung und Herzversagen starben und die mathematische Wissenschaft um Jahre zurückgeworfen wurde.

Aber ganz allmählich begann man, den tieferen Sinn dieses Gedankens zu begreifen. Zuerst war er zu fanatisch, zu verrückt, zu sehr das gewesen, wozu der Mann auf der Straße »Na klar, das hätte ich euch gleich sagen können« gesagt hätte. Dann erfand man einige Begriffe wie »Interaktives Subjektivitätsgitter«, und jedermann war in der Lage, die Sache lockerer zu sehen und damit weiterzuarbeiten.

Die kleinen Trupps Mönche, die dazu übergegangen waren, in der Nähe der größeren Forschungsinstitute rumzuhängen und merkwürdige Lieder zu singen, in denen es hieß, das Universum sei nichts weiter als das Produkt seiner eigenen Fantasie, erhielten schließlich Straßentheater-Subventionen und zogen ab.

8

»In der Raumfahrt, nicht wahr«, sagte Slartibartfaß, der im Raum der Informationsillusionen an ein paar Instrumenten rumfummelte, »in der Raumfahrt ...«

Er unterbrach sich und blickte sich um.

Der Raum der Informationsillusionen war eine willkommene Erholung nach den stilistischen Monstrositäten des zentralen Computerbereichs. Er war vollkommen leer. Keine Information, keine Illusion, nur sie selber, weiße Wände und ein paar kleine Instrumente, die so aussahen, als müßten sie an etwas angeschlossen werden, was Slartibartfaß nicht finden konnte.

»Ja?« drängte Arthur. Er hatte sich Slartibartfaß' Gefühl der Dringlichkeit zu eigen gemacht, wußte aber nicht, was er damit anfangen sollte.

»Was ja?« fragte der alte Mann.

»Was wolltest du denn gerade sagen?«

Slartibartfaß sah ihn scharf an.

»Die Zahlen«, sagte er, »sind gräßlich.« Er nahm seine Suche wieder auf.

Arthur nickte verständig.

Nach einer Weile bemerkte er, daß ihn das nicht weiterbrachte, und er beschloß, endlich doch »Welche?« zu fragen.

»In der Raumfahrt«, wiederholte Slartibartfaß, »sind alle Zahlen gräßlich.«

Arthur nickte wieder und sah sich nach Ford um Hilfe um, aber Ford übte, mürrisch auszusehen, und hatte es darin schon ganz schön weit gebracht.

»Ich habe bloß versucht«, sagte Slartibartfaß mit einem Seufzer, »euch die Mühe zu ersparen, mich fragen zu müssen, warum alle Computerberechnungen für das Schiff auf einem Kellner-Rechnungsblock angestellt werden.«

Arthur zog die Stirn kraus.

»Warum«, sagte er, »werden alle Computerberechnungen für das Schiff auf einem Kellner …«

Er hielt inne.

Slartibartfaß sagte: »Weil in der Raumfahrt alle Zahlen gräßlich sind.«

Er merkte, daß er sich nicht verständlich machen konnte.

»Paß auf«, sagte er. »Auf dem Rechnungsblock des Kellners tanzen die Zahlen. Dir wird das sicher schon mal begegnet sein.«

»Na ja …«

»Auf einem Kellner-Rechnungsblock«, sagte Slartibartfaß, »prallen Wirklichkeit und Unwirklichkeit so fundamental zusammen, daß das eine das andere wird und innerhalb bestimmter Grenzen alles möglich ist.«

»Welchen Grenzen?«

»Das zu sagen, ist unmöglich«, sagte Slartibartfaß. »Das ist eine der Grenzen. Merkwürdig – aber wahr. Zumindest glaube ich, es ist merkwürdig«, fügte er hinzu, »und man hat mir versichert, daß es wahr ist.«

In dem Augenblick entdeckte er den Schlitz in der Wand, nach dem er gesucht hatte, und klickte das Instrument, das er in der Hand hielt, ein.

»Erschreckt nicht«, sagte er und warf dann plötzlich selber einen erschreckten Blick auf das Instrument und sprang zurück«, es ist ...«

Sie hörten nicht, was er sagte, weil in dem Moment das Raumschiff um sie her wegflimmerte und ein Sternenschlachtschiff von der Größe einer kleinen mittelenglischen Industriestadt mit flammenden Sternenlasern aus der in Fetzen gerissenen Nacht auf sie zustürzte.

Ein grauenerregender Sturm sengenden Lichts schoß durch die Dunkelheit und hieb ein riesiges Stück aus dem Planeten direkt hinter ihnen.

Sie sperrten die Münder auf, glotzten und waren außerstande zu schreien.

9

Eine andere Welt, ein anderer Tag, ein anderer Morgen.

Ganz leise erschien der zarteste Lichtschimmer des frühen Morgens.

Mehrere Billionen Trillionen Tonnen superheißen explodierender Wasserstoff-Atomkerne stiegen langsam über den Horizont und brachten es fertig, klein, kalt und ein wenig feucht auszusehen.

Jeden Morgen, wenn sich das Licht erhebt, gibt es einen Moment, da ein Wunder möglich ist. Die Schöpfung hält den Atem an.

Der Moment ging vorüber, wie er das regelmäßig auf Squronshöllisch Zeta tat, ohne daß was passierte.

Der Nebel hing über dem Morast. Die Moorbäume waren grau davon, das hohe Schilf verschwamm. Er hing reglos da wie angehaltener Atem.

Nichts regte sich. Es herrschte Stille.

Die Sonne rang kraftlos mit dem Nebel, versuchte, hier ein bißchen Wärme zu geben, dort ein bißchen Licht zu verbreiten, aber dieser Tag würde zweifellos auch wieder nichts anderes bringen als einen höllisch weiten Weg quer über den Himmel.

Nichts regte sich.

Wieder Stille.

Nichts regte sich.

Stille.

Nichts regte sich.

Auf Squornshöllisch Zeta vergingen sehr oft ganze Tage so, und dieser sollte tatsächlich einer davon werden.

Vierzehn Stunden später versank die Sonne ohne Hoffnung hinter dem Horizont auf der entgegengesetzten Seite und hatte das Gefühl, alle Mühe sei absolut umsonst gewesen.

Und ein paar Stunden später tauchte sie wieder auf, faßte frischen Mut und machte sich wieder auf den Weg, den Himmel hoch.

Diesmal jedoch passierte etwas. Eine Matratze war eben einem Roboter begegnet.

»Hallo, Roboter«, sagte die Matratze.

»Blääh«, sagte der Roboter und machte weiter, was er gerade tat, nämlich sehr langsam in einem sehr kleinen Kreis herumzulaufen.

»Glücklich?« fragte die Matratze.

Der Roboter blieb stehen und sah die Matratze an. Er

sah sie spöttisch an. Sie war offenbar eine sehr dämliche Matratze. Sie sah ihn mit großen Augen an.

Nach einer Pause, die er bis auf zehn Stellen hinter dem Komma als genau die Zeit ausgerechnet hatte, die nötig war, um seine allgemeine Verachtung für alles, was matratzenartig ist, auszudrücken, lief der Roboter weiter in engen Kreisen in der Runde.

»Wir könnten uns doch unterhalten«, sagte die Matratze, »hättest du denn keinen Spaß daran?«

Sie war eine große Matratze und wahrscheinlich eine von recht guter Qualität. Sehr wenige Dinge werden heutzutage wirklich hergestellt, weil in einem unendlich großen Universum wie zum Beispiel dem, in dem wir leben, man sich von den meisten Dingen recht gut vorstellen kann – und von vielen Dingen würde man das lieber nicht –, daß sie irgendwo wachsen. Vor kurzem wurde ein Wald entdeckt, in dem fast alle Bäume Patentschraubenzieher als Früchte trugen. Die Lebensgeschichte einer Patentschraubenzieherfrucht ist ziemlich interessant. Wenn sie geerntet ist, braucht sie eine dunkle, vollgestaubte Schublade, in der sie jahrelang ungestört liegen kann. Eines Nachts dann schlüpft er, wirft seine Außenhaut ab, die zu Staub zerfällt, und taucht als total undefinierbarer Metallgegenstand auf, mit Flanschen an beiden Enden und einer Art Grat und einer Art Loch für eine Schraube. Diese, sobald gefunden, wird weggeworfen. Niemand weiß, was sie davon eigentlich haben soll. Die Natur in ihrer unendlichen Weisheit arbeitet wahrscheinlich noch daran.

Und niemand weiß auch so recht, was Matratzen eigentlich von ihrem Leben haben. Sie sind große, freundliche Federkern-Geschöpfe, die ruhig und ganz für sich in den Sümpfen von Squornshöllisch Zeta leben. Viele von ihnen werden gefangen, geschlachtet, getrocknet, verschifft und beschlafen. Keiner scheint das viel auszumachen, und alle heißen sie Zem.

»Nein«, sagte Marvin.

»Mein Name«, sagte die Matratze, »ist Zem. Wir könnten ein bißchen über das Wetter reden.«

Marvin legte in seinem ermüdenden Im-Kreis-Geschlurfe wieder eine Pause ein.

»Der Tau«, bemerkte er, »ist heute morgen wirklich mit einem besonders widerlichen Dröhnen gefallen.«

Er nahm seinen Marsch wieder auf, als habe ihn dieser verbale Ausbruch zu neuen Gipfeln des Trübsinns und der Verzweiflung emporgerissen. Er schleppte sich verbissen weiter. Wenn er Zähne gehabt hätte, dann hätte er jetzt mit ihnen geknirscht. Er hatte keine. Er tat es nicht. Schon das Geschlurfe sagte alles.

Die Matratze flollopte herum. Das ist etwas, was nur lebende Matratzen in Sümpfen tun können, weshalb das Wort auch nicht sehr gebräuchlich ist. Sie flollopte ziemlich teilnahmsvoll herum und brachte dadurch beträchtliche Wassermengen in Bewegung. Sie gurgelte verführerisch ein paar Blasen durch das Wasser nach oben. In einem schwachen, jähen Sonnenstrählchen, das unerwartet durch den Nebel gedrungen war, leuchteten ihre blauweißen Streifen kurz auf, und das Wesen wärmte sich einen kurzen Augenblick daran.

Marvin schlurfte weiter.

»Ich glaube, dich bedrückt etwas«, sagte die Matratze flupiglich.

»Mehr als du dir vielleicht vorstellen kannst«, ödete Marvin. »Meine Fähigkeit zu geistigen Aktivitäten jeder Art ist so grenzenlos wie die unendliche Weite des Raumes. Von meiner Fähigkeit zum Fröhlichsein natürlich mal abgesehen.«

Stampf, stampf, marschierte er.

»Meine Fähigkeit zum Fröhlichsein«, setzte er hinzu, »könntest du in einer Streichholzschachtel unterbringen, ohne vorher die Streichhölzer rauszunehmen.«

Die Matratze globberte. Das ist das Geräusch, das eine lebende, im Sumpf wohnende Matratze macht, die von einem Bericht persönlichen Unglücks tief bewegt ist. Das Wort kann nach dem *Ultra-Vollständigen Maximegalonischen Wörterbuch aller Sprachen überhaupt* auch das Geräusch bezeichnen, das der Lord Obersanvalvwag von Hollop macht, wenn er feststellt, daß er nun schon das zweite Jahr hintereinander den Geburtstag seiner Frau vergessen hat. Da es überhaupt nur einen einzigen Lord Obersanvalvwag von Hollop gab, der nie verheiratet war, wird das Wort lediglich in einem negativen oder spekulativen Sinn gebraucht, und man ist immer mehr der Ansicht, daß das *Ultra-Vollständige Maximegalonische Wörterbuch* die riesige Lastwagenkolonne nicht wert ist, die man braucht, um die mikrogespeicherte Ausgabe darin rumzukarren. Sonderbarerweise fehlt in dem Wörterbuch das Wort »flupiglich«, das schlicht und einfach »in der Art von etwas, das flupig ist« bedeutet.

Wieder globberte die Matratze.

»Ich ahne eine tiefe Niedergeschlagenheit in deinen Dioden«, vollugte sie (zur Erklärung des Wortes »vollugen« kaufe man sich in irgendeinem Ramschbuchladen die *Squornshöllischen Morastgespräche,* oder aber man kaufe sich das *Ultra-Vollständige Maximegalonische Wörterbuch,* denn die Universität wird sehr froh sein, es endlich loszuwerden und so ein paar wertvolle Parkplätze zu gewinnen), »und das macht mich traurig. Du solltest etwas matratziger sein. Wir leben still und zurückgezogen im Sumpf und begnügen uns damit, zu flollopen und zu vollugen und der Nässe nur ziemlich flupiglich Beachtung zu schenken. Einige von uns werden getötet, aber da wir alle Zem heißen, wissen wir nie wer, und das Globbern wird so auf ein Minimum beschränkt. Warum gehst du denn immerfort im Kreis?«

»Weil mein Bein festsitzt«, sagte Marvin schlicht.

»Es sieht so aus«, sagte die Matratze und beäugte es mitfühlend, »als wäre es ein ziemlich schwaches Bein.«

»Du hast recht«, sagte Marvin, »das ist es.«

»Wuhn«, sagte die Matratze.

»Das glaube ich«, sagte Marvin, »und ich glaube auch, daß du die Vorstellung eines Roboters mit einem künstlichen Bein ziemlich komisch findest. Du solltest es deinen Freunden Zem und Zem erzählen, wenn du sie später besuchst. Sie werden furchtbar lachen, wie ich sie kenne, was ich natürlich nicht tue – außer insoweit, als ich alle organischen Lebensformen kenne, was viel vorteilhafter ist, als ich mir's wünsche. Ach, aber mein Leben ist nur eine Kiste voller Schneckengetriebe.«

Er stampfte wieder in seinem winzigen Kreis um sein dürres stählernes Stelzbein herum, das sich im Morast drehte, aber irgendwo festzusitzen schien.

»Aber warum läufst du denn andauernd im Kreis rum?« fragte die Matratze.

»Einfach um mich davon zu überzeugen«, sagte Marvin und lief immer weiter im Kreis herum.

»Sieh's als erledigt an, mein lieber Freund«, flurbelte die Matratze, »sieh's als erledigt an.«

»Bloß nochmal 'ne Million Jahre«, sagte Marvin, »bloß nochmal 'ne schnelle Million. Dann versuch ich's vielleicht rückwärts. Bloß zur Abwechslung, verstehst du?«

Tief in ihren innersten Federkernen fühlte die Matratze, daß der Roboter sich sehnlichst wünschte, daß man ihn fragte, wie lange er denn nun schon so aussichtslos und vergeblich herumhatsche, und mit einem erneuten stillen Flurbeln tat sie es.

»Och, ich habe gerade erst die eins-Komma-fünf-Millionen-Marke passiert, gerade erst passiert«, sagte Marvin obenhin. »Frag mich, ob ich mich jemals langweile, los, frag mich.«

Das tat die Matratze.

Marvin ignorierte die Frage, er hatschte nur mit noch mehr Nachdruck weiter.

»Ich habe mal eine Rede gehalten«, sagte er plötzlich und offensichtlich ohne logischen Zusammenhang. »Du verstehst vielleicht nicht gleich, warum ich jetzt darauf zu sprechen komme, aber das liegt daran, daß mein Geist so phänomenal schnell arbeitet, und ich bin ja auch grob geschätzt dreißigbillionenmal intelligenter als du. Ich geb' dir mal eine Kostprobe davon. Denke dir eine Zahl aus, irgendeine Zahl.«

»Äh ... fünf«, sagte die Matratze.

»Falsch«, sagte Marvin. »Siehst du?«

Die Matratze beeindruckte das mächtig, und ihr wurde klar, daß sie sich in der Gegenwart eines nicht unbedeutenden Geistes befand. Sie weidomierte sich über ihre ganze Länge, was erregte kleine Kräuselwellen in ihrem seichten, algenüberwachsenen Pfuhl erzeugte.

Sie guppte.

»Erzähl mir doch«, drängelte sie, »von der Rede, die du mal gehalten hast, das würde ich gar zu gerne hören.«

»Sie kam sehr schlecht an«, sagte Marvin, »und das aus ganz verschiedenen Gründen. Ich hielt sie«, setzte er hinzu und machte eine Pause, um mit seinem auch nicht gerade guten Arm angestrengt so was wie eine linkische Geste zu vollführen, aber dieser Arm war noch besser als der andere, der hoffnungslos an seiner linken Seite festgeschweißt war, »da drüben, ungefähr eine Meile von hier.«

Er zeigte dorthin, so gut er es nur vermochte, und offenbar wollte er absolut klarstellen, daß das so gut war, wie er es nur vermochte – durch den Nebel, über das Schilf weg auf eine Stelle im Moor, die genauso aussah wie jede andere Stelle im Moor.

»Dort«, wiederholte er. »Ich war damals ziemlich prominent.«

Erregung packte die Matratze. Sie hatte noch nie was von Reden gehört, die auf Squornshöllisch Zeta gehalten wurden, und schon gar nicht von Prominenten. Wasser sprudelte aus ihr hervor, als ihr ein Schauer über den Rücken glurrte.

Sie tat etwas, womit Matratzen sich nur sehr selten abmühen. Sie nahm jedes kleinste bißchen ihrer Kraft zusammen und richtete ihren rechteckigen Körper auf, sie hievte ihn hoch in die Luft und hielt ihn zitternd ein paar Sekunden so, während sie durch den Nebel über das Schilf weg zu der Stelle im Moor spähte, auf die Marvin gezeigt hatte, und ohne Enttäuschung feststellte, daß sie genauso aussah wie jede andere Stelle im Moor. Die Anstrengung war zuviel: Sie flotschte wieder zurück in ihren Pfuhl, wobei sie Marvin mit stinkendem Modder, Torf und Schlingpflanzen bespritzte.

»Kurze Zeit war ich prominent«, brummte der Roboter traurig, »wegen meiner wunderbaren und bitter bereuten Errettung vor einem Schicksal, das beinahe den Tod im Herzen einer glühenden Sonne bedeutet hätte. Du kannst aus meiner Lage schließen«, setzte er hinzu, »mit welch knapper Not ich entkam. Ich wurde von einem Schrotthändler gerettet, stell dir das bloß vor. Hier stehe ich, ein Gehirn von der Größe eines … ach, lassen wir das.«

Eine Weile stampfte er grimmig weiter.

»Er war's, der mich mit diesem Bein hier wieder herrichtete. Scheußlich, nicht? Er verkaufte mich an einen Gedanken-Zoo. Ich war der Star in der dortigen Raupensammlung. Ich mußte auf einer Kiste sitzen und meine Geschichte erzählen, während die Leute zu mir sagten, ich solle nur Mut fassen und alles positiv betrachten. ›Grins doch mal kleiner Roboter‹, schrien sie mich an, ›lach doch mal 'n bißchen.‹ Ich erklärte ihnen dann, daß man in einer Werkstatt ein ganz paar Stunden Arbeit mit dem Schraubenschlüssel hätte, wenn man mein Gesicht zum Grinsen bringen wollte, und das kam sehr gut an.«

»Die Rede«, drängte die Matratze, »ich möchte so gern von der Rede hören, die du im Moor gehalten hast.«

»Es gab mal eine Brücke, die führte durch den Sumpf.

Eine kybergefügte Hyperbrücke, Hunderte von Meilen lang, auf der Ionen-Buggies und Güterzüge über den Sumpf wegrollen sollten.«

»Eine Brücke?« quirrulte die Matratze. »Hier im Sumpf?«

»Eine Brücke«, bestätigte Marvin, »hier im Sumpf. Sie sollte die Wirtschaft des Squornshöllisch-Systems wieder ankurbeln. Sie investierten die ganze Wirtschaft des Squornshöllisch-Systems in den Bau dieser Brücke. Sie baten mich, sie dem Verkehr zu übergeben. Arme Irre.«

Es fing an, ein bißchen zu regnen, ein feiner Nieselregen perlte durch den Nebel.

»Ich stand auf der Tribüne. Hunderte von Meilen vor mir und Hunderte von Meilen hinter mir erstreckte sich die Brücke.«

»Glitzerte sie?« fragte die Matratze.

»Sie glitzerte.«

»Überspannte sie die Meilen majestätisch?«

»Sie überspannte die Meilen majestätisch.«

»Dehnte sie sich wie ein Silberfaden weit hinaus in den unsichtbaren Nebel?«

»Ja«, sagte Marvin. »Willst du die ganze Geschichte hören?«

»Ich möchte deine Rede hören«, sagte die Matratze.

»Das habe ich ja gesagt. Ich sagte: ›Ich würde Ihnen gerne sagen, daß es eine riesengroße Freude, Ehre und Auszeichnung für mich ist, die Brücke dem Verkehr übergeben zu dürfen, aber ich kann nicht, weil alle meine Lügenschaltkreise außer Betrieb sind. Ich hasse und verachte Sie alle. Und nun erkläre ich dieses unselige Hyperbauwerk für den achtlosen Mißbrauch durch all jene, die es mutwillig überqueren, für eröffnet.‹ Und ich klinkte mich selber in die Eröffnungsschaltkreise ein.«

Marvin machte eine Pause, während er sich an den Augenblick erinnerte.

Die Matratze flurrte und glurrte. Sie flollopte, guppte

und weidomierte sich, das letztere auf besonders flupige Art und Weise.

»Wuhn«, sagte sie schließlich. »Und war das ein großartiges Ereignis?«

»Ziemlich großartig. Die ganze viele tausend Meilen lange Brücke faltete automatisch ihre glitzernden Bogen zusammen, versank weinend im Morast und riß alle mit sich.«

In diesem Augenblick trat in der Unterhaltung eine betrübte, schreckliche Pause ein, in der es schien, als sagten plötzlich hunderttausend Leute »Wopp«, und dann schwebte ein Schwarm weißer Roboter vom Himmel wie Löwenzahnsamen, die in strammer Militärformation sich vom Wind treiben lassen. Einen plötzlichen, gewaltsamen Augenblick lang waren sie alle zusammen da im Sumpf und rissen Marvin das falsche Bein ab, und dann waren sie auch schon wieder weg in ihrem Raumschiff, das »Fuup« sagte.

»Siehst du, mit was für Dingen ich zu kämpfen habe?« sagte Marvin zu der gobbernden Matratze.

Einen Augenblick darauf waren die Roboter zu einem zweiten gewaltsamen Eingriff plötzlich wieder da, und als sie diesmal abschwirrten, war die Matratze allein im Sumpf. Sie flollopte erstaunt und furchtsam umher. Sie lurgelte fast vor Angst. Sie richtete sich auf, um über das Schilf hinwegzuspähen, aber da gab's nichts zu sehen, keinen Roboter, keine glitzernde Brücke, kein Raumschiff, bloß noch mehr Schilf. Sie lauschte, aber der Wind trug kein Geräusch herüber, nur das ihr mittlerweile vertraute Geschrei halbverrückter Etymologen, die sich in der Ferne über den düsteren Sumpf hinweg etwas zuriefen.

10

Arthur Dent wirbelte im Kreis herum.

Das Universum zersplitterte in eine Million glitzernder Fragmente, und jede einzelne Scherbe trudelte still durch den leeren Raum und spiegelte auf ihrer silbernen Oberfläche eine einzigartige Katastrophe aus Feuer und Verwüstung.

Und dann explodierte die Finsternis hinter dem Universum, und jedes einzelne Teilchen Finsternis war der unbändige Rauch der Hölle.

Und das Nichts hinter der Finsternis hinter dem Universum brach los, und hinter dem Nichts hinter der Finsternis hinter dem zersplitterten Universum war schließlich die dunkle Gestalt eines gewaltigen Mannes zu sehen, der gewaltige Worte sprach.

»Das also«, sagte die Gestalt, die in einem gewaltigen bequemen Sessel saß, »waren die Krikkit-Kriege, die gewaltigste Verheerung, die jemals unsere Galaxis heimsuchte. Was ihr eben erlebt habt ...«

Slartibartfaß schwebte winkend vorüber.

»Ihr seht nun einen Dokumentarfilm«, rief er. »Das ist gerade keine gute Stelle. Tut mir furchtbar leid, ich versuche eben, den Rückspulknopf zu finden ...«

»... das haben Billionen und Billionen Unschuldiger ...«

»Laßt euch«, rief Slartibartfaß, der wieder vorüberschwebte und wie verrückt an dem Ding rumfummelte, das er im Raum der Informationsillusionen in die Wand gesteckt hatte und das da auch tatsächlich immer noch steckte, »laßt euch jetzt ja nicht darauf ein, irgendwas zu glauben.«

»... Leute, Geschöpfe, eure Mitmenschen ...«

Musik rauschte auf – und wieder war es eine gewaltige Musik, gewaltige Akkorde. Und hinter dem Mann tauchten langsam und ganz allmählich aus dem gewaltig wirbelnden Nebel drei hohe Säulen auf.

»... erlebt, durchlebt – oder vielmehr öfter nicht mehr erlebt. Denkt daran, meine Freunde. Und laßt uns nicht vergessen – und ich werde euch gleich einen Weg zeigen, der uns helfen wird, uns immer daran zu erinnern –, daß vor den Krikkit-Kriegen die Galaxis etwas Rares und Wunderbares war, eine glückliche Galaxis!«

Die Musik drehte in dem Moment vor lauter Gewaltigkeit völlig durch.

»Eine glückliche Galaxis, liebe Freunde, wie sie sich in dem Symbol des Wikkit-Tores darstellte!«

Die drei Säulen waren jetzt deutlich zu sehen, drei Säulen, die zwei Querbalken trugen, und das auf eine Art und Weise, die Arthurs verwirrtem Gehirn verblüffend bekannt vorkam.

»Die drei Säulen«, donnerte der Mann. »Die Stählerne Säule, die die Macht und Stärke der Galaxis repräsentierte!«

Scheinwerfer fingerten hervor und veranstalteten verrückte Tänze die linke Säule rauf und runter, die zweifellos aus Stahl oder aus ganz was Ähnlichem war. Die Musik pochte und schrie.

»Die Plexiglassäule«, verkündete der Mann, »die die Bedeutung von Wissenschaft und Vernunft in der Galaxis repräsentierte!«

Noch mehr Scheinwerfer hüpften die rechte, transparente Säule exotisch rauf und runter und ließen in ihr wundersame Muster und im Magen von Arthur Dent plötzlich einen ganz unerklärlichen Appetit auf Eiskrem entstehen.

»Und«, fuhr die Donnerstimme fort, »die Hölzerne Säule, die die Macht von ...«, und hier wurde die Stimme vor lauter großartigen Gefühlen ein ganz klein bißchen leiser, »Natur und Geist repräsentierte.«

Die Lichter strahlten die Säule in der Mitte an. Die Musik schwang sich pompös in die Bereiche purer Unaussprechlichkeit empor.

»Zwischen sich tragen sie«, dröhnte die Stimme weiter und steuerte auf den Höhepunkt zu, »die Goldene Querstange des Reichtums und die Silberne Querstange des Friedens!«

Das ganze Bauwerk war nun in wunderbares Licht getaucht, während die Musik zum Glück inzwischen die Grenzen des Wahrnehmbaren überschritten hatte. Die beiden hell glänzenden Querbalken auf den drei Säulen lagen da und funkelten. Mädchen schienen auf ihnen zu sitzen, oder vielleicht sollten das auch Engel sein.

Bloß werden Engel normalerweise mit mehr Textilien dargestellt.

Plötzlich trat in der Weite, die wahrscheinlich den Kosmos darstellen sollte, eine dramatische Stille ein, und die Lichter wurden dunkler.

»Es gibt keine Welt«, bebte des Mannes kundige Stimme, »keine zivilisierte Welt in der Galaxis, auf der dieses Symbol nicht auch heute noch verehrt würde. Selbst auf primitiven Sternen lebt es im Volksgedächtnis weiter. Das war es, was die Mächte von Krikkit zerstörte, und das ist es, was nun ihre Welt bis ans Ende der Ewigkeit absperrt und verschließt!«

Und mit einem Tusch zog der Mann ein Modell des Wikkit-Tors hervor. Der Maßstab war in diesem ganzen seltsamen Spektakel wahnsinnig schlecht abzuschätzen, aber das Modell sah so aus, als sei es ungefähr einen Meter hoch.

»Das ist natürlich nicht das Original. Das, wie jedermann weiß, wurde zerstört, in die ewig strudelnden Wirbeln des Raum-Zeit-Kontinuums versprengt und ging für immer verloren. Dieses hier ist eine wundervolle Nachbildung, von geschickten Künstlern handgearbeitet, die sie, sich uralter Handwerksgeheimnisse bedienend, zu einem Andenken liebevoll zusammenbauten, das ihr mit Stolz besitzen werdet zur Erinnerung derer, die starben, und zur Ehre der Galaxis – unserer Galaxis –, bei deren Verteidigung sie fielen ...«

Slartibartfaß schwebte in diesem Augenblick wieder vorbei.

»Hab' ihn«, sagte er. »Jetzt können wir den ganzen Quatsch hier sausen lassen. Bloß nicht nicken, das ist alles.«

»Nun wollen wir demütig die Köpfe neigen«, psalmodierte die Stimme, und dann sagte sie es nochmal, nur viel schneller und rückwärts.

Lichter leuchteten auf und erloschen, die Säulen verschwanden, der Mann plapperte sich rückwärts ins Nichts, das Universum setzte sich mit einem Zack wieder um sie zusammen.

»Kapiert, worum's geht?« fragte Slartibartfaß.

»Ich bin erstaunt«, sagte Arthur, »und verwirrt.«

»Ich habe geschlafen«, sagte Ford, der in dem Moment ins Bild geschwebt kam, »habe ich irgendwas verpaßt?«

Sie fanden sich wiederum ziemlich schnell am Rande eines grauenhaft hohen Felsens herumwanken. Der Wind fegte ihnen aus den Gesichtern und über eine Bucht weg, in der die Trümmer einer der größten und mächtigsten Weltraumkriegs-Flotten, die jemals in der Galaxis zusammengezogen wurden, sich munter wieder ins Dasein zurückbrannten. Der Himmel war von einem trüben Rosa und verfinsterte sich über eine ganz merkwürdige Farbe ins Blau und weiter nach oben ins Schwarz. Rauch wogte in unglaublichem Tempo aus ihm herab.

Die Ereignisse rasten nun fast zu schnell an ihnen vorbei nach rückwärts, um noch wahrgenommen zu werden, und als kurz darauf ein kolossales Sternenkriegsschiff vor ihnen davonflitzte, als hätten sie »puuf« gesagt, erkannten sie es nur als die Stelle wieder, an der sie reingekommen waren.

Aber jetzt war alles viel zu rasch, ein video-taktiler Klecks, der sie kreiselnd, wirbelnd, flirrend durch Jahrhunderte galaktischer Geschichte rüttelte und stieß. Der Ton war nur noch ein einziges schwaches Wimmern.

Ab und zu nahmen sie in dem immer dichter werdenden Wust der Ereignisse entsetzliche Erschütterungen wahr, grauenhafte Schrecknisse, verheerende Katastrophen, die stets mit bestimmten immer wiederkehrenden Bildern verbunden waren, den einzigen Bildern, die in der Lawine der zusammenstürzenden Historie klar erkennbar waren: einem Wicket-Tor, einem kleinen, harten, roten Ball, blendendweißen Robotern und auch etwas weniger Eindeutigem, etwas Dunklerem und Verschwommenem.

Aber es gab da noch eine andere Empfindung, die sich deutlich aus dem rasenden Zeitlauf abhob.

So wie aufeinanderfolgende langsame Klickgeräusche, wenn sie beschleunigt werden, die genaue Abgrenzung jedes einzelnen Klickgeräuschs verlieren und nach und nach zu einem ununterbrochenen, ansteigenden Ton werden, so wurden hier viele aufeinanderfolgende individuelle Eindrücke zu einem ununterbrochenen Gefühl – das dennoch kein Gefühl war. Wenn es ein Gefühl war, dann war es ein absolut gefühlloses. Es war Haß, unversöhnlicher Haß. Es war kalt, nicht so wie Eis kalt ist, sondern so wie eine Wand kalt ist. Es war unpersönlich, nicht so wie ein zufälliger Faustschlag in einer Menschenmenge unpersönlich ist, sondern so wie ein von einem Computer ausgefertigter Strafzettel unpersönlich ist. Und es war tödlich – wiederum nicht so wie eine Kugel oder ein Messer tödlich sind, sondern so wie eine Backsteinmauer quer über eine Autobahn tödlich ist.

Und genauso wie ein ansteigender Ton seine Eigenart ändern und beim Ansteigen immer wohlklingender wird, so schien hier wiederum dieses gefühllose Gefühl zu einem unerträglichen, wenn auch unhörbaren Schrei anzuschwellen und plötzlich ein Schrei aus Schuld und Enttäuschung zu sein.

Und plötzlich verstummte er.

Sie standen auf dem stillen Gipfel eines Berges, es war ein friedlicher Abend.

Die Sonne ging eben unter.

Rings um sie erstreckte sich das leicht gewellte grüne Land sanft in die Ferne. Vögel sangen ihre Lieder darüber, was sie von der ganzen Sache hielten, und die Meinung schien allgemein gut zu sein. Ein kleines Stück entfernt hörte man den Lärm spielender Kinder, und noch ein kleines bißchen weiter weg als die offenbare Quelle dieses Geräusches sah man im schwächer werdenden Abendlicht die Silhouette einer kleinen Stadt.

Die Stadt schien größtenteils aus ziemlich niedrigen Häusern zu bestehen, die aus weißen Steinen errichtet waren. Den Horizont bildeten sanfte, angenehme Kurven.

Die Sonne war fast untergegangen.

Wie aus dem Nichts erklang Musik. Slartibartfaß drückte auf einen Schalter, und sie verstummte.

Eine Stimme sagte: »Dies hier ...« Slartibartfaß drückte auf einen Schalter, und sie verstummte.

»Ich werde euch davon erzählen«, sagte er mild.

Die Gegend war friedlich. Arthur fühlte sich glücklich. Selbst Ford wirkte heiter. Sie spazierten ein kleines Stück in Richtung auf die Stadt zu, und die Informationsillusion des Grases war angenehm und frühlingshaft unter ihren Füßen, und die Informationsillusion der Blumen duftete süß und aromatisch. Nur Slartibartfaß schien besorgt zu sein und sich unwohl zu fühlen.

Er blieb stehen und sah nach oben.

Da kam es Arthur plötzlich so vor, daß nun, da die Geschichte sozusagen auf ihr Ende oder vielmehr auf den

Anfang all der Schrecken zusteuerte, die sie nur schemenhaft erlebt hatten, daß nun gleich irgend etwas Furchtbares geschehen müsse. Der Gedanke bedrückte ihn, daß einem so idyllischen Plätzchen wie diesem etwas Furchtbares widerfahren könne. Auch er sah nach oben. Am Himmel war nichts zu sehen.

»Sie werden doch hier nicht etwa gleich angreifen, oder?« sagte er. Ihm war klar, daß es nur eine Filmaufnahme war, durch die er hindurchspazierte, aber er war trotzdem beunruhigt.

»Niemand wird hier angreifen«, sagte Slartibartfaß mit einer Stimme, die mit einemmal vor Gefühl bibberte. »Das hier ist der Ort, wo alles beginnt. Das hier ist der Ort selbst. Das hier ist Krikkit.«

Er blickte zum Himmel hinauf.

Von einem Horizont zum anderen, von Osten nach Westen, von Norden nach Süden war der Himmel absolut und vollkommen schwarz.

11

Stampf stampf.

Surr.

»Stets gern zu Diensten.«

»Schnauze.«

»Vielen Dank.«

Stampf stampf stampf stampf stampf.

Surr.

»Vielen Dank, Sie haben eine einfache Tür sehr glücklich gemacht.«

»Hoffentlich verrotten bald deine Dioden.«

»Besten Dank und viel Spaß noch heute.«

Stampf stampf stampf stampf.

Surr.

»Es ist mir ein Vergnügen, mich für Sie zu öffnen ...«

»Halt's Maul.«

»... und eine Genugtuung, mich wieder zu schließen und zu wissen, ich habe gute Arbeit getan.«

»Ich sagte, halt's Maul.«

»Danke, daß Sie mir zugehört haben.«

Stampf stampf stampf stampf.

»Wopp.«

Zaphod hörte auf zu stampfen. Er war seit Tagen in der »Herz aus Gold« herumgestampft, und bisher hatte keine Tür »Wopp« zu ihm gesagt. Er war auch ziemlich sicher, daß jetzt keine Tür zu ihm »Wopp« gesagt hatte. So was sagen Türen nicht. Zu kurz. Außerdem gab es nicht so viele Türen. Es hörte sich an, als hätten hunderttausend Leute »Wopp« gesagt, und das machte ihn stutzig, denn er war ganz allein in dem Raumschiff.

Es war dunkel. Die meisten unwichtigen Systeme des Raumschiffs waren abgeschaltet. Es trieb faul in einer entlegenen Gegend der Galaxis, tief in der pechrabenschwarzen Finsternis des Raumes. Welche merkwürdigen hunderttausend Leute sollten also ausgerechnet hier aufkreuzen und völlig unerwartet »Wopp« sagen?

Er blickte sich um, den Gang rauf und den Gang runter. Alles lag in tiefem Dunkel. Nur die rosa Umrisse der Türen waren ganz schwach zu sehen, die im Dunkeln leuchteten und pulsierten, wenn sie sprachen, obwohl er alle erdenklichen Möglichkeiten ausprobiert hatte, sie daran zu hindern.

Die Lichter waren ausgeschaltet, so daß seine Köpfe es vermeiden konnten, einander anzusehen, denn keiner von beiden war momentan besonders reizend anzusehen, und das waren sie nicht, seitdem er den Fehler begangen hatte, sich in die Seele zu schauen.

Das war wirklich ein Fehler gewesen.

Es war eines Abends spät gewesen – natürlich.

Es war ein harter Tag gewesen – natürlich.

Es war gefühlvolle Musik im Tonsystem des Raumschiffs gelaufen – natürlich.

Und er war – natürlich – leicht betrunken gewesen.

Mit anderen Worten, all die üblichen Voraussetzungen, die einen dazu bringen, in seiner Seele herumzubohren hatten vorgelegen, und dennoch war es zweifellos ein Fehler gewesen.

Wie er nun so schweigend und allein im dunklen Gang stand, erinnerte er sich an den Augenblick und erschauerte. Einer seiner Köpfe sah in die eine Richtung und der andere in die andere Richtung, und jeder beschloß, die andere sei die Richtung, in die man gehen müsse.

Er lauschte, konnte aber nichts hören.

Nur dieses »Wopp« war zu hören gewesen.

Es erschien ihm furchtbar mühsam, so furchtbar viele Leute dazu zu bringen, bloß ein einziges Wort zu sagen.

Ängstlich schlängelte er sich in Richtung Kommandoraum. Dort wenigstens würde er sich unter Kontrolle haben. Er blieb wieder stehen. So wie er sich fühlte, bestand wohl nicht so wahnsinnig viel Hoffnung, sich unter Kontrolle zu bekommen.

Wenn er zurückdachte, war der erste Schock damals die Entdeckung gewesen, daß er tatsächlich eine Seele besaß.

Eigentlich hatte er immer mehr oder minder angenommen, er habe eine, wie er ja auch sonst alles vollzählig hatte, und von manchen Dingen sogar zwei; aber plötzlich tatsächlich auf dies Ding zu stoßen, das da tief in seinem Inneren auf der Lauer lag, hatte ihm einen harten Stoß versetzt.

Und dann zu entdecken (das war der zweite Schock), daß es nicht das durch und durch wunderbare Ding war, das zu erwarten ein Mann in seiner Position seiner Ansicht nach das selbstverständliche Recht besaß, das hatte ihn nochmal hart getroffen.

Dann hatte er überlegt, was seine Position eigentlich sei, und der neuerliche Schock hatte fast dazu geführt, daß er seinen Drink verschüttete. Er goß ihn rasch runter, ehe ihm was Ernstes zustoßen konnte. Dann nahm er rasch noch einen, der dem ersten nacheilen und nachsehen sollte, ob es ihm gut ginge.

»Freiheit«, sagte er laut.

In dem Moment betrat Trillian den Kommandoraum und äußerte mehrere enthusiastische Dinge zum Thema Freiheit.

»Ich komme damit nicht zu Rande«, sagte er finster und schickte einen dritten Drink nach unten, der nachsehen sollte, warum der zweite noch keinen Bericht über das Befinden des ersten nach oben geschickt hatte. Unsicher sah er auf die beiden Trillians und entschied sich für die rechte.

Jetzt schüttelte er durch die zweite Kehle einen Drink nach unten, und zwar mit der Absicht, daß der den vorigen von seinem Spaziergang ablenken, sich mit ihm verbünden und zusammen mit ihm den zweiten dazu bringen solle, sich zusammenzureißen. Dann würden sich alle drei gemeinsam auf die Suche nach dem ersten machen, ihm gut zureden und vielleicht sogar ein bißchen was vorsingen.

Er war nicht sicher, ob der vierte Drink das alles richtig verstanden habe, deshalb schickte er ihm einen fünften, der ihm den Plan nochmal ausführlicher erklären sollte, und einen sechsten zur moralischen Unterstützung.

»Du trinkst zu viel«, sagte Trillian.

Seine Köpfe stießen zusammen, als sie versuchten, aus den vier Trillians, die er jetzt sah, eine einzige Person zusammenzusetzen. Er gab es auf, warf einen Blick auf den Navigationsmonitor und war erstaunt, eine so ungeheure Menge Sterne zu sehen.

»Spaß, Abenteuer und wirklich fetzige Sachen«, murmelte er.

»Schau mal«, sagte sie mit Mitgefühl in der Stimme und setzte sich neben ihn, »es ist doch ganz verständlich, wenn du dir eine kleine Weile etwas zwecklos vorkommen wirst.«

Er schielte sie verdutzt an. Er hatte noch nie jemanden gesehen, der auf seinem eigenen Schoß sitzen konnte.

»Mannomann«, sagte er. Er kippte noch einen Drink.

»Du hast den Auftrag erledigt, mit dem du dich jahrelang beschäftigt hast.«

»Ich habe mich nicht mit ihm beschäftigt. Ich habe es zu vermeiden gesucht, mich mit ihm zu beschäftigen.«

»Trotzdem hast du ihn erledigt.«

Er grunzte. In seinem Magen schien eine Wahnsinnsparty im Gange zu sein.

»Ich glaube, er hat mich erledigt«, sagte er. »Hier stehe ich. Zaphod Beeblebrox, ich kann überallhin, wo's mir Spaß macht, alles tun, was mir Spaß macht. Ich besitze das phantastischste Raumschiff im bekannten Universum, ein Mädchen, mit dem's ziemlich gut läuft ...«

»Tatsächlich?«

»Soweit ich weiß. Ich bin kein Fachmann in persönlichen Beziehungskisten ...«

Trillian zog die Augenbrauen hoch.

»Ich bin«, fuhr er fort, »ein Teufelskerl, ich kann alles machen, was ich will, ich habe bloß nicht die geringste Idee, was.«

Er machte eine Pause.

»Eins«, setzte er noch hinzu, »führt plötzlich nicht mehr zum anderen« – im Widerspruch dazu kippte er noch einen Drink runter und rutschte wenig anmutig von seinem Stuhl.

Während er seinen Rausch ausschlief, blätterte Trillian ein bißchen im raumschiffeigenen Reiseführer *Per Anhalter durch die Galaxis* rum. Er hatte ein paar Ratschläge bei Trunkenheit anzubieten.

»Knie dich rein«, hieß es da, »und viel Glück.«

Es war ein Querverweis zu dem Artikel über die Größe des Universums und wie man damit zu Rande kommt.

Dann fand sie den Eintrag über Han Wavel, einen exotischen Urlaubsplaneten und eins der Wunder der Galaxis.

Han Wavel ist ein Planet, der größtenteils aus sagenhaften ultraluxuriösen Hotels und Casinos besteht, die allesamt durch natürliche Erosion von Wind und Regen entstanden sind.

Die Chancen, daß etwas Derartiges passiert, stehen so ungefähr eins zu unendlich. Über das Zustandekommen ist wenig bekannt, weil keiner von den Geophysikern, Wahrscheinlichkeitsstatistikern, Meteoranalytikern oder Bizarrologen, die so scharf darauf sind, ihn zu erforschen, sich dort einen Aufenthalt leisten können.

Wahnsinn, dachte Trillian bei sich, und wenige Stunden später steuerte das riesige, weiße, turnschuhförmige Raumschiff langsam aus dem Himmel unter einer heißen, strahlenden Sonne auf einen leuchtendbunten, sandigen Raumflughafen. Am Boden war das Raumschiff natürlich die Sensation, und Trillian genoß das.

Sie hörte Zaphod irgendwo im Raumschiff herumwuseln und pfeifen.

»Wie geht's dir?« fragte sie über die Bordsprechanlage.

»Wunderbar«, sagte er aufgeräumt, »wahnsinnig gut.«

»Wo bist du?«

»Im Bad.«

»Was machst du dort?«

»Drinbleiben.«

Nach ein, zwei Stunden wurde klar, daß er es so gemeint hatte, und das Schiff kehrte zum Himmel zurück, ohne auch nur einmal seine Luke geöffnet zu haben.

»Heißa!« sagte Eddie der Computer.

Trillian nickte ergeben, trommelte ein bißchen mit den Fingern herum und drückte auf den Schalter der Bordsprechanlage.

»Ich denke, eine physische Anstrengung könnte dich vielleicht ein bißchen aus der Reserve locken.«

»Was du auch immer denkst, das denke ich auch«, sagte Zaphod.

»ERHOLUNGSMÖGLICHKEITEN«, war eine Überschrift, auf die Trillians Auge fiel, als sie sich wenig später hinsetzte, um weiter im *Anhalter* zu blättern, und während die »Herz aus Gold« mit Unwahrscheinlichkeitsgeschwindigkeit in eine unbestimmte Richtung sauste, nippte Trillian an einer Tasse mit etwas Untrinkbarem aus dem Nutrimatik-Getränkespender und las über das Fliegen.

Der Reiseführer *Per Anhalter durch die Galaxis* sagt folgendes zum Thema Fliegen:

Es ist eine Kunst, sagt er, oder vielmehr ein Trick zu fliegen.

Der Trick besteht darin, daß man lernt, wie man sich auf den Boden schmeißt, aber daneben.

Such dir einen schönen Tag aus, schlägt er vor, und probier's.

Der erste Teil ist ganz leicht.

Er erfordert nichts weiter als die Fähigkeit, sich mit dem ganzen Gewicht nach vorn zu werfen, und den festen Willen, sich nichts daraus zu machen, daß es wehtut.

Das heißt, es wird wehtun, wenn es einem nicht gelingt, den Boden zu verfehlen.

Den meisten Leuten gelingt es nicht, ihn zu verfehlen, und wenn sie es dann erst recht versuchen, besteht die große Wahrscheinlichkeit, daß es ihnen mit ziemlicher Wucht nicht gelingt, ihn zu verfehlen.

Zweifellos ist es dieser zweite Teil, nämlich das Verfehlen, der Schwierigkeiten bereitet.

Das eine Problem ist, daß man den Boden zufällig verfehlen muß. Es hat keinen Zweck, sich bewußt vorzunehmen, den Boden zu verfehlen, denn das schafft man nicht. Man muß sich plötzlich von irgendwas ablenken lassen, wenn man auf halbem Wege ist, so daß man nicht mehr über das Fallen nachdenkt oder über den Boden oder darüber, wie weh es tun wird, wenn es einem nicht gelingt, ihn zu verfehlen.

Es ist bekanntlich äußerst schwierig, die Aufmerksamkeit während des Sekundenbruchteils, den man zur Verfügung hat, von diesen drei Dingen abzulenken. Daher das Scheitern der meisten Leute und schließlich die Ernüchterung über diesen so anregenden und ausgefallenen Sport.

Wenn man jedoch das große Glück hat, im entscheidenden Augenblick ganz kurz abgelenkt zu werden, sagen wir mal durch ein prachtvolles Paar Beine (Fühler, Scheinfüßchen – je nach Gattung und/oder persönlicher Neigung) oder durch eine Bombe, die in der Nähe explodiert, oder dadurch, daß man plötzlich auf einem nahegelegenen Zweig eine äußerst seltene Käferart krabbeln sieht, dann wird man in seiner Verwunderung den Boden total verfehlen und nur wenige Zentimeter über ihm in einer Weise schweben bleiben, die vielleicht ein ganz klein bißchen dämlich wirken könnte.

Das ist der Moment höchster und heikelster Konzentration.

Laß dich treiben und schwebe, schwebe und laß dich treiben.

Unterlasse alles Nachdenken darüber, wie schwer du eigentlich bist, und lasse dich einfach etwas höher tragen.

Hör nicht drauf, was in dem Moment die Leute zu dir sagen, denn höchstwahrscheinlich sagen sie nichts Hilfreiches.

Höchstwahrscheinlich sagen sie irgend was Ähnliches wie: »Du großer Gott, du kannst doch unmöglich fliegen.«

Es ist ungeheuer wichtig, ihnen keinen Glauben zu schenken, oder aber sie haben augenblicklich recht.

Laß dich höher und höher tragen.

Versuche ein paar Sturzflüge, ganz vorsichtig zuerst, dann schwebe über die Baumkronen weg und atme gleichmäßig.

WINKE NIEMANDEM ZU.

Wenn man das ein paarmal gemacht hat, wird man entdecken, daß der Augenblick der Ablenkung rasch immer leichter zu erreichen ist.

Dann wird man alles lernen, was man zur Kontrolle des Fluges, der Geschwindigkeit, der Manövrierfähigkeit braucht, und der Trick besteht normalerweise darin, daß man nicht zu heftig darüber nachdenkt, was man machen will, sondern daß man es einfach geschehen läßt, als geschehe es sowieso.

Man wird auch lernen, wie man richtig landet, das ist etwas, was man beim ersten Versuch ziemlich sicher durcheinanderbringt, und zwar gründlich.

Es gibt private Flugvereine, denen man beitreten kann und die einem helfen, den überaus wichtigen Moment der Ablenkung zu erwischen. Sie heuern Leute mit frappierenden Körpern oder Meinungen an, die im kritischen Augenblick hinter irgendwelchen Büschen hervorgestürmt kommen und sie einem zeigen und/oder auseinandersetzen. Nur wenige echte Hitchhiker werden in der Lage sein, in so einen Verein einzutreten, aber einige werden dort vielleicht mal einen Aushilfsjob bekommen.

Trillian las das sehnsüchtig durch, kam dann aber widerstrebend zu der Überzeugung, daß Zaphod eigentlich nicht in der richtigen Verfassung sei, es mit dem Fliegen zu versuchen oder durchs Gebirge zu wandern oder den brantisvoganischen Geheimdienst dazu zu bewegen, eine Ummeldebescheinigung anzuerkennen, was die anderen Sachen waren, die unter der Überschrift »Erholungs-Unmöglichkeiten« aufgeführt waren.

Statt dessen flog sie das Raumschiff nach Allosimanius Syneca, einem Stern aus Eis und Schnee, von irrsinniger Kälte und geisteszerrüttender Schönheit. Die Wanderung von der verschneiten Ebene von Liska zum Gipfel der Eiskristallpyramiden von Sastantua ist weit und anstrengend, auch mit Jet-Skiern und einem Rudel synecaischer Schneehunde, aber der Blick von da oben, ein Blick, der die Gletscherfelder von Stin, die schimmernden Prismaberge und die ätherisch in der Ferne tanzenden Eislichter umfaßt, ist etwas, was den Geist zunächst tiefgefriert und dann allmählich in bislang nie geschaute Horizonte der Schönheit entläßt, und Trillian zum Beispiel hatte das Empfinden, daß es ihr ganz gut täte, wenn sie ihren Geist allmählich in bislang nie geschaute Horizonte der Schönheit entließe.

Sie schwenkte in eine niedrigere Umlaufbahn ein.

Dort unter ihnen lag die silberweiße Schönheit von Allosimanius Syneca.

Zaphod blieb im Bett, einen Kopf unter ein Kissen geklemmt, während der andere damit beschäftigt war, bis spät in die Nacht Kreuzworträtsel zu lösen.

Wieder nickte Trillian ergeben, zählte bis zu einer ziemlich hohen Zahl und sagte sich, alles, worauf es jetzt noch ankomme, sei, Zaphod zum Reden zu bringen.

Sie stellte, indem sie alle Küchen-Robot-Synth-O-Matics außer Betrieb setzte, ein so sagenhaft leckeres Essen her, wie sie es sich nur vorstellen konnte – leicht geölter Fisch, duftendes Obst, wohlriechender Käse, erlesene aldebaranische Weine.

Sie trug es zu ihm und fragte ihn, ob er sich in der Stimmung fühle, alles mit ihr durchzusprechen.

»Zieh Leine«, sagte Zaphod.

Trillian nickte ergeben, zählte bis zu einer noch viel höheren Zahl, schob das Tablett leicht zur Seite, ging ins Teletransport-Zimmer und teleportierte sich einfach mir nichts dir nichts aus seinem Leben.

Sie programmierte nicht mal irgendwelche Koordinaten, sie hatte nicht die leiseste Idee, wo sie hinwollte, sie ging einfach – eine wahllose Reihe kleiner Pünktchen, die durchs Universum tanzten.

»Alles«, sagte sie sich, als sie wegging, »ist besser als das.«

»Ganz recht«, murmelte Zaphod, drehte sich um und versuchte vergeblich, einzuschlafen.

Am nächsten Tag zog er ruhelos durch die leeren Gänge des Schiffs und tat so, als suche er nicht nach ihr, obwohl er wußte, daß sie nicht da war. Er überging die nörgeligen Fragen des Computers, was denn um alles in der Welt hier los sei, indem er über einige seiner Terminals einen kleinen elektronischen Knebel klebte.

Nach einer Weile fing er an, die Lichter auszuschalten. Es gab nichts mehr zu sehen. Und nichts würde mehr passieren.

Als er eines Nachts im Bett lag – und Nacht herrschte nun wirklich ununterbrochen an Bord des Raumschiffs – beschloß er, sich aufzuraffen und die Dinge wieder in eine gewisse Ordnung zu bringen. Er stand unvermittelt auf und zog sich an. Er war der Meinung, es müsse jemanden im Universum geben, der sich noch elender, unglücklicher und einsamer fühle als er, und er beschloß, nach ihm zu suchen.

Auf halbem Wege zum Kontrollraum kam ihm der Gedanke, das könne vielleicht Marvin sein, und er ging wieder ins Bett.

Und es war wiederum ein paar Stunden später, als er verzweifelt in den dunklen Korridoren rumstampfte und auf die freundlichen Türen fluchte, daß er das Wort »Wopp« hörte, was ihm große Angst machte.

Er zog sich nervös an die Gangwand zurück und runzelte die Stirn wie jemand, der versucht, einen Korkenzieher telekinetisch geradezubiegen. Er legte die Fingerspitzen gegen die Wand und spürte ein ungewöhnliches Vibrieren. Und dann vernahm er ganz deutlich leise Geräusche und hörte auch, woher sie kamen – sie kamen aus dem Kontrollraum.

Er fuhr mit der Hand über die Wand und berührte etwas, worüber er sehr froh war. Er rutschte leise ein bißchen weiter.

»Computer?« zischte er.

»Hmmmm?« sagte das Computerterminal gleich neben ihm, ebenfalls sehr leise.

»Ist hier jemand in diesem Raumschiff?«

»Hmmmmm«, sagte der Computer.

»Wer denn?«

»Hmmmm mmm mmmmmmm«, sagte der Computer.

»Was?«

»Hmmmm mmmm mm mmmmmmmm.«

Zaphod vergrub eins seiner Gesichter in zweien seiner Hände.

»Oh heiliger Zarquon«, murmelte er. Er blickte den Korridor hinunter in Richtung auf die Eingangstür zum Kontrollraum, von wo aus undeutlicher Entfernung mehr und entschlossene Geräusche zu hören waren und wo sich die geknebelten Computerterminals befanden.

»Computer«, flüsterte er wieder.

»Hmmmm?«

»Wenn ich dir die Knebel annehme ...«

»Hmmmm.«

»Erinnere mich daran, daß ich mir selber eine in die Fresse haue.«

»Hmmmm mmm?«

»In beide. Jetzt sag mir bloß folgendes. Einmal für ja, zweimal für nein. Ist es gefährlich?«

»Hmmm.«

»Ja?«

»Hmmm.«

»Du hast nicht eben zweimal ›hmmm‹ gesagt?«

»Hmmm mmm.«

»Hmmmm.«

Zentimeterweise schob er sich den Gang runter, als würde er ihn viel lieber meterweise raufeilen, was der Wahrheit entsprach.

Er war zwei Meter von der Tür zum Kontrollraum entfernt, als er plötzlich zu seinem Schrecken bemerkte, daß sie alle Anstalten machten, zu ihm freundlich zu sein, und er blieb wie angewurzelt stehen. Er hatte es nicht geschafft, die Höflichkeits-Stimm-Schaltkreise der Türen abzustellen.

Die Tür zum Kontrollraum war von innen nicht zu sehen, das lag an der irrsinnig klotzigen Kurventechnik, in der er gebaut war, und Zaphod hatte gehofft, unbemerkt hineinzukommen.

Er lehnte sich wieder mutlos gegen die Wand und sagte ein paar Worte, die sein anderer Kopf recht schockiert zur Kenntnis nahm.

Er spähte nach dem kaum sichtbaren rosa Umriß der Tür und bemerkte, daß er in der Finsternis des Korridors vage das Sensorfeld ausmachen konnte, das sich in den Gang hinaus erstreckte und der Tür meldete, wenn jemand da war, dem sie sich öffnen und ein paar fröhliche und liebenswürdige Worte sagen mußte.

Er holte ein paarmal sehr flach Atem und sagte dann so schnell und leise, wie er nur konnte: »Tür, wenn du mich hören kannst, dann sag es mir ganz, ganz leise.«

Ganz, ganz leise flüsterte die Tür: »Ich kann dich hören.«

»Gut. Ich werde dich jetzt gleich bitten, dich zu öffnen. Wenn du dich öffnest, möchte ich, daß du nicht sagst, daß es dir ein Vergnügen war, okay?«

»Okay.«

»Und ich möchte auch nicht, daß du mir sagst, daß ich eine einfache Tür sehr glücklich gemacht habe, oder daß es dir eine Freude ist, sich für mich zu öffnen, und eine Befriedigung, sich wieder zu schließen und zu wissen, daß du gute Arbeit geleistet hast, okay?«

»Okay.«

»Und ich will nicht, daß du mir einen schönen Tag wünschst, verstanden?«

»Verstanden.«

»Okay«, sagte Zaphod und straffte sich, »jetzt geh auf.«

Die Tür glitt geräuschlos auf. Zaphod schlüpfte geräuschlos hindurch. Die Tür schloß sich geräuschlos hinter ihm.

»War's so, wie Sie's wollten, Mr. Beeblebrox?« fragte die Tür laut.

»Denkt bitte daran«, sagte Zaphod zu der Gruppe weißer Roboter, die in dem Moment herumfuhren und ihn anstarrten, »daß ich eine äußerst wirkungsvolle Kill-O-Zap-Pistole in der Hand habe.«

Es trat eine ungeheuer kalte und feindselige Stille ein. Die Roboter betrachteten ihn mit gräßlich toten Augen. Sie standen völlig regungslos da. Ihre Erscheinung hatte was furchtbar Makabres, besonders für Zaphod, der noch nie einen von ihnen gesehen oder irgendwas von ihnen gehört hatte. Die Krikkit-Kriege gehörten der uraltesten Vergangenheit der Galaxis an, und Zaphod hatte den größten Teil des Unterrichts in Urgeschichte damit zugebracht, Pläne zu schmieden, wie er das Mädchen in der benachbarten Kyberzelle auf die Matte kriegen könnte, und da sein Unterrichtscomputer ein integraler Bestandteil seiner Pläne gewesen war, waren dessen Geschichtsschaltkreise bald komplett gelöscht und durch eine Reihe völlig anderer Ideen ersetzt, die schließlich dazu geführt hatten, daß er ausrangiert und in ein Heim für Degenerierte Kyber-Matics geschickt wurde, wohin ihm das Mädchen folgte, das sich versehentlich unsterblich in den Apparat verliebt hatte, mit dem Resultat, daß (a) Zaphod nie in ihre Nähe kam und (b) eine Periode der Urgeschichte versäumte, die für ihn in diesem Augenblick von unschätzbarem Wert gewesen wäre.

Entsetzt starrte er sie an.

Es war unmöglich, zu erklären, warum, aber ihre glatten, geschmeidigen weißen Körper wirkten wie die absolute Verkörperung des klinisch sauberen Bösen. Von ihren gräßlichen toten Augen bis hinunter zu ihren starken, leblosen Füßen waren sie ganz ohne Zweifel das wohlberechnete Produkt eines Geistes, der einfach nur töten wollte. Zaphod würgte es in nackter Angst.

Sie hatten einen Teil der Rückwand des Kommandoraums abmontiert und einen Gang durch einige der wichtigsten Innereien des Raumschiffs gebrochen. Durch die verhedderten Trümmer hindurch sah Zaphod zu seinem noch größeren Entsetzen, daß sie dabei waren, einen Tunnel in Richtung auf das eigentliche Herz des Schiffes zu buddeln, das Herz des Unwahrscheinlichkeitsantriebs, der auf so mysteriöse Art und Weise aus dem Nichts erschaffen worden war, das *Herz aus Gold* selbst.

Der Roboter, der unmittelbar vor Zaphod stand, betrachtete ihn so, als schätze er jedes kleinste Partikelchen von dessen Körper, Geist und Können ab. Und als er sprach, schien, was er sagte, diesen Eindruck zu bestätigen. Ehe wir darauf zu sprechen kommen, was er tatsächlich sagte, lohnt es sich vielleicht an dieser Stelle, daran zu erinnern, daß Zaphod das erste lebende organische Wesen seit etwas über einer Billion Jahre war, das eines dieser Geschöpfe reden hörte. Hätte er seinem Unterricht in Urgeschichte mehr und seinen organischen Bedürfnissen weniger Aufmerksamkeit geschenkt, dann hätte diese Ehre vielleicht größeren Eindruck auf ihn gemacht.

Die Stimme des Roboters war genau wie sein Körper: kalt, glatt und leblos. Sie hatte beinahe ein zivilisiertes Krächzen an sich. Sie klang so alt, wie sie war.

Sie sagte: »Ja, du hast eine Kill-O-Zap-Pistole in der Hand.«

Einen Augenblick lang wußte Zaphod nicht, was das heißen sollte, aber dann sah er rasch auf seine Hand hinunter und stellte erleichtert fest, daß das, was er hinter eine Konsole geklemmt gefunden hatte, wirklich das war, wofür er es gehalten hatte.

»Tjää«, sagte er mit einer Art erleichtertem Hohnlächeln, was ganz schön schlau war, »na ja, ich möchte deine Fantasie nicht überfordern, Roboter.« Eine kleine Weile sagte niemand was, und Zaphod wurde klar, daß die Roboter offenbar nicht hergekommen waren, um Konversation zu machen, und daß ihm das überlassen blieb. »Ich stelle mit Verwunderung fest, daß ihr euer Raumschiff«, sagte er mit einem Nicken eines seiner Köpfe in die entsprechende Richtung, »durch meins hindurch geparkt habt.«

Daran war nichts zu rütteln. Ohne Rücksicht auf so was wie korrektes Dimensionsverhalten hatten sie einfach ihr Raumschiff genau dort materialisiert, wo sie es haben wollten, und das hieß, es steckte einfach quer in der »Herz aus Gold«, als seien die beiden Raumschiffe nichts weiter als zwei Kämme.

Wieder gaben sie keine Antwort, und Zaphod fragte sich, ob die Unterhaltung vielleicht an Schwung gewönne, wenn er seinen Anteil daran in die Frageform kleidete.

»... nicht wahr?« setzte er hinzu.

»Ja«, erwiderte der Roboter.

»Äh ... okay«, sagte Zaphod. »Und was treibt ihr hier so, Jungs?«

Schweigen.

»Roboter«, sagte Zaphod, »was treibt ihr Roboter hier so?«

»Wir sind hier«, krächzte der Roboter, »um uns das Gold der Querstange zu holen.«

Zaphod nickte. Er fuchtelte mit seiner Pistole rum, um weitere Mitteilungen rauszulocken. Die Roboter schienen das zu begreifen.

»Die Goldene Querstange ist ein Teil des Schlüssels, den wir suchen«, fuhr der Roboter fort, »um unsere Meister von Krikkit zu befreien.«

Zaphod nickte wieder. Und wieder fuchtelte er mit seiner Pistole rum.

»Der Schlüssel«, fuhr der Roboter schlicht fort, »wurde in Raum und Zeit zerschlagen. Die Goldene Querstange ist ein Teil der Maschine, die dein Raumschiff antreibt. Sie wird wieder in den Schlüssel eingesetzt. Unsere Meister werden befreit. Die Wiederherstellung des Universums schreitet fort.«

Wieder nickte Zaphod.

»Wovon redest du eigentlich?« fragte er.

Ein leicht gequälter Ausdruck schien über das total ausdruckslose Gesicht des Roboters hinwegzuziehen. So allmählich schien er die Unterhaltung deprimierend zu finden.

»Von der Vernichtung«, sagte er. »Wir suchen den Schlüssel«, wiederholte er, »die Hölzerne Säule, die Stählerne Säule und die Plexiglassäule haben wir bereits. In wenigen Sekunden werden wir die Goldene Querstange haben ...«

»Nein, das werdet ihr nicht.«

»Doch, das werden wir«, beharrte der Roboter.

»Nein, bestimmt nicht. Sie treibt mein Raumschiff an.«

»In wenigen Sekunden«, wiederholte der Roboter geduldig, »werden wir die Goldene Querstange haben ...«

»Das werdet ihr nicht«, sagte Zaphod.

»Und dann müssen wir weg«, sagte der Roboter sehr ernst, »zu einer Party.«

»Ach«, sagte Zaphod überrascht, »kann ich nicht mitkommen?«

»Nein«, sagte der Roboter, »wir werden dich erschießen.«

»Ach wirklich?« sagte Zaphod und fuchtelte mit der Pistole rum.

»Ja«, sagte der Roboter, und sie erschossen ihn.

Zaphod war so verdutzt, daß sie nochmal schießen mußten, ehe er umfiel.

12

»Schsch«, sagte Slartibartfaß, »hört zu und gebt acht.«

Nacht war es nun im alten Krikkit geworden. Der Himmel war finster und leer. Das einzige Licht kam von der nahegelegenen Stadt her, aus der angenehme Festgeräusche mit der leichten Brise friedlich herüberwehten. Sie standen unter einem Baum, aus dem betäubende Wohlgerüche sie umschwebten. Arthur kauerte sich hin und befühlte die Informationsillusion des Bodens und des Grases. Er ließ sie durch seine Finger gleiten. Der Boden erschien ihm schwer und fett, und das Gras kräftig. Man konnte sich dem Eindruck schwer entziehen, daß dies in jeder Hinsicht ein durch und durch entzückendes Fleckchen war.

Der Himmel dagegen war so absolut leer und schien Arthur eine Art Kälteschauer auf die ansonsten idyllische, wenn auch augenblicklich unsichtbare Landschaft niedergehen zu lassen. Aber das, vermutete er, ist eine Frage dessen, was man gewohnt ist.

Er fühlte, wie ihm jemand auf die Schulter tippte, und sah auf. Slartibartfaß machte ihn schweigend auf etwas aufmerksam, das sich unten auf der anderen Seite des Hügels befand. Er blickte hin und konnte gerade noch eben ein paar vage Lichter erkennen, die sich tanzend und flackernd langsam in ihre Richtung bewegten.

Als sie näherkamen, waren auch Geräusche zu hören, und bald lösten sich die undeutlichen Lichter und Geräusche zu einer kleinen Gruppe von Leuten auf, die über den Hügel in die Stadt heimwanderten.

Sie spazierten ganz nahe an den Beobachtern unter dem Baum vorbei, schwenkten ihre Laternen, die sanfte, übermütige Lichter zwischen Bäumen und Gräsern herumhüpfen ließen, schwatzten zufrieden und sangen sogar ein Lied des Inhalts, wie furchtbar schön doch alles sei, wie glücklich sie seien, welch großes Vergnügen ihnen die Arbeit auf dem Bauernhof mache und wie angenehm es sei, nun zu Weib und Kind nach Hause zu gehen, und es schloß mit einem fröhlichen Refrain darüber, daß die Blumen in dieser Jahreszeit besonders angenehm dufteten und es doch ein Jammer sei, daß der Hund gestorben sei, wo er sie doch so geliebt habe. Arthur sah im Geiste Paul McCartney vor sich, wie er eines Abends mit hochgelegten Füßen am Feuer sitzt, Linda das Lied ins Ohr summt und überlegt, was er sich von den Einnahmen kaufen könnte, und denkt, wahrscheinlich Essex.

»Die Meister von Krikkit«, hauchte Slartibartfaß mit Grabesstimme.

Diese Worte, die so unmittelbar auf Arthurs Gedanken über Essex folgten, brachten ihn einen Augenblick lang total durcheinander. Dann drängte sich die Folgerichtigkeit der Lage seinem zerstreuten Geist wieder auf, und er entdeckte, daß er trotzdem nicht begriff, was der alte Mann wohl meinte.

»Was?« sagte er.

»Die Meister von Krikkit«, sagte Slartibartfaß wieder, und wenn sein Hauchen vorher grabartig gewesen war, so hörte er sich diesmal wie jemand mit Bronchitis in der Unterwelt an.

Arthur schaute zu den Leuten rüber und versuchte, aus dem bißchen Information, das er im Moment besaß, schlau zu werden.

Die Leute in dem Grüppchen sahen ohne Frage seltsam aus, wenn auch nur, weil sie ein bißchen zu groß, mager, eckig und so bleich zu sein schienen, daß sie fast weiß wirkten, aber ansonsten machten sie einen bemerkenswert erfreulichen Eindruck; ein bißchen schrullig vielleicht, man würde sich nicht unbedingt wünschen, eine lange Eisenbahnfahrt mit ihnen zu verbringen, aber Tatsache war, daß, wenn sie in irgendeiner Weise den Gedanken aufkommen ließen, sie seien vielleicht keine guten und rechtschaffenen Leute, dann, weil sie möglicherweise eher zu schön, als nicht schön genug waren. Warum also diese ganze keuchende Lungenspilastik von Slartibartfaß, die sich wahrscheinlich besser für die Radioreklame für einen dieser gräßlichen Filme über Leute mit Motorsägen geeignet hätte, die sich die Arbeit nach Hause mitnehmen?

Und dann war diese Krikkit-Geschichte auch recht schwierig. Er hatte noch nicht mal ganz begriffen, welche Beziehung zwischen dem bestand, was er als Kricket kannte, und dem, was ...

Slartibartfaß unterbrach an dieser Stelle Arthurs Gedankengang, als habe er gespürt, was ihm durch den Kopf ging.

»Das Spiel, das du als Kricket kennst«, sagte er, und seine Stimme schien noch immer in unterirdischen Gefilden herumzuirren, »ist bloß eine dieser seltsamen Grillen des kollektiven Unbewußten, das Bilder noch Ewigkeiten, nachdem ihre wahre Bedeutung in den Nebeln der Zeit verlorenging, in der Erinnerung lebendig erhalten kann. Von allen Rassen der Galaxis konnten wahrscheinlich nur die Engländer die allerfürchterlichsten Kriege, die je das Universum zerrissen, sich in Erinnerung rufen und in etwas verwandeln, das zu meinem Bedauern allgemein als ein unsagbar langweiliges und sinnloses Spiel angesehen wird.«

»Mag's selber ziemlich gern«, setzte er hinzu, »aber in den Augen der meisten Leute habt ihr euch fahrlässigerweise des groteskten schlechten Geschmacks schuldig gemacht. Besonders die Sache mit dem kleinen roten Ball, der das Wicket-Tor treffen muß, die ist sehr unanständig.«

»Ähm«, sagte Arthur mit nachdenklichem Stirnrunzeln, um anzuzeigen, daß seine Erkenntnissynapsen, so gut sie nur konnten, begriffen, worum's ging, »ähm.«

»Und die hier«, sagte Slartibartfaß, indem er die Stimme wieder zu gruftartigen Gutturalen runterschraubte und auf die Krikkit-Männer zeigte, die inzwischen an ihnen vorbeigegangen waren, »das sind diejenigen, die mit der ganzen Geschichte angefangen haben. Und heute abend wird's losgehen. Kommt mit, wir gehen ihnen nach und sehen mal, warum.«

Sie schlüpften unter dem Baum hervor und folgten der fröhlichen Schar über den dunklen Hügelweg. Instinktiv hatten sie das Gefühl, sie müßten heimlich und leise hinter ihrer Beute herschleichen, aber weil sie schlicht und einfach durch eine aufgezeichnete Informationsillusion spazierten, hätten sie ebenso gut mit Jagdhörnern und Tschingdarassabum hinter ihnen herstampfen können, und die Leute vor ihnen hätten die gleiche Notiz von ihnen genommen.

Arthur bemerkte, daß ein paar Leute aus der Schar jetzt ein anderes Lied sangen. Es kam durch die sanfte Nachtluft zu ihnen herübergeträllert und war eine zarte romantische Ballade, die McCartney unterm Strich Kent und Sussex eingebracht und ihm erlaubt hätte, für Hampshire ein faires Angebot zu unterbreiten.

»Du weißt doch sicher«, sagte Slartibartfaß zu Ford, »was jetzt gleich passiert?«

»Ich?« sagte Ford. »Nein.«

»Hast du als Kind denn nicht galaktische Urgeschichte gelernt?«

»Ich saß in einer Kyberzelle hinter Zaphod«, sagte Ford, »das hat mich sehr abgelenkt. Das soll nicht heißen, daß ich nicht ein paar ziemlich tolle Sachen gelernt habe.«

In dem Moment hörte Arthur was Komisches in dem Lied, das die Leute sangen. Der achttaktige Mittelteil, der McCartney in die Lage versetzt hätte, sich in Winchester ein für allemal einzunisten und begehrliche Blicke über das Test Valley hinweg auf die fetten Pfründe des New Forst auf der anderen Seite zu werfen, enthielt ein paar komische Verse. Der Textdichter erzählte von einem Stelldichein mit einem Mädchen nicht »im Mondenschein« oder »unter den Sternen«, sondern »über dem Rasen«, was Arthur ein bißchen prosaisch vorkam. Dann blickte er wieder zu dem verblüffend leeren Himmel auf und hatte das deutliche Gefühl, daß da was ganz Entscheidendes verborgen war, wenn er nur hätte dahinterkommen können, was. Dieser Himmel gab ihm das Gefühl, ganz allein im Universum zu sein, und das sagte er auch.

»Nein«, erwiderte Slartibartfaß und beschleunigte seinen Schritt ein wenig, »die Leute von Krikkit hatten nie den Gedanken: ›Wir sind allein im Universum.‹ Sie sind von einer ungeheuren Staubwolke umgeben, verstehst du, nur ihre Sonne und ihr Planet, und die liegen ganz weit draußen am äußersten Ostrand der Galaxis. Wegen der Großen Staubwolke gab's nie was am Himmel zu sehen. Nachts ist er absolut leer. Tagsüber ist da die Sonne, aber man kann nicht direkt hingucken, und darum tun's die Leute auch nicht. Sie nehmen den Himmel kaum wahr. Es ist, als hätten sie einen blinden Fleck, der sich über 180 Grad von einem Horizont zum anderen erstreckt.

Verstehst du, der Grund, weshalb sie nie dachten: ›Wir sind allein im Universum‹, ist, daß sie bis zum heutigen Abend keine Ahnung vom Universum hatten. Bis heute abend.«

Er lief weiter und ließ die Worte hinter sich in der Luft klingen.

»Stellt euch vor«, sagte er, »niemals auch nur zu denken: ›Wir sind allein‹, ganz einfach, weil es einem nie in den Sinn gekommen ist, daß man auch anders leben kann.«

Er ging wieder weiter.

»Tut mir leid, wenn euch das alles ein bißchen niederschmetternd vorkommt«, setzte er hinzu.

Während er noch sprach, hörten sie in dem blinden Himmel hoch oben über sich ganz leise ein heulendes Kreischen. Erschrocken sahen sie nach oben, konnten aber ein, zwei Augenblicke lang nichts sehen.

Dann bemerkte Arthur, daß auch die Leute vor ihnen das Geräusch gehört hatten, daß aber anscheinend keiner von ihnen damit etwas anfangen konnte. Sie sahen sich bestürzt um, blickten nach links, nach rechts, nach vorn, nach hinten, ja sogar nach unten. Es kam ihnen überhaupt nicht in den Sinn, nach oben zu gucken.

Das abgrundtiefe Grausen und Entsetzen, das ihnen wenige Augenblicke später entströmte, als krachend und heulend das brennende Wrack eines Raumschiffs vom Himmel herabstürzte und ungefähr eine halbe Meile von der Stelle entfernt aufschlug, an der sie standen, das ist etwas, was man nur richtig erfassen kann, wenn man dabei war.

Manche sprechen von der »Herz aus Gold« mit achtungsvollem Flüstern, manche vom Sternenschiff »Bistromath«.

Aber viele sprechen von dem sagenhaften, gigantischen Sternenschiff »Titanic«, einem majestätischen und luxuriösen Vergnügungsliner, der vor mittlerweile mehreren hundert Jahren von den großen Schiffsbau-Planetoidkomplexen Artefaktovol vom Stapel gelassen wurde … und das mit gutem Grund.

Das Sternenschiff war aufsehenerregend schön, überwältigend riesig und hinreißender ausgestattet als jedes andere Raumschiff in einer Zeit, die jetzt nur noch Geschichte ist (siehe unten die Bemerkung zur »Kampagne für die Realzeit«), aber es hatte das Pech, in den allerersten Tagen der Unwahrscheinlichkeitsphysik erbaut zu werden, lange bevor man diesen schwierigen und vermaledeiten Wissenszweig durch und durch oder wenigstens überhaupt begriff.

Die Konstrukteure und Ingenieure beschlossen in ihrer Ahnungslosigkeit, in das Schiff den Prototyp eines Unwahrscheinlichkeitsfeldes einzubauen, was angeblich sicherstellen sollte, daß es unendlich unwahrscheinlich sei, daß irgendwas mit irgendeinem Teil des Schiffes jemals schief laufe.

Sie merkten gar nicht, daß aufgrund des quasi-reziproken und zirkelhaften Wesens aller Unwahrscheinlichkeitsberechnungen alles, was unendlich unwahrscheinlich war, in Wirklichkeit sehr wahrscheinlich fast im selben Augenblick passierte.

Das Sternenschiff »Titanic« bot einen ungeheuer schönen Anblick, als es da wie ein arkturanischer Megaleere-Silberwal zwischen den laserbeleuchteten Gittern seiner Baugerüste angedockt lag, eine leuchtende Wolke aus Lichtnadeln und -pflöcken vor der tiefen interstellaren Finsternis. Aber als es vom Stapel lief, gelang es ihm noch nicht mal, die allererste Funkmeldung – ein SOS – vollständig durchzugeben, als es auch schon urplötzlich und ohne jeden Grund einen totalen Existenzausfall erlitt.

Doch das gleiche Ereignis, das das katastrophale Scheitern der einen Wissenschaft bereits im Kindesalter erblickte, war auch Zeuge der Apotheose einer anderen. Es wurde zweifelsfrei nachgewiesen, daß dem Tri-D-Fernsehbericht vom Stapellauf mehr Leute zugesehen hatten, als es damals überhaupt gab, und das wird inzwischen als die allergrößte Leistung im Bereich der Publikumsforschung angesehen.

Ein anderes spektakuläres Medienereignis der Zeit war die Supernova, der der Planet Ysllodins wenige Stunden später zum Opfer fiel. Ysllodins ist der Stern, um den herum sich die meisten größeren Versicherungsgesellschaften befinden oder vielmehr befanden.

Aber während man von allen diesen und anderen großen Raumschiffen, die einem so einfallen, wie zum Beispiel die Galaktische Schlachtschiff-Flotte – die GSS »Wagemut«, die GSS »Kühnheit« und die GSS »Selbstmörderischer Wahnsinn« – mit Ehrfurcht, Stolz, Begeisterung, Liebe, Bewunderung, Bedauern, Eifersucht, Empörung, also mit den meisten der besser bekannten Gefühlsregungen spricht, war, was regelmäßig das allergrößte Erstaunen hervorrief, die »Krikkit Eins«, das erste Raumschiff, das die Bewohner Krikkits erbaut hatten.

Und das nicht, weil es ein wunderschönes Raumschiff war. Das war es nicht.

Es wirkte wie ein Wahnsinnsgebilde aus altem Plunder. Es sah aus, als wäre es im Hinterhof von irgend jemandem zusammengeschustert worden. Das Erstaunlichste an dem Schiff war nicht, daß es gut gebaut war (das war's nicht), sondern daß es überhaupt gebaut war. Die Zeit, die zwischen dem Augenblick, da die Bewohner von Krikkit entdeckten, daß es sowas wie einen Weltraum gab, und dem Stapellauf dieses ihres ersten Raumschiffs verstrich, betrug fast genau ein Jahr.

Als Ford Prefect sich festschnallte, war er äußerst dankbar, daß es sich bloß um eine weitere Informationsillusion handelte und er also absolut sicher war. Im normalen Leben wäre das ein Schiff gewesen, in das er für den ganzen Reiswein Chinas keinen Fuß gesetzt hätte. »Wahnsinnig klapprig« war ein Satz, der einem dabei einfiel, und »Ich will hier raus!« war ein anderer.

»Fliegt das Ding etwa?« fragte Arthur und warf verzweifelte Blicke auf die zusammengebundenen Leitungen und Drähte, die im engen Inneren des Raumschiffs in der Gegend rumbaumelten.

Slartibartfaß versicherte ihm, das werde es, sie seien absolut sicher und das Ganze werde außerordentlich instruktiv und kein bißchen entsetzlich sein.

Ford und Arthur beschlossen, sich einfach zurückzulehnen und entsetzt zu sein.

»Warum«, sagte Ford, »nicht einfach wahnsinnig werden?«

Vor ihnen und von ihrer Anwesenheit natürlich ohne den geringsten Schimmer, aus dem einfachen Grunde, weil sie ja gar nicht wirklich da waren, saßen die drei Piloten. Sie hatten auch das Raumschiff gebaut. Sie waren an jenem Abend auf dem Hügelweg gewesen und hatten wohltuende, herzerwärmende Lieder gesungen. Das nahe Auftreffen des fremden Raumschiffs hatte ihnen ein ganz klein wenig den Kopf verdreht. Wochen hatten sie damit zugebracht, jedes allerwinzigste letzte Geheimnis aus dem Wrack des ausgebrannten Raumschiffs auszuschrauben, während sie die ganze Zeit fröhliche Raumschiff-Auseinanderschraub-Liedchen schmetterten. Dann hatten sie ihr eigenes Raumschiff zusammengebaut, und das hier war's. Das hier war ihr Raumschiff, und im Augenblick sangen sie auch darüber ein kleines Lied, das die Doppelfreude über Vollendung und Besitz ausdrückte. Der Refrain war ein bißchen rührselig und erzählte von ihrem Kummer darüber, das ihr Werk sie so viele Stunden in der Garage festgehalten hatte, fern der Gesellschaft ihrer Frauen und Kinder, von denen sie furchtbar vermißt, aber dadurch bei Laune gehalten wurden, daß sie ihnen ständig neue Geschichten darüber anbrachten, wie niedlich das Hündchen heranwachse.

Paaaooooouuuu! – hoben sie ab.

Sie röhrten in den Himmel wie ein Raumschiff, das genau weiß, was es tut.

»Niemals«, sagte Ford wenig später, als sie sich vom Beschleunigungsschock erholt hatten und sich aus der Atmosphäre des Planeten lösten, »niemals«, wiederholte er, »konstruiert und baut irgend jemand ein Raumschiff wie das hier in einem Jahr, ganz egal, welche Gründe er hat. Ich glaube das nicht. Beweise es mir, und ich glaub's trotzdem nicht.« Er schüttelte nachdenklich den Kopf und starrte durch ein winziges Guckfenster auf das Nichts davor.

Die Reise ging eine Weile ereignislos weiter, und Slartibartfaß schleuste sie im Zeitraffertempo hindurch.

Aus diesem Grund erreichten sie sehr schnell den inneren Rand der hohlen, kugelrunden Staubwolke, die ihre Sonne und den Heimatplaneten umgab und sozusagen den nächsten Orbit da draußen einnahm.

Es war eher so, als finde eine langsame Verwandlung der Struktur und Zusammensetzung des Raumes statt. Die Dunkelheit schien nun sich aufzuribbeln und an ihnen vorbeizuplätschern. Es war eine sehr kalte Dunkelheit, eine sehr leere und finstere Dunkelheit.

Es war die Dunkelheit des Nachthimmels über Krikkit.

Die Kälte und Finsternis und Leere des Himmels packten langsam Arthurs Herz, und er fühlte, wie ihm die Empfindungen der Krikkit-Piloten klar zu Bewußtsein kamen, die in der Luft hingen wie eine starke elektrostatische Ladung. Jetzt befanden sie sich am äußersten Rand des Geschichtsbewußtseins ihres Volkes. Das hier war die äußerste Grenze, über die keiner von ihnen je hinweggedacht oder auch nur gewußt hatte, daß man darüber nachdenken könne.

Die Dunkelheit der Wolke kämpfte gegen das Schiff an. Drinnen herrschte das Schweigen der Geschichte. Ihr historischer Auftrag war herauszufinden, ob es irgendwas oder irgend jemanden auf der anderen Seite des Himmels gebe, von wo das zerschellte Raumschiff hatte kommen können, eine andere Welt vielleicht, so fremd und unverständlich dieser Gedanke für die abgeschotteten Hirne derer auch war, die unter dem Himmel von Krikkit gelebt hatten.

Noch immer trommelte die Dunkelheit auf ihnen rum, die leere, einkerkernde Dunkelheit. Sie schien enger und immer enger zu werden, dichter und immer dichter, finsterer und immer finsterer. Und plötzlich war sie verschwunden.

Sie flogen aus der Wolke heraus.

Sie sahen die wundervollen Juwelen der Nacht in ihrem unendlichen Nebel, und ihre Seelen sangen vor Angst.

Eine Zeitlang flogen sie weiter, reglos gegenüber dem Sternengesause der Galaxis, das wiederum reglos war gegenüber dem unendlichen Sausen des Universums. Und dann kehrten sie um.

»Es muß einfach gehen«, sagten die Männer aus Krikkit, als sie wieder Kurs auf ihren Planeten nahmen.

Auf dem Rückweg sangen sie eine Reihe wohlklingender und beschaulicher Lieder über Frieden, Gerechtigkeit, Moral, Bildung, Sport, Familienleben und die Vernichtung aller anderen Lebensformen.

13 »Ihr seht also«, sagte Slartibartfaß, indem er langsam seinen künstlich fabrizierten Kaffee umrührte, wodurch er gleichzeitig die strudelnden Zwischenräume zwischen den realen und den irrealen Zahlen und zwischen den gegenseitigen Wahrnehmungen von Geist und Universum aufrührte und so die Grundmatrizen der stillschweigend mitenthaltenen Subjektivität umstrukturierte, was seinem Raumschiff ermöglichte, selbst der Vorstellung von Raum und Zeit eine andere Form zu geben, »wie es ist.«

»Ja«, sagte Arthur.

»Ja«, sagte Ford.

»Was soll ich«, fragte Arthur, »mit dem Hühnerbein hier machen?«

Slartibartfaß sah ihn würdevoll an.

»Spiel mit ihm«, sagte er, »spiel mit ihm.«

Er demonstrierte es ihm mit seinem eigenen Hühnerbein.

Das tat Arthur und spürte, wie durch das Hühnerbein das leichte Kribbeln einer mathematischen Gleichung bebte, während es sich vierdimensional durch etwas hindurchbewegte, wovon Slartibartfaß ihm versichert hatte, es sei der fünfdimensionale Raum.

»Über Nacht«, sagte Slartibartfaß, »geschah die Verwandlung der gesamten Bevölkerung Krikkits von bezaubernden, reizenden, intelligenten ...«

»... wenn auch schrulligen ...«, schob Arthur ein.

»... ganz normalen Leuten«, sagte Slartibartfaß, »in bezaubernde, reizende, intelligente ...«

»... schrullige ...«

»... und absolut rasende Ausländerfeinde. Die Idee des Universums paßte sozusagen nicht in ihr Weltbild. Sie wurden damit einfach nicht fertig. Und so beschlossen sie auf ihre bezaubernde, reizende, intelligente und, wenn du willst, schrullige Art, es zu vernichten. Was ist denn jetzt schon wieder los?«

»Den Wein finde ich nicht sehr gut«, sagte Arthur und roch daran.

»Na, schick ihn halt zurück. Er ist sowieso nur Teil der Mathematik.«

Das tat Arthur. Er mochte die Topographie des Kellnerlächelns nicht, aber er hatte graphische Darstellungen sowieso nie gemocht.

»Wo gehen wir jetzt hin?« fragte Ford.

»Zurück in den Raum der Informationsillusion«, sagte Slartibartfaß, stand auf und tupfte sich den Mund mit der mathematischen Darstellung einer Papierserviette. »Zum zweiten Teil.«

14

»Die Leute von Krikkit«, sagte Seine Hohe Richterliche Gewalt, das Gerichtswesen Pag, der GUSL (Gelehrte, Unparteiische und Sehr Lockere) Vorsitzende des Richterausschusses im Krikkit-Kriegsverbrecher-Prozeß, »sind, naja, ihr wißt schon, sie sind einfach ein Rudel echt netter Kerle, nicht wahr, die zufällig halt jeden umlegen wollen. Meine Güte, an manchem Morgen geht's mir genauso. Schiet.«

»Okay«, fuhr er fort, hob mit einem Schwung seine Füße auf die Richterbank vor sich und hielt einen Moment inne, um einen Faden aus seinen dienstlichen Strandsandalen zu zupfen, »man würde also nicht unbedingt mit diesen Jungs in derselben Galaxis wohnen wollen.«

Das stimmte.

Der Krikkit-Angriff auf die Galaxis war niederschmetternd gewesen. Tausende und aber Tausende riesiger krikkitischer Kriegsschiffe waren mit einemmal aus dem Hyperraum hervorgestürzt und hatten zur gleichen Zeit Tausende und aber Tausende größerer Welten angegriffen, wobei sie zunächst wichtige Materiallager an sich rissen, um die nächste Angriffswelle aufzubauen, und dann den Planeten in aller Ruhe die Lebenslichter auszupusten.

Die Galaxis, die sich zu der Zeit gerade einer Phase ganz ungewohnten Friedens und Reichtums erfreute, kam ins Wanken wie ein Mann, dem man mitten auf einer Blumenwiese an die Taschen will.

»Ich meine«, fuhr das Gerichtswesen Pag fort und blickte sich in dem ultramodernen (das war vor zehn Billionen Jahren, als »ultramodern« tonnenweise Chromstahl und Sichtbeton bedeutete), riesigen Gerichtssaal um, »die Typen haben einfach 'ne *fixe Idee.*«

Das stimmte ebenfalls, und es ist auch die einzige Erklärung, die man bis jetzt für die unvorstellbare Geschwindigkeit hat finden können, mit der die Bewohner von Krikkit ihren neuen und unverrückbaren Entschluß ausgeführt hatten – nämlich alles zu vernichten, was nicht krikkitisch war.

Es ist auch die einzige Erklärung dafür, daß sie so erschreckend plötzlich all die Hypertechnologie beherrschten, die sie brauchten, um ihre vielen tausend Raumschiffe und ihre Millionen tödlicher weißer Roboter zu bauen.

Diese hatten allen wahrhaftig Entsetzen eingejagt, die je mit ihnen zusammengetroffen waren – allerdings war in den meisten Fällen das Entsetzen von äußerst kurzer Dauer, wie auch das Leben derjenigen, die das Entsetzen verspürten. Es handelte sich dabei um rabiate, zielstrebige fliegende Kampfmaschinen. Sie schwangen furchterregende Vielzweck-Kampfkeulen, die, in eine Richtung geschwungen, Häuser in Schutt und Asche legten, in die zweite Richtung geschwungen, sengende Omni-Destruct-O-Zap-Strahlen abfeuerten, und in die dritte Richtung geschwungen, ein grauenerregendes Granatenarsenal abzischen ließen, das von kleineren Brandbömbchen bis zu Maxi-Slorta-Hypernuklear-Automaten, die eine mittelgroße Sonne auslöschen konnten, alles enthielt. Mit einem einfachen Schlag der Kampfkeule wurden die Granaten gleichzeitig programmiert und mit phänomenaler Zielgenauigkeit über Entfernungen abgeschossen, die von nur einigen Metern bis zu Hunderttausenden von Meilen reichten.

»Okay«, sagte das Gerichtswesen Pag wieder, »also, wir siegten.« Er machte eine Pause und kaute ein bißchen auf seinem Gummi rum.

»Wir siegten«, wiederholte er, »aber das ist keine große

Sache. Ich meine, eine mittelgroße Galaxis gegen einen einzigen kleinen Stern, und wie lange haben wir dazu gebraucht? Gerichtsschreiber?«

»Herr Vor'znder?« sagte der ernste kleine Mann in Schwarz und erhob sich.

»Wie lange, Sportsfreund?«

»Es ist ein bißchen schwierig, Herr Vor'znder, in dieser Hinsicht genau zu sein. Zeit und Entfernung ...«

»Locker, Kleiner, sei ganz ungenau.«

»Ich bin nur sehr ungern ungenau, Herr Vor'znder, in so einer ...«

»Beiß die Zähne zusammen und sei's einfach.«

Der Gerichtsschreiber blinzelte ihn an. Es war deutlich zu sehen, daß er, wie die meisten Leute in den galaktischen Juristenkreisen, dieses Gerichtswesen Pag (oder auch Zipo Bibrok 5 x 10^8, wie sein privater Name unerklärlicherweise lautete) für eine ziemlich peinliche Erscheinung hielt. Er war zweifellos ein ganz ordinärer Prolet. Er war offenbar der Meinung, daß die Tatsache, daß er der Besitzer des edelsten bislang entdeckten Rechtsempfindens war, ihm das Recht gebe, sich ganz nach Laune auszudrücken, und leider hatte er offensichtlich recht.

»Äh, also, Herr Vor'znder, sehr grob geschätzt, zweitausend Jahre«, murmelte der Schreiber unglücklich.

»Und wieviele Typen nullten aus?«

»Zwei Grillionen, Herr Vor'znder.« Der Schreiber setzte sich wieder. Ein Hydrospektralfoto von ihm hätte in dem Moment gezeigt, daß er leicht dampfte.

Das Gerichtswesen Pag ließ nochmal seine Blicke durch den Gerichtssaal schweifen, in dem Hunderte der allerhöchsten Beamten der gesamten galaktischen Verwaltung versammelt waren, alle in ihren Galauniformen oder -körpern, je nach Metabolismus und Sitte. Hinter einer Wand aus zap-sicherem Kristall stand eine repräsentative Gruppe der Bewohner von Krikkit, die mit ruhigem, höflichen Abscheu auf all die fremdartigen Leute blickten, die das Urteil über sie sprechen sollten. Dies nun war der folgenschwerste Augenblick der Rechtsgeschichte, und das Gerichtswesen Pag wußte das.

Er nahm seinen Kaugummi raus und klebte ihn unter seinen Stuhl.

»Das ist 'ne Sippschaft Idioten«, sagte er ruhig.

Das grimmige Schweigen im Gerichtssaal schien dieser Ansicht zuzustimmen.

»Also, wie ich bereits sagte, ist das da ein Rudel sehr netter Jungs, bloß möchte man nicht unbedingt eine Galaxis mit ihnen teilen. Nicht, wenn sie sich einfach weiter drin rumtreiben, nicht, wenn sie nicht lernen, die Sache 'n bißchen lockerer zu sehen. Ich meine, sonst ist das doch bloß ein dauernder Nervenkrieg, stimmt's, was? Peng, peng, peng, wann fallen sie das nächste Mal über uns her? Friedliche Koexistenz ist halt völlig aus der Mode, stimmt's? Reich mir jemand 'n Schluck Wasser, danke.«

Er lehnte sich zurück und nippte nachdenklich daran.

»Okay«, sagte er, »hört mich an, hört mich an. Es ist so, diese Burschen hier, versteht ihr, haben ein Recht darauf, ihre eigene Ansicht vom Universum zu haben. Und nach ihrer Ansicht, die das Universum ihnen aufzwang, nicht wahr, haben sie recht gehandelt. Hört sich verrückt an, aber ich denke, ihr werdet dem zustimmen. Sie glauben an ...«

Er zog ein Stück Papier zu Rate, das er in der Gesäßtasche seiner Richterjeans fand.

»Sie glauben an ›Frieden, Gerechtigkeit, Moral, Bildung, Sport, Familienleben und die Vernichtung aller anderen Lebensformen‹.«

Er zuckte die Schultern.

»Ich hab schon viel Schlechteres gehört«, sagte er.

Er kratzte sich nachdenklich am Zwickel.

»Friiiioooh«, sagte er. Er nippte nochmal an dem Wasser, dann hielt er es ins Licht und besah es sich stirnrunzelnd.

»He, ist hier irgendwas mit diesem Wasser?« fragte er.

»Äh, nein, Herr Vor'znder«, sagte der Gerichtsdiener, der es ihm gebracht hatte, ziemlich ängstlich.

»Dann nimm's weg«, bellte das Gerichtswesen Pag, »und tu was rein. Ich hab 'ne Idee.«

Er schob das Glas weg und beugte sich vor.

»Hört mich an, hört mich an«, sagte er.

Die Lösung war glänzend, und zwar wie folgt:

Der Planet Krikkit solle auf ewig in eine Zeitlupen-Hülle eingeschlossen werden, in der das Leben nahezu unendlich langsam weiterliefe. Alles Licht um diese Hülle werde man ablenken, so daß sie unsichtbar und undurchdringlich bleibe. Aus dieser Hülle zu entkommen, werde absolut unmöglich sein, es sei denn, sie werde von außen geöffnet.

Wenn das übrige Universum endgültig erlösche, wenn die gesamte Schöpfung an ihrem Todessturz anlange (das war natürlich alles in jenen Tagen, als man noch nicht wußte, daß das Ende des Universums nichts weiter als ein gigantisches Unternehmen des Gaststättengewerbes sein werde) und das Leben und die Materie zu existieren aufhörten, dann würden der Planet Krikkit und seine Sonne wieder aus der Zeitlupen-Hülle hervorkommen und im Zwielicht der Leere des Universums ihre gewohnte Existenz fortsetzen, worum sie so dringend gebeten hätten.

Das Schloß werde sich auf einem Planetoiden befinden, der die Hülle langsam umkreise.

Der Schlüssel werde das Symbol der Galaxis sein – das Wikkit-Tor.

Als der Beifall im Gericht sich gelegt hatte, stand das Gerichtswesen Pag bereits unter der Sens-O-Dusche, und zwar mit einem ziemlich hübschen Mitglied der Geschworenenbank, dem er eine halbe Stunde vorher einen Zettel rübergeschoben hatte.

15

Zwei Monate später hatte Zipo Bibrok 5×10^8 seine galaktische Staatsjeans unten abgeschnitten und verjubelte einen Teil seines riesigen Honorars, das ihm seine Urteile einbrachten, damit, daß er auf einem juwelengeschmückten Strand rumlag und sich den Rücken mit Qualaktin-Essenz einreiben ließ, und zwar von demselben ziemlich hübschen Mitglied der Geschworenenbank. Sie war ein soolfinianisches Mädchen, das von jenseits des Wolkenplaneten Yaga stammte. Sie hatte eine Haut wie Zitronenseide und war an juristischen Körperschaften sehr interessiert.

»Hast du die Nachrichten gehört?« fragte sie.

»Wiiiielaaaah!« sagte Zipo Bibrok 5×10^8, und man hätte an Ort und Stelle sein müssen, um genau zu wissen, warum er das sagte. Nichts davon befand sich auf dem Informationsillusionen-Band, und es beruht also alles auf Hörensagen.

»Nein«, setzte er hinzu, als die Angelegenheit, die ihn hatte »Wiiiielaaaah!« sagen lassen, vorüber war. Er drehte seinen Körper ein wenig herum, um die ersten Strahlen der dritten und größten der drei Sonnen des urzeitlichen Vod abzubekommen, die eben über den lächerlich schönen Horizont gekrochen kam und den Himmel nun von einem der gewaltigsten bislang bekannten Bräunungsfaktoren erstrahlen ließ.

Eine wohlriechende Brise kam von der ruhigen See herübergeweht, schlenderte am Strand lang, zog wieder ans Meer zurück und überlegte, wo sie als nächstes hingehen könne. Einer verrückten Regung folgend wanderte sie wieder zum Strand hoch. Dann wehte sie wieder zum Meer hinab.

»Ich hoffe, es sind keine guten Nachrichten«, murmelte Zipo Bibrok 5 x 10^8, »denn ich glaube, ich könnte sie nicht ertragen.«

»Dein Krikkit-Urteil ist heute vollstreckt worden«, sagte das Mädchen kostspielig. Es bestand keine Notwendigkeit, etwas so Simples kostspielig mitzuteilen, aber sie redete kostspielig weiter und tat das sowieso, weil nun mal so ein Tag war. »Ich hab's im Radio gehört«, sagte sie, »als ich wegen dem Öl am Schiff war.«

»Ähä«, brummte Zipo und legte den Kopf wieder in den juwelengeschmückten Strand.

»Es ist was passiert«, sagte sie.

»Hmmmm?«

»Als man gerade die Zeitlupen-Hülle verschlossen hatte«, sagte sie und hörte einen Moment auf, ihn mit Qualaktin-Essenz einzureiben, »stellte sich heraus, daß ein Krikkit-Kriegsschiff, das man als wahrscheinlich vernichtet vermißt hatte, doch bloß vermißt gewesen war. Es tauchte plötzlich auf und versuchte, sich den Schlüssel zu schnappen.«

Zipo setzte sich mit einem Ruck auf.

»He, was?« sagte er.

»Alles in Ordnung«, sagte sie mit einer Stimme, die den Urknall beruhigt hätte. »Anscheinend gab's einen kurzen Kampf. Der Schlüssel und das Kriegsschiff wurden in ihre Einzelteile auseinandergerissen und in das Raum-Zeit-Kontinuum gesprengt. Wahrscheinlich gingen sie für immer verloren.«

Sie lächelte und ließ noch etwas Qualaktin-Essenz auf ihre Fingerspitzen rinnen. Er atmete tief auf und legte sich wieder zurück.

»Mach das, was du vorhin gemacht hast«, murmelte er.

»Das?« fragte sie.

»Nein«, sagte er, »nicht das.«
Sie versuchte es nochmal.
»Das?« fragte sie.
»Wiiiielaaaah!«
Und wieder hätte man an Ort und Stelle sein müssen.
Die wohlriechende Brise kam wieder von der See heraufgeweht.
Ein Zauberer spazierte am Strand entlang, aber keiner brauchte ihn.

16

»Nichts ist für immer verloren«, sagte Slartibartfaß, dessen Gesicht im Licht der Kerze, die der Roboter-Kellner wegzunehmen versuchte, rötlich flackerte, »mit Ausnahme der Kathedrale von Chalesm.«

»Der was?« fragte Arthur zusammenschreckend.

»Der Kathedrale von Chalesm«, wiederholte Slartibartfaß. »Es war im Verlauf meiner Untersuchungen über die Kampagne für die Realzeit, daß ich ...«

»Der was?« fragte Arthur wieder.

Der alte Mann machte eine Pause und sammelte seine Gedanken zum, wie er hoffte, allerletzten Anlauf auf seine Geschichte. Der Roboter-Kellner bewegte sich durch die Raum-Zeit-Matrizen in einer Weise, die spektakulär das Sauertöpfische mit dem Servilen verband, schnappte hastig nach der Kerze und kriegte sie zu fassen. Sie hatten die Rechnung schon bezahlt, hatten sich überzeugend darüber gestritten, wer die Cannelloni gehabt und wieviele Flaschen Wein man getrunken hatte, und hatten dadurch, wie Arthur vage bemerkt hatte, das Raumschiff erfolgreich aus dem subjektiven Raum heraus und in die

Warteumlaufbahn um einen seltsamen Planeten manövriert. Der Kellner war nun darauf bedacht, seine Rolle in dem Puzzle zu beenden und die Kneipe leer zu kriegen.

»Alles wird ganz klar werden«, sagte Slartibartfaß.

»Wann?«

»Sofort. Hört zu. Die Zeitströme sind im Augenblick sehr verunreinigt. Es fließt eine Menge Dreck in ihnen rum, Treibgut und Wrackgut, und mehr und mehr davon wird nun wieder in die Körperwelt ausgestoßen. Eddies im Raum-Zeit-Kontinuum, versteht ihr?«

»Das hab ich schon mal gehört«, sagte Arthur.

»Hör mal zu, wo fliegen wir eigentlich hin?« fragte Ford und schob ungeduldig seinen Stuhl vom Tisch zurück. »Weil ich nämlich scharf drauf bin, da hinzukommen.«

»Wir werden versuchen«, sagte Slartibartfaß langsam und abwägend, »die Kriegsroboter aus Krikkit daran zu hindern, sich den ganzen Schlüssel wiederzuholen, den sie brauchen, um den Planeten Krikkit aus der Zeitlupen-Hülle zu holen und den Rest ihrer Armee und ihre wahnsinnigen Meister zu befreien.«

»Es ist ja bloß«, sagte Ford, »daß du was von einer Party gesagt hast.«

»Das habe ich«, sagte Slartibartfaß und ließ den Kopf hängen.

Er merkte, daß das ein Fehler gewesen war, denn der Gedanke schien auf Ford Prefects Gemüt eine seltsame und ungesunde Faszination auszuüben. Je weiter Slartibartfaß die dunkle und tragische Geschichte von Krikkit und seinen Bewohnern entwirrte, desto mehr wünschte sich Ford Prefect, ungeheuer viel zu saufen und mit Mädchen zu tanzen.

Dem alten Mann war klar, daß er die Party nicht hätte erwähnen sollen, bis er das absolut gemußt hätte. Aber so stand die Angelegenheit, die Sache war raus, und Ford Prefect hatte sich daran geklammert, wie sich ein arkturanischer Megablutegel an sein Opfer klammert, ehe er ihm den Kopf abbeißt und sich mit seinem Raumschiff davonmacht.

»Wann«, sagte Ford gierig, »kommen wir da an?«

»Wenn ich dir fertig erzählt habe, warum wir da hin müssen.«

»Ich weiß, warum ich da hin muß«, sagte Ford, lehnte sich zurück und verschränkte die Hände hinter seinem Kopf. Er gab eine Probe von seinem Lächeln, das die Leute zum Zucken brachte.

Slartibartfaß hatte so auf einen behaglichen Ruhestand gehofft.

Er hatte sich vorgenommen, das achtbäuchige Heebiephon spielen zu lernen – eine wohltuend nutzlose Unternehmung, wie er wußte, weil er nicht die richtige Anzahl Münder besaß.

Er hatte sich auch vorgenommen, eine völlig verschrobene und schonungslos ungenaue Abhandlung über die Äquatorialfjorde zu schreiben, um das Informationsillusion-Band in ein oder zwei Punkten, die er als wichtig ansah, in Unordnung zu bringen.

Statt dessen hatte er sich irgendwie beschwatzen lassen, ein paar Teilzeitjobs bei der Kampagne für die Realzeit zu übernehmen und hatte begonnen, das alles zum ersten Mal in seinem Leben ernstzunehmen. Als Ergebnis davon sah er sich nun seine sich rasch dem Ende zuneigenden Jahre damit verbringen, daß er gegen das Böse kämpfte und die Galaxis zu retten versuchte.

Er fand, das sei eine anstrengende Arbeit und seufzte schwer.

»Hört zu«, sagte er, »bei Kamzeit ...«

»Was?« sagte Arthur.

»Die Kampagne für die Realzeit, von der ich dir später erzählen werde. Mir fiel auf, daß fünf Teile des Strandguts, die vor relativ kurzer Zeit ins Dasein zurückgeplumpst sind, anscheinend mit den fünf Teilen des verschollenen Schlüssels identisch sind. Nur zwei konnte ich unwiderlegbar aufspüren – die Hölzerne Säule, die auf deinem Planeten, Arthur, auftauchte, und die Silberne Querstange. Die scheint auf irgend sowas wie einer Party zu sein. Wir müssen da hin und sie sicherstellen, bevor die Krikkit-Roboter sie finden – oder wer weiß, was sonst alles passiert.«

»Nein«, sagte Ford bestimmt. »Wir müssen zu der Party, um ungeheuer viel zu saufen und mit Mädchen zu tanzen.«

»Aber hast du denn nicht kapiert, daß alles, was ich ...«

»Ja«, sagte Ford plötzlich und unerwartet heftig, »ich habe alles vollkommen verstanden. Darum will ich ja gerade so viele Drinks und mit so vielen Mädchen tanzen, wie nur möglich, solange es noch welche gibt. Wenn das alles wahr ist, was du uns gezeigt hast ...«

»Wahr? Natürlich ist es wahr.«

»... dann haben wir nicht mal die Chance eines Pickels in einer Supernova.«

»Eines was?« fragte Arthur wieder gereizt. Er war der Unterhaltung bis zu dem Punkt verbissen gefolgt und hatte keine Lust, nun den Faden zu verlieren.

»Die Chance eines Pickels in einer Supernova«, wiederholte Ford mit dem gleichen Nachdruck. »Die ...«

»Was hat denn ein Pickel mit einer Supernova zu tun?« fragte Arthur.

»Er hat«, sagte Ford gleichmütig, »keine Chance in einer.«

Er wartete, um zu sehen, ob die Sache nun geklärt war. Der unverblümt verdutzte Ausdruck, der über Arthurs Gesicht kroch, sagte ihm, sie sei es nicht.

»Eine Supernova«, sagte Ford so schnell und deutlich, wie er konnte, »ist ein Stern, der mit ungefähr halber Lichtgeschwindigkeit explodiert, mit der Helligkeit von einer Billion Sonnen verbrennt und dann zu einem superschweren Neutronenstern zusammensackt. Er ist ein

Stern, der andere Sterne verbrennt, kapiert? Nichts hat eine Chance in einer Supernova.«

»Verstehe«, sagte Arthur.

»Die ...«

»Und warum speziell ein Pickel?«

»Warum denn kein Pickel? Ist doch egal.«

Arthur ließ das gelten, und Ford redete weiter, indem er den wütenden Nachdruck von vorher, so gut er nur konnte, wiederzugewinnen suchte.

»Die Sache ist die«, sagte er, »daß Leute wie du und ich, Slartibartfaß, und Arthur – besonders und speziell Arthur – nur Dilettanten sind, Spinner, Gammler, Rumfurzer, wenn ihr so wollt.«

Slartibartfaß runzelte die Stirn, teils vor Erstaunen und teils vor Ärger. Er fing an zu reden.

»–...«, war genau, wie weit er kam.

»Wir sind von nichts fanatisch besessen, versteht ihr?« beharrte Ford.

»...«

»Und das ist der entscheidende Faktor. Wir können gegen Fanatismus nicht gewinnen. Sie machen sich was draus, wir nicht. Sie siegen.«

»Ich mache mir aus vielen Dingen was«, sagte Slartibartfaß und seine Stimme zitterte teils vor Entrüstung, aber teils auch vor Unsicherheit.

»Zum Beispiel?«

»Naja«, sagte der alte Mann, »aus dem Leben, dem Universum. Und dem ganzen Rest, ehrlich. Aus Fjorden.«

»Würdest du für sie sterben wollen?«

»Für die Fjorde?« Slartibartfaß zwinkerte vor Überraschung. »Nein.«

»Na, also.«

»Ich sähe keinen Sinn darin, um ehrlich zu sein.«

»Und ich sehe immer noch nicht«, sagte Arthur, »was das mit Pickeln zu tun hat.«

Ford spürte, wie ihm das Gespräch entglitt, und weigerte sich, sich in dem Moment durch irgendwas ablenken zu lassen.

»Die Sache ist die«, zischte er, »daß wir nicht besessen sind, und da haben wir keine Chance gegen …«

»Bis auf deine plötzliche Besessenheit von Pickeln«, fuhr Arthur fort, »die ich immer noch nicht begriffen habe.«

»Würdest du jetzt bitte die Pickel aus dem Spiel lassen?«

»Ich schon, wenn du das willst«, sagte Arthur. »Du hast sie ja schließlich aufs Tapet gebracht.«

»Das war ein Fehler«, sagte Ford. »Vergiß sie. Die Sache ist die.«

Er lehnte sich vor und stützte die Stirn auf die Fingerspitzen.

»Was wollte ich eben sagen?« fragte er müde.

»Laßt uns doch einfach rüber zur Party gehen«, sagte Slartibartfaß, »aus welchem Grund auch immer.« Er stand kopfschüttelnd auf.

»Ich glaube, genau das wollte ich sagen«, sagte Ford.

Aus irgendeinem unerfindlichen Grund befanden sich die Teleportkabinen im Badezimmer.

17

Das Reisen durch die Zeiten wird zunehmend als Gefahr angesehen. Die Geschichte wird dadurch völlig durcheinander gebracht.

Die *Encyclopaedia Galactica* hat zu Theorie und Praxis des Zeit-Reisens vieles zu sagen, von dem das meiste für jeden unverständlich ist, der nicht zumindest vier ganze Leben mit dem Studium höherer Hypermathematik zugebracht hat, und da das unmöglich war, bevor das Zeit-Reisen erfunden wurde, besteht etliche Verwirrung darüber, wie man überhaupt auf den Gedanken gekommen ist. Eine Erklärung dieses Problems geht davon aus, daß das Zeit-Reisen allein schon seinem Wesen nach in allen Perioden der Geschichte gleichzeitig erfunden wurde, aber das ist zweifellos Quatsch.

Der Kummer ist nur, daß ein Großteil der Geschichte ganz zweifellos ebenfalls Quatsch ist.

Hier ein Beispiel. Einigen mag es nicht wichtig erscheinen, aber für andere ist es von ausschlaggebender Bedeutung. Es ist sicherlich bedeutsam insofern, als es dieses einmalige Ereignis war, das vor allem dazu führte (oder war es nach allem? Das hängt davon ab, wie rum man die Geschichte sich entwickeln sieht, und auch das ist mittlerweile eine immer strittigere Frage), daß die Kampagne für die Realzeit ins Leben gerufen wurde.

Es gibt (oder gab mal) einen Dichter. Sein Name war Lallafa, und er schrieb, davon war man in der ganzen Galaxis allgemein überzeugt, die schönsten Gedichte, die es je gegeben hatte, die *Lieder aus dem Langen Land*.

Sie sind/waren von unsagbarer Schönheit. Das heißt, man konnte nicht viel über sie sagen, ohne sogleich von seinen Empfindungen, von der Wahrheit und dem Gefühl der Ganzheit und Einheit der Dinge hingerissen zu werden, so daß man ziemlich bald einen flinken Spaziergang ums Karree brauchte, vielleicht auch auf dem Rückweg noch einen kurzen Halt in einer Bar, um rasch ein Gläschen Perspectif mit Soda zu sich zu nehmen. So gut waren sie.

Lallafa hatte in den Wäldern der Langen Länder von Effa gelebt. Dort lebte er, und dort schrieb er auch seine Gedichte. Er schrieb sie auf Seiten nieder, die aus getrockneten Habrablättern bestanden, und er schrieb sie unbehindert von Bildung oder einem Korrektur-Fluid. Er schrieb über das Licht in den Wäldern und was er darüber dachte. Er schrieb über die Dunkelheit in den Wäldern und was er darüber dachte. Er schrieb über das Mädchen, das ihn verlassen hatte, und was präzise er darüber dachte.

Lange nach seinem Tod wurden seine Gedichte gefunden und bestaunt. Die Nachricht von ihnen verbreitete sich wie Sonnenlicht am Morgen. Jahrhundertelang erleuchteten und berieselten sie das Leben vieler Leute, deren Leben sonst vielleicht dunkler und trockener gewesen wäre.

Kurz nach Erfindung des Zeit-Reisens dann fragten sich einige größerer Herstellerfirmen von Korrektur-Fluid, ob seine Gedichte nicht noch besser hätten werden können, wenn er irgendein hochwertiges Korrektur-Fluid zur Verfügung gehabt hätte, und ob er nicht vielleicht dazu zu überreden sei, ein paar dementsprechende Worte zu äußern.

Sie reisten durch die Wogen der Zeit, sie fanden ihn, sie erklärten ihm die Situation – mit einiger Schwierigkeit – und konnten ihn tatsächlich überzeugen. Ja, sie überzeugten ihn derart, daß er durch sie ungeheuer reich wurde, und das Mädchen, über das er vorher so präzise hatte schreiben müssen, kam nie auf die Idee, ihn zu verlassen, vielmehr zogen sie aus dem Wald fort in eine ziemlich nette Bude in der Stadt, und oft pendelte er rüber in die Zukunft und trat in Talkshows auf, wo er seinen Witz funkeln ließ.

Er kam natürlich auch nie auf die Idee, die Gedichte zu schreiben, und das war ein Problem, wenn auch ein rasch gelöstes. Die Hersteller des Korrektur-Fluids schickten ihn einfach für eine Woche irgendwohin und gaben ihm ein Exemplar einer späteren Auflage seines Buches und einen Stapel Habrablätter mit, auf die er die Gedichte abschreiben und dabei hie und da absichtlich einen Fehler machen oder eine Korrektur anbringen mußte.

Viele Leute sagen nun, die Gedichte seien mit einemmal wertlos. Andere behaupten, sie seien genauso, wie sie immer waren, was also habe sich geändert? Die zuerst genannten Leute sagen, das sei nicht der springende Punkt. Sie wüßten selbst nicht genau, was der springende Punkt sei, aber sie seien ziemlich sicher, daß er das nicht ist. Sie riefen die Kampagne für die Realzeit ins Leben, um zu verhindern, daß solche Sachen immer wieder passierten. Ihre Argumente erhielten beträchtliche Unterstützung dadurch, daß eine Woche nach der Gründung der Kampagne die Nachricht kam, daß nicht nur die große Kathedrale von Chalesm abgerissen worden sei, damit an ihrer Stelle eine neue Ionen-Raffinerie errichtet werden könne, sondern auch daß der Bau der Raffinerie derart lange gedauert habe und so weit in die Vergangenheit habe vorverlegt werden müssen, damit die Ionen-Produktion pünktlich beginnen konnte, daß nun die Kathedrale von Chalesm überhaupt nie erbaut worden sei. Ansichtskarten von der Kathedrale wurden plötzlich wahnsinnig wertvoll.

Und so ging vieles aus der Geschichte für immer verloren. Die Leute von der Kampagne für die Realzeit behaupten, daß so, wie das unkomplizierte Reisen die Unterschiede zwischen einem Land und dem anderen und zwischen einem Stern und dem anderen nivelliert habe, das Reisen durch die Zeiten nun auch die Unterschiede zwischen einem Zeitalter und dem anderen nivelliere. »Die Vergangenheit«, sagen sie, »ist jetzt wirklich wie ein fremdes Land. Dort wird alles genauso gemacht wie hier.«

18 Arthur materialisierte sich, und das tat er mit all dem gewohnten Herumgetaumele und Sich-an-Hals-Herz-und-verschiedene-andere-Glieder-Gefasse, wovon er immer noch nicht genug kriegen konnte, wenn er eine von diesen abscheulichen und quälenden Materialisationen unternahm, an die sich in keinem Falle zu gewöhnen er entschlossen war.

Er sah sich nach den anderen um.

Sie waren nicht da.

Er sah sich wieder nach den anderen um.

Sie waren immer noch nicht da.

Er machte die Augen zu.

Er machte sie wieder auf.

Er sah sich nach den anderen um.

Sie beharrten hartnäckig auf ihre Abwesenheit.

Wieder machte er die Augen zu, darauf gefaßt, diese absolut nutzlose Übung gleich nochmal zu veranstalten, und weil sein Gehirn erst da, als seine Augen zu waren, allmählich registrierte, worauf seine Augen geblickt hatten, als sie offen waren, kroch langsam der Ausdruck erstaunten Mißfallens über sein Gesicht.

Also machte er die Augen wieder auf, um die Fakten nachzuprüfen, und das Mißtrauen blieb.

Womöglich wurde es noch stärker und setzte sich so richtig schön fest. Wenn das eine Party war, dann war's eine hundmiserable, und zwar dermaßen hundsmiserabel, daß alle anderen schon gegangen waren. Er gab diesen Gedankengang als nutzlos auf. Offenbar war das hier gar keine Party. Es war eine Höhle oder ein Labyrinth oder ein Tunnel von irgendwas – es war zu wenig Licht da, um das festzustellen. Alles war in Dunkel gehüllt, in feuchtes, schimmerndes Dunkel. Die einziges Geräusche waren die Echos seines eigenen Atems, der sich besorgt anhörte. Er hustete leise und lauschte dann dem leisen, geisterhaften Echo seines Hustens, das sich in gewundenen Korridoren und lichtlosen Kammern wie von einem gewaltigen Labyrinth verlor und schließlich durch dieselben unsichtbaren Korridore zu ihm zurückkehrte, als wolle es sagen ... »Ja, bitte?«

Das passierte bei jedem noch so leisen Geräusch, das er machte, und das entnervte ihn. Er versuchte, ein lustiges Lied zu summen, aber als es zu ihm zurücktönte, war es ein hohler Grabgesang, und er hörte auf damit.

In Gedanken sah er mit einemmal all die Bilder aus den Geschichten vor sich, die Slartibartfaß ihm erzählt hatte. So halb und halb erwartete er, plötzlich todbringende weiße Roboter aus dem Dunkel leise auf sich zukommen zu sehen, die ihn töten würden. Er hielt den Atem an. Sie kamen nicht. Er atmete weiter. Er wußte nicht, was er erwarten sollte.

Dagegen schien jemand oder etwas ihn zu erwarten, denn in dem Augenblick leuchtete in der dunklen Ferne plötzlich eine geisterhafte grüne Neonschrift auf.

Sie lautete (leise):

DAS WAR ZU DEINER UNTERHALTUNG

Die Schrift sauste wieder weg, und das in einer Art und Weise, von der Arthur absolut nicht sicher war, ob sie ihm gefiele. Sie sauste mit einer Art verächtlichen Fanfare weg. Arthur versuchte, sich sofort zu sagen, daß das bloß ein lächerlicher Streich sei, den ihm seine Einbildungskraft spiele. Eine Neonschrift ist entweder an oder aus, je nachdem ob Strom durchfließt oder nicht. Es war doch nicht möglich, sagte er sich, daß sie den Wechsel von einem Zustand in den anderen mit einer verächtlichen Fanfare vollführen würde. Er wickelte sich fest in seinen Morgenmantel und fröstelte trotzdem.

Plötzlich leuchtete in der Ferne die Neonschrift, nur aus drei Punkten und einem Komma bestehend, recht unverständlich wieder auf. Nämlich so:

...,

Nur in grünem Neon.

Sie versuche ihm wohl anzuzeigen, sagte sich Arthur, nachdem er sie ein, zwei Sekunden lang angestarrt hatte, daß noch mehr komme, daß der Satz noch nicht abgeschlossen sei. Mit geradezu übermenschlicher Spitzfindigkeit versuchte er, sich zu überlegen, was danach kommen könnte. Oder zumindest mit unmenschlicher Spitzfindigkeit.

Der Satz wurde dann mit diesen zwei Worten beendet:

ARTHUR DENT.

Er schwankte. Er faßte sich, um mit klarem Blick nochmal hinzusehen. Immer noch stand ARTHUR DENT da, also schwankte er nochmal.

Wieder sauste die Schrift weg und ließ ihn blinzelnd in der Dunkelheit zurück, nur der rote Reflex seines Namens tanzte vage auf seiner Netzhaut rum.

WILLKOMMEN, besagte die Schrift plötzlich.

Kurz darauf fügte sie hinzu:

KANN ICH DICH NICHT HEISSEN.

Die eiskalte Angst, die die ganze Zeit um Arthur herumgeschwebt war und auf ihren Augenblick gewartet hatte, erkannte, daß nun der Augenblick gekommen war, und stürzte sich auf ihn. Er versuchte, sie zu verjagen. Er ließ sich in eine Art alarmbereiter Hocke nieder, was er mal jemandem im Fernsehen hatte machen sehen, nur mußte das wohl jemand mit stärkeren Knien gewesen sein. Er äugte gehetzt in die Finsternis.

»Äh, hallo?« sagte er.

Er räusperte sich und sagte es nochmal, lauter und ohne das »Äh«. Es hörte sich plötzlich so an, als beginne jemand in dem Korridor in einiger Entfernung auf eine Baßtrommel zu hauen.

Er lauschte dem ein paar Sekunden lang und merkte, daß es nur sein Herz war, das schlug.

Er lauschte noch ein paar Sekunden und merkte, daß es nicht sein Herz war, es war jemand hinter dem Korridor, der auf eine Baßtrommel schlug.

Schweißperlen bildeten sich auf seiner Stirn, sammelten sich und rannen davon. Er griff mit einer Hand nach dem Boden, um seine alarmbereite Hockstellung abzustützen, die sich gar nicht gut hielt. Die Schrift wechselte wieder. Sie lautete:

HABE KEINE ANGST.

Nach einer Pause folgte:

SONDERN FÜRCHTE DICH UNGEHEUER, ARTHUR DENT.

Wieder sauste sie weg. Wieder ließ sie ihn in der Dunkelheit zurück. Seine Augen schienen ihm aus dem Kopf zu hopsen. Er wußte nicht genau, ob sie das taten, weil sie klarer zu sehen versuchten, oder ob sie in dem Moment nur einfach abhauen wollten.

»Hallo?« sagte er wieder, wobei er diesmal seiner Stimme den Ton ruppiger und aggressiver Überheblichkeit zu geben versuchte. »Ist da jemand?«

Keine Antwort, nichts.

Das entnervte Arthur noch mehr, als es eine Antwort vermocht hätte, und er begann, sich vor dem furchterregenden Nichts langsam zurückzuziehen. Aber je weiter er sich zurückzog, desto ängstlicher wurde er. Nach einer Weile wurde ihm klar, daß der Grund dafür in allen den Filmen lag, die er gesehen hatte und in denen der Held sich immer weiter von irgendeinem eingebildeten Schrecken vorn zurückzieht, bloß um hinten mit ihm zusammenzustoßen.

Genau da kam es ihm plötzlich in den Sinn, sich ziemlich schnell umzudrehen.

Es war nichts da.

Nur Finsternis.

Das entnervte ihn nun wirklich, und er begann, sich vor ihr zurückzuziehen, genau den Weg, den er gekommen war.

Nachdem er das eine kleine Weile getan hatte, fiel ihm plötzlich ein, daß er sich nun in Richtung auf egal, was es war, zurückzog, vor dem er sich vorher zurückgezogen hatte.

Das, dachte er unwillkürlich, ist bestimmt ein ganz blödsinniger Gedanke. Er sagte sich, es wäre besser, sich in die Richtung zurückzuziehen, in die er sich zuerst zurückgezogen hatte, und drehte sich wieder um.

An diesem Punkt stellte sich heraus, daß sein zweiter Gedanke der richtige gewesen war, denn es stand ein unbeschreiblich grauenhaftes Ungeheuer reglos hinter ihm. Arthur taumelte entsetzt herum, seine Haut versuchte, in die eine Richtung, und sein Skelett, in eine anderer Richtung zu hüpfen, während sein Gehirn sich überlegte, aus welchem seiner Ohren es am liebsten rauskriechen würde.

»Ich möchte wetten, du hast nicht erwartet, mich wiederzusehen«, sagte das Ungeheuer, was Arthur natürlich für eine seltsame Bemerkung halten mußte, da er das Wesen noch nie gesehen hatte. Er schloß, daß er dieser Kreatur noch nie zuvor begegnet war, aus der simplen Tatsache, daß er nachts schlafen konnte. Es war … es war … es war …

Arthur blinzelte es an. Es stand ganz reglos da. Ein bißchen kam es ihm bekannt vor.

Eine schreckliche, eisige Ruhe kam über ihn, als ihm klar wurde, daß, worauf er blickte, das zwei Meter hohe Hologramm einer Stubenfliege war.

Er fragte sich, warum ihm jemand ausgerechnet jetzt das zwei Meter hohe Hologramm einer Stubenfliege zeigte. Er fragte sich, wessen Stimme er gehört hatte.

Es war ein schrecklich realistisches Hologramm.

Es verschwand.

»Oder vielleicht«, sagte plötzlich die Stimme, und es war eine tiefe, hohltönende, feindselige Stimme, die wie flüssiges Teer klang, das Böses im Schilde führend klebrig aus einer Tonne gekrochen kommt, »hast du mich als das Kaninchen besser in Erinnerung.«

Mit einem plötzlichen Ping war ein Kaninchen bei ihm in dem schwarzen Labyrinth, ein riesenhaftes, auf monströse und grauenhafte Weise sanftes und liebenswertes Kaninchen – wieder ein Bild, aber eins, in dem jedes einzelne sanfte und liebenswerte Härchen ganz echt und einzeln aus dem sanften und liebenswerten Fell zu wachsen schien. Arthur sah mit Schrecken sein eigenes Spiegelbild in den sanften und liebenswerten, starren und ungeheuer riesigen braunen Augen.

»Geboren im Dunkeln«, dröhnte die Stimme, »aufgewachsen im Dunkeln. Eines Morgens streckte ich meinen Kopf zum ersten Mal in die helle, neue Welt hinein und bekam ihn von etwas gespalten, was sich verdächtig nach irgendeinem primitiven Werkzeug aus Feuerstein anfühlte.

Hergestellt von dir, Arthur Dent, und mir auf den Kopf gehauen von dir. Ziemlich hart, wie ich mich erinnere.

Aus meinem Fell machtest du dir einen Beutel, in dem du interessante Steine sammeltest. Ich weiß das zufällig, weil ich in meinem nächsten Leben als Fliege auf die Welt kam und von dir zerquetscht wurde. Wieder mal. Nur diesmal zerquetschtest du mich mit dem Beutel, den du dir aus meinem früheren Fell gemacht hattest.

Arthur Dent, du bist nicht nur grausam und herzlos, du bist auch erschütternd taktlos.«

Die Stimme schwieg, und Arthur glotzte.

»Wie ich sehe, hast du den Beutel verloren«, sagte die Stimme. »Wahrscheinlich war er dir lästig, was?«

Arthur schüttelte hilflos den Kopf. Er hätte gern erklärt, daß er im Gegenteil den Beutel sehr gern gehabt und sehr auf ihn achtgegeben und ihn überallhin mitgenommen habe, aber daß irgendwie jedesmal, wenn er irgendwohin reiste, er auf unerklärliche Weise mit dem falschen Beutel ankomme und daß komischerweise, wo sie gerade so dastünden, er eben zum ersten Mal bemerke, daß der Beutel, der er augenblicklich bei sich habe, offensichtlich aus ziemlich schaurigem nachgemachtem Leopardenfell genäht und absolut nicht der sei, den er vor wenigen Augenblicken noch bei sich gehabt habe, bevor er hier angekommen sei, ganz egal, wo das auch sei, und daß es auch keiner sei, den er sich selber ausgesucht habe, und der Himmel wisse, was darin sei, da es sich nicht um seinen handele, und er hätte viel lieber seinen alten Beutel wieder, wenn es ihm natürlich auch schrecklich leid tue, daß er ihn sich auf so rabiate Weise angeeignet habe, oder vielmehr seine Bestandteile, d.h. das Kaninchenfell von seinem früheren Besitzer, nämlich dem Kaninchen, mit dem zu reden die Ehre zu haben er im Augenblick vergeblich versuche.

Alles, was er in Wirklichkeit herausbekam, was »Örp«.

»Gestatte, daß ich dir den Molch vorstelle, auf dem du gerade rumtrampelst«, sagte die Stimme.

Und wirklich lag da in dem Korridor bei Arthur ein riesenhafter grüner Schuppenmolch. Arthur drehte sich um, schrie auf, machte einen Satz rückwärts und stand mitten in dem Kaninchen. Wieder schrie er auf, konnte aber keinen leere Platz entdecken, wo er hinspringen konnte.

»Auch das war ich«, fuhr die Stimme mit tiefem, drohendem Grollen fort, »als wenn du das nicht wüßtest ...«

»Wissen?« rief Arthur aufgeregt. »Wissen?«

»Das Interessante an der Wiedergeburt«, schnarrte die Stimme, »ist, daß die meisten Leute, die meisten Geister gar nicht wissen, daß sie ihnen widerfährt.«

Sie machte um der Wirkung willen eine Pause. Was Arthur betraf, so wirkte bei ihm schon genug.

»*Ich* wußte es«, zischte die Stimme, »das heißt, ich *erfuhr* es. Langsam. Nach und nach.«

Er, wer er auch war, hielt wieder inne und holte tief Luft.

»Ich konnte ja auch kaum anders, nicht?« schnauzte er. »Wenn immer wieder dasselbe passiert, immer und immer und immer wieder! In jedem Leben, das ich hatte, wurde ich von Arthur Dent getötet. Egal, welcher Stern, egal, welcher Leib, egal, welche Zeit – gerade mache ich's mir ein bißchen bequem, schon kommt Arthur Dent und peng! bringt mich um.

Schwer darüber wegzusehen. Hilft dem Gedächtnis ganz schön nach. Hat was von 'nem Richtschützen. Und was von einem beschissenen Verrat!

›Es ist doch komisch‹, sagte sich mein Geist immer wieder, wenn er sich nach einem weiteren fruchtlosen, von Dent beendeten Ausflug ins Land der Lebenden auf dem Rückflug in die Unterwelt befand, ›der Mann, der da eben auf mich trat, als ich gerade über die Straße zu meinem Lieblingstümpel hopste, kam mir ein bißchen bekannt vor ...‹ Und nach und nach kriegte ich die Sache zusammen, Dent, du vielfacher Mich-Mörder!«

Die Echos seiner Stimme dröhnten die Korridore auf und ab. Arthur stand still und teilnahmslos da, sein Kopf zitterte ungläubig.

»Hier ist der Moment, Dent«, kreischte die Stimme, die nun den Fieberpunkt des Hasses erreichte, »hier ist der Moment, als ich es endlich wußte!«

Es war unbeschreiblich grauenhaft, das Ding, das sich plötzlich vor Arthur öffnete und ihn vor Entsetzen gurgeln und nach Luft schnappen ließ – aber hier ist der Versuch einer Beschreibung davon, wie grauenhaft es war. Es war eine riesige zuckende, nasse Höhle mit einer gewaltigen, schleimigen, rissigen, walartigen Kreatur, die sich darin herumwälzte und über ungeheure weiße Grabsteine kroch. Hoch über der Höhle erhob sich ein gewaltiger Höcker, in dem die dunklen Tiefen von zwei weiteren angsterregenden Höhlen zu sehen waren, die …

Arthur Dent war plötzlich klar, daß er auf seinen eigenen Mund blickte, während seine Aufmerksamkeit nicht umhin konnte, sich auf die Auster zu konzentrieren, die in dem Moment, ohne daß ihr jemand zu Hilfe eilte, in den Mund gekippt wurde.

Er taumelte mit einem Schrei zurück und wandte das Gesicht ab.

Als er wieder hinsah, war die schreckliche Erscheinung verschwunden. Der Korridor war finster und, für einen kurzen Augenblick, still. Er war allein mit seinen Gedanken. Es handelte sich um äußerst unerfreuliche Gedanken, und sie hätten besser eine Schutzbegleitung gehabt.

Das nächste Geräusch war das tiefe, schwere Gedonner eines großen Mauerbrockens, der zur Seite gerollt und für einen kurzen Moment nichts als schwarze Finsternis dahinter zeigte. Arthur stierte auf genau dieselbe Art und Weise hinein wie eine Maus in eine finstere Hundehütte.

Und wieder sprach die Stimme zu ihm.

»Sag mir nur noch, es war Zufall, Dent«, sagte sie, »wage es, mir zu erzählen, daß es Zufall war!«

»Es *war* Zufall«, sagte Arthur rasch.

»War es nicht!« kam bellend die Antwort.

»Doch«, sagte Arthur, »es war …«

»Wenn es Zufall war«, brüllte die Stimme, »dann heiße ich nicht Agrajag!!!«

»Und wahrscheinlich«, sagte Arthur, »willst du behaupten, das *ist* dein Name.«

»Ja!« zischte Agrajag, als habe er soeben eine ziemlich raffinierte Schlußfolgerung zustande gebracht.

»Tja, tut mir leid, es war trotzdem Zufall«, sagte Arthur.

»Komm hier rein und sag's noch einmal!« brüllte die Stimme wieder, wie vom Schlag gerührt.

Arthur ging hinein und sagte, es war Zufall, oder wenigstens sagte er beinahe, daß es Zufall war. Seine Zunge verlor gegen Ende des letzten Wortes fast ihren Halt, denn die Lichter gingen an und zeigten Arthur, was es war, in das er eben hineinspaziert war.

Es war eine Kathedrale des Hasses.

Sie war das Produkt eines Geistes, der nicht nur verschroben, sondern wirklich verdreht war.

Sie war riesig groß. Sie war grauenerregend.

Eine Statue stand darin.

Zu der Statue kommen wir gleich.

Die riesige, unvorstellbar riesige Halle sah aus, als sei sie aus dem Inneren eines Gebirges gemeißelt worden, und der Grund dafür war, daß es genau das war, woraus sie gemeißelt worden war. Arthur schien es, als drehe sie sich schwindelerregend um seinen Kopf herum, während er dastand und sie angaffte.

Sie war schwarz.

Und wo sie nicht schwarz war, wünschte man sich, sie wäre es, denn die Farben, mit denen einige der unsagbaren Details hervorgehoben wurden, reichten schauerlicherweise über das gesamte Spektrum augenverachtender Farben, und zwar von Ultraviolent bis Infratot über Leberpurpur, Ekellila, Eitergelb, Gebrannten Hombre und Sternhagelblau.

Die unsagbaren Details, die von diesen Farben hervorgehoben wurden, waren Wasserspeier, die selbst Francis Bacon das Mittagessen versaut hätten.

Die Wasserspeicher ragten von den Wänden, von den Säulen, von den Strebebogen, von den Chorstühlen allesamt in den Raum hinein in Richtung auf die Statue, zu der wir gleich kommen.

Und wenn die Wasserspeicher Francis Bacon das Mittagessen versaut hätten, dann war den Gesichtern der Wasserspeier deutlich zu entnehmen, daß die Statue ihnen ihrs versaut hätte, wenn sie, um es zu sich zu nehmen, am Leben gewesen wären, was sie nicht waren, und wenn jemand versucht hätte, ihnen eins zu servieren, was niemand getan haben würde.

An den gigantischen Wänden ringsum hingen gewaltige Steintafeln, in die Namen eingemeißelt waren, zur Erinnerung derer, die Arthur Dent zum Opfer gefallen waren.

Die Namen einiger von ihnen waren unterstrichen und mit Sternchen versehen. So war zum Beispiel der Name einer Kuh, von der Arthur zufällig ein Filetsteak gegessen hatte, nur ganz schlicht aufgeführt, wogegen der Name eines Fisches, den Arthur selbst geangelt und dann, bloß weil er ihn plötzlich nicht mehr mochte, am Tellerrand hatte liegen lassen, zweimal unterstrichen war und drei Sternchen und einen blutigen Dolch als Verzierung trug, um den Unterschied deutlich zu machen.

Aber das Allerbeunruhigendste an der ganzen Geschichte, von der Statue mal abgesehen, zu der wir Schritt für Schritt kommen, war der ganze deutliche Hintersinn, daß alle diese Leute und Kreaturen tatsächlich immer und immer wieder ein und dieselbe Person waren.

Und ebenso deutlich war, daß diese Person, wenn auch zu Unrecht, äußerst verstimmt und verärgert war.

Ja, es wäre nur ehrlich, wenn man sagte, daß sie eine Stufe der Verärgerung erreicht hatte, wie man sie im Universum noch nie erlebt hatte. Es war eine Verärgerung von epischen Ausmaßen, eine glühende, sengende Flamme der Verärgerung, die mittlerweile die Gesamtheit von Zeit und Raum in ihrer unendlichen Düsternis erfaßt hatte.

Und dieser Verärgerung war in der Statue im Mittelpunkt dieser ganzen Ungeheuerlichkeit der umfassendste Ausdruck verliehen worden, wobei es sich um eine Statue von Arthur Dent handelte, und zwar eine nicht geschmeichelte. Fünfzehn Meter hoch, als wäre das nichts, gab es nicht einen Zentimeter an ihr, der nicht mit Schmähungen des Dargestellten vollgestopft gewesen wäre, und fünfzehn Meter derlei Sachen würden ausreichen, daß sich jeder Dargestellte mies fühlt. Von dem kleinen Pickel neben seiner Nase bis zur dürftigen Fasson seines Morgenmantels gab es keine Seite an Arthur Dent, die der Bildhauer nicht bekrittelt und heruntergemacht hätte.

Arthur erschien als eine Gorgo, als ein wüster, raubgieriger, nach Beute lechzender, blutrünstiger Oger, der sich seinen Weg durch ein unschuldiges Ein-Mann-Universum schlachtet.

Mit jedem seiner dreißig Arme, die der Bildhauer in einem Anfall von Künstlereifer ihm zu verpassen beschlossen hatte, schlug er entweder einem Karnickel den Schädel ein, zerquetschte er eine Fliege, zog er einem Hühnchen das Gabelbein aus der Brust, klaubte er sich einen Floh aus den Haaren oder machte er etwas, was Arthur auf den ersten Blick nicht recht erkennen konnte.

Seine vielen Füße stampften zum größten Teil auf Ameisen rum.

Arthur bedeckte seine Augen mit den Händen, senkte den Kopf und schüttelte ihn langsam vor Traurigkeit und Entsetzen über die Verrücktheit der Dinge.

Und als er sie wieder öffnete, stand vor ihm die Gestalt dieses Mannes oder Wesens oder was es auch immer war, hinter dem er angeblich die ganze Zeit her war.

»HhhhhhrrrrrraaaaaaHHHHHH!« sagte Agrajag.

Er oder es oder was auch immer sah wie eine durchgedrehte fette Fledermaus aus. Sie watschelte um Arthur herum und langte mit krummen Klauen nach ihm.

»Sieh mal ...!« wandte Arthur ein.

»HhhhhhrrrrrraaaaaaHHHHHH!« erklärte Agrajag, und Arthur akzeptierte das widerstrebend, denn er hatte vor dieser unheimlichen und sonderbar kaputten Erscheinung ziemlich große Angst.

Agrajag war schwarz, aufgedunsen, runzlig und wie aus Leder.

Seine Fledermausflügel waren irgendwie erschreckender, so klägliche, zerrissene Zappeldinger, wie sie waren, als wenn sie starke, muskulöse Dreschflügel der Lüfte gewesen wären. Das Erschreckendste an ihm war vielleicht die Zähigkeit, gegen alle körperlichen Widrigkeiten die Existenz immer wieder fortzusetzen.

Er besaß die verblüffendste Sammlung von Zähnen.

Sie sahen aus, als käme jeder von einem völlig anderen Tier, und sie standen in seinem Mund dermaßen bizarr und schief herum, daß man den Eindruck hatte, wenn er wirklich mal versuchen sollte, in irgendwas zu beißen, dann würde er sich das halbe Gesicht dabei zerfetzen und möglicherweise obendrein auch gleich noch ein Auge dabei auspieksen.

Jedes seiner drei Augen war klein und guckte angespannt und strahlte ungefähr so viel Vernunft aus wie ein Fisch in einer Ligusterhecke.

»Es war bei einem Kricket-Match«, krächzte er.

Das schien auf den ersten Blick ein so widersinniger Gedanke, daß Arthur sich beinahe an der eigenen Sprache verschluckt hätte.

»Nicht in diesem Körper«, kreischte das Wesen, »nicht in diesem Körper! Das hier ist mein letzter Körper. Mein letztes Leben. Das hier ist mein Rache-Körper. Mein Töte-Arthur-Dent-Körper. Meine letzte Chance. Und ich mußte mich auch noch darum kloppen!«

»Aber ...«

»Ich war«, schrie Agrajag, »bei einem Kricket-Match! Ich hatte ein schwaches Herz. Aber, sagte ich zu meiner Frau, was kann mir schon bei einem Kricket-Match geschehen? Und wie ich so zugucke, was passiert da?

Zwei Leute tauchen boshafterweise einfach so aus dem Nichts vor mir auf. Das letzte, was ich noch mitkriege, bevor mein armes Herz vor Schreck aussetzt, ist, daß einer von den beiden Arthur Dent ist, der einen Kaninchenknochen im Bart hat. Zufall?«

»Ja«, sagte Arthur.

»Zufall?« schrie das Wesen, flatterte angestrengt mit seinen kaputten Flügeln und öffnete auf seiner rechten Backe einen kurzen Spalt mit einem besonders ekelhaften Zahn. Bei näherem Hinsehen, wie Arthur es zu vermeiden gehofft hatte, entdeckte er, das Agrajags Gesicht fast ganz mit zerlumpten schwarzen Heftpflasterstreifen zugeklebt ist.

Ängstlich zog er sich einen Schritt zurück. Er zupfte sich am Bart. Mit Schrecken stellte er fest, daß tatsächlich immer noch der Kaninchenknochen darin hing. Er zog ihn raus und warf ihn weg.

»Sieh mal«, sagte er, »es ist nur das Schicksal, das Katze und Maus mit dir spielt. Mit mir. Mit uns beiden. Es ist alles Zufall.«

»Was hast du gegen mich, Dent?« fauchte das Wesen und kam mühsam auf ihn zugewatschelt.

»Nichts«, beharrte Arthur, »ehrlich, nichts.«

Agrajag nagelte ihn mit seinen kleinen Augen fest.

»Scheint mir eine merkwürdige Art und Weise, mit jemandem umzugehen, gegen den du nichts hast, wenn du ihn jedesmal umbringst. Ein sehr sonderbares Beispiel sozialer Wechselbeziehungen, würde ich das nennen. Ich möchte es auch Lüge nennen!«

»Aber sieh doch mal«, sagte Arthur, »es tut mir leid. Das ganze ist ein schreckliches Mißverständnis. Ich muß jetzt gehen. Hast du eine Uhr? Ich soll nämlich helfen, das Universum zu retten.« Er zog sich noch einen Schritt zurück.

Agrajag rückte noch einen Schritt näher.

»An einem Punkt«, zischte er, »an einem bestimmten Punkt beschloß ich aufzugeben. Ja. Ich wollte nicht wieder zurückkommen. Ich wollte in der Unterwelt bleiben. Und was passiert?«

Arthur deutete mit einem vagen Kopfschütteln an, daß er keine Ahnung habe und auch keine haben wolle. Er merkte, daß er sich bis an den kalten dunklen Stein zurückgezogen hatte, aus dem mit wer weiß welcher herkulischer Mühe jemand die gigantische Karikatur seiner

Schlafzimmerpantoffeln gemeißelt hatte. Er blickte an seinem scheußlich parodierten Abbild hoch, das sich über ihm erhob. Er fragte sich immer noch verwundert, was das eigentlich bedeuten solle, was eine seiner Hände da tat.

»Ich wurde gegen meinen Willen in die Körperwelt zurückgeworfen«, fuhr Agrajag fort, »und zwar als Petunie. In, wie ich vielleicht hinzufügen sollte, einem Blumentopf. Diese besonders glückliche, kurze Lebensreise mit mir und meinem Blumentopf begann freischwebend dreihundert Meilen über einem besonders schrecklichen Planeten. Kein von Natur aus sehr geeigneter Ort für einen Petunientopf, würdest du vielleicht denken. Und du hättest recht. Dieses Leben endete wenig später dreihundert Meilen weiter unten. In, wie ich vielleicht wieder hinzufügen sollte, den frischen Trümmern eines zerschellten Wals. Meines Bruders im Geiste.«

Er schielte mit neu entflammtem Haß zu Arthur rüber.

»Auf dem Weg nach unten«, schnarrte er, »konnte ich nicht umhin, ein ziemlich ungewöhnlich aussehendes weißes Raumschiff zu bemerken. Und aus einer Luke dieses ungewöhnlich aussehenden Raumschiffs schaute ein schmuck aussehender Arthur Dent heraus. *Zufall?!!*«

»Ja!« schrie Arthur. Er blickte wieder nach oben und erkannte, daß der Arm, der ihm so rätselhaft erschienen war, mutwillig einen Topf mit einer schon dem Untergang geweihten Petunie ins Leben rief. Das war kein Gedanke, der sofort ins Auge sprang.

»Ich muß gehen«, drängte Arthur.

»Du kannst gehen«, sagte Agrajag, »*nachdem* ich dich getötet habe.«

»Nein, das hätte keinen Sinn«, erklärte Arthur und begann, den harten, steinernen Abhang seiner gemeißelten Pantoffeln hinaufzukriechen, »denn ich muß das Universum retten, verstehst du? Ich muß eine silberne Querstange finden, das ist wichtig. Wär für einen Toten viel zu knifflig.«

»Das Universum retten!« spuckte Agrajag verächtlich. »Daran hättest du denken sollen, ehe du mit deine Blutrache gegen mich anfingst! Was war denn, als du auf Stavromula Beta warst und dich jemand ...«

»Dort bin ich nie gewesen«, sagte Arthur.

»... umzubringen versuchte, du dich aber bücktest? Was glaubst du, wen die Kugel traf? Was hast du eben gesagt?«

»Nie da gewesen«, wiederholte Arthur. »Wovon redest du eigentlich. Ich muß jetzt gehen.«

Agrajag blieb wie angewurzelt stehen.

»Du mußt dort gewesen sein. Du warst dort für meinen Tod genauso verantwortlich wie überall. Ein unschuldiger Zuschauer!« Er zitterte.

»Ich habe nie was von diesem Ort gehört«, beharrte Arthur. »Bis jetzt hat ganz bestimmt noch niemand versucht, mich umzubringen. Im Gegensatz zu dir. Vielleicht fahr ich später mal hin, was meinst du?«

Agrajag blinzelte langsam, als empfinde er sowas wie ein eiskaltes logisches Grauen.

»In Stavromula Beta warst du ... *noch* nicht?« flüsterte er.

»Nein«, sagte Arthur, »weiß überhaupt nichts von dem Ort. Bestimmt nie dort gewesen, und habe auch nicht die Absicht.«

»Oh, du gehst da bestimmt noch hin«, murmelte Agrajag mit schwankender Stimme, »du gehst bestimmt noch hin. Verdammter Mist!« Er wankte und blickte in seiner gewaltigen Kathedrale des Hasses wild um sich. »Ich habe dich zu früh hierher gebracht!«

Er fing an, zu schreien und zu kreischen. »Ich habe dich verflucht nochmal zu früh hierher gebracht!«

Plötzlich faßte er sich wieder und sagte Arthur mit düsterem, haßerfülltem Blick an.

»Ich werde dich trotzdem töten!« brüllte er. »Auch wenn's logisch unmöglich ist, werde ich es verflucht noch mal trotzdem probieren! Ich werde diesen ganzen Berg hier in die Luft jagen!« schrie er, »mal sehen, ob du dich da rauswinden kannst, Dent!«

Er eilte mit mühselig watschelndem Hinken zu etwas hinüber, das wie ein kleiner schwarzer Opferaltar aussah. Er brüllte nun so unbändig, daß er sich damit wirklich das Gesicht ganz übel zurichtete. Arthur sprang von dem strategisch günstigen Platz auf dem steinernen Abbild seines eigenen Fußes runter und beeilte sich, das zu Dreiviertel total übergeschnappte Wesen von seinem Vorhaben abzuhalten.

Er warf sich auf es und schmetterte das seltsame Ungeheuer krachend auf den Altar.

Agrajag schrie auf, schlug einen kurzen Moment wild um sich und warf Arthur einen wütenden Blick zu.

»Du weißt, was du getan hast?« röchelte er mühsam. »Du hast mich bloß schon wieder mal getötet. Ich meine, was willst du denn von mir? Blut?«

Wieder schlug er wie in einem kurzen Todeskampf um sich, zitterte und sank zusammen, wobei er auf den Altar einen großen roten Knopf plumpsen ließ.

Arthur sprang voll Angst und Entsetzen auf, erstens darüber, was er offenbar getan hatte, und zweitens wegen der lauten Sirenen und Klingeln, die plötzlich die Luft erzittern ließen, um irgendeine ungeheure Katastrophe zu verkünden. Er blickte wie rasend um sich.

Der einzige Weg hinaus schien der Weg zu sein, den er gekommen war. Er lief darauf los, während er den häßlichen Beutel aus falschem Leopardenfell wegwarf.

Er stürmte blindlings und wie es ihm gerade einfiel durch das labyrinthische Wirrwarr und schien dabei immer wütender von Hupen, Sirenen und blitzenden Lichtern verfolgt zu werden.

Plötzlich rannte er um eine Ecke und sah ein Licht vor sich.

Es blitzte nicht. Es war das Tageslicht.

19

Es ist zwar behauptet worden, in unserer Galaxis werde allein auf der Erde Krikkit (oder Kricket) als geeigneter Vorwand für ein Spiel angesehen, und aus dem Grund sei man der Erde auch aus dem Weg gegangen, aber das trifft allein auf unsere Galaxis zu, spezieller noch: nur auf unsere Dimension. In einigen der höheren Dimensionen ist man der Meinung, man könne mehr oder weniger tun, was einem gefällt, und so spielt man dort nun schon seit Billionen von Jahren (oder was auch immer die transdimensionale Entsprechung dafür sein mag) ein eigentümliches Spiel namens Brockianisches Ultra-Kricket.

»Seien wir ganz offen, es ist ein grauenhaftes Spiel« (heißt es im Reiseführer *Per Anhalter durch die Galaxis*), »aber jeder, der mal in irgendeiner der höheren Dimensionen gewesen ist, wird auch wissen, daß die da oben eine ziemlich grauenhafte, unzivilisierte Meute sind, die einfach kurz und klein gehauen und um die Ecke gebracht werden müßte, und das würde ja auch passieren, wenn jemand auf den Dreh käme, wie man Raketen im rechten Winkel zur Realität abfeuert.«

Das ist ein weiteres Beispiel dafür, daß der Reiseführer *Per Anhalter durch die Galaxis* jeden mit offenen Armen empfängt, der einfach mal so vorbeischneien und sich gehörig ausquetschen lassen möchte, besonders wenn man zufällig im Laufe des Nachmittags einfach mal so vorbeischneit, wenn nur ganz wenige der regulären Angestellten anwesend sind.

Es ist an dieser Stelle eine grundsätzliche Feststellung

zu machen: Die Geschichte des Reiseführers *Per Anhalter durch die Galaxis* ist eine Geschichte voller Idealismus, Kampf, Verzweiflung, Leidenschaft, Erfolge, Fehlschläge und ungeheuer langer Mittagspausen.

Die frühesten Anfänge des *Anhalters* sind, wie auch seine Steuerakten, mittlerweile in dem Nebel der Zeit verlorengegangen.

Zu anderen und merkwürdigeren Theorien, wie sie verlorengegangen sind, siehe unten.

Die meisten der überlieferten Geschichten aber erzählen von einem ersten Herausgeber namens Hurling Frootmig.

Hurling Frootmig, so heißt es, rief den *Anhalter* ins Leben, legte sich für dessen Grundprinzipien – Ehrlichkeit und Idealismus – ins Zeug und ging pleite.

Es folgten viele Jahre der Not und inneren Einkehr, während derer fragte er Freunde um Rat, saß in dunklen Zimmern in illegalen Geisteszuständen rum, dachte über dies und jenes nach, trieb mit Gewichten seine Faxen und gründete schließlich nach einer zufälligen Begegnung mit den Heiligen Mittagessern von Voondoon (die behaupten, daß, ebenso wie das Mittagessen die Tagesmitte des Menschen einnehme und des Menschen Tag als Analogie seines geistigen Lebens betrachtet werden könne, so auch das Mittagessen

(a) als Mittelpunkt des geistigen Lebens des Menschen gesehen und

(b) in sehr leckeren Restaurants abgehalten werden sollte) – er gründete also den *Anhalter* von neuem, postulierte dessen Grundprinzipien – Ehrlichkeit und Idealismus – und auch, wo man beide unterschlagen durfte, und führte so den *Anhalter* zu seinem ersten kommerziellen Erfolg.

Er war auch der erste, der die redaktionellen Mittagspausen erfand und genau erforschte, die später in der Geschichte des *Anhalters* eine so enorme Rolle spielen sollten, da sie darauf hinausliefen, daß der Löwenanteil der tatsächlichen Arbeit von irgendwelchen vorbeikommenden Fremden getan wurde, die am Nachmittag zufällig in die leeren Büros hereinspazierten und irgendwas erledigten, was sie für wichtig hielten.

Kurze Zeit später wurde der *Anhalter* von der Megadodo Verlagsgesellschaft auf Ursa Minor Beta übernommen, wodurch das Ganze finanziell auf sehr gesunde Füße gestellt wurde, was dem vierten Herausgeber, Lig Lury jr., die Möglichkeit gab, auf Mittagspausen von so atemberaubender Länge umzusteigen, daß die Bemühungen neuerer Herausgeber, öffentlich geförderte Mittagspausen für die Wohlfahrt abzuhalten, sich daneben bloß wie kleine Brötchen ausnehmen.

Lig gab seinen Herausgeberposten nie formell auf – er verließ nur eines späten Vormittags sein Büro und kehrte nie wieder zurück. Und obwohl seitdem gut ein Jahrhundert vergangen ist, halten viele Mitarbeiter des *Anhalters* immer noch an dem romantischen Gedanken fest, er sei bloß mal schnell auf ein Schinken-Croissant vor die Tür gegangen und werde bald zurückkommen, um am Nachmittag nochmal mächtig ranzuklotzen.

Streng genommen hießen aus diesem Grunde alle Herausgeber nach Lig Lury jr. nur Stellvertretende Herausgeber, und Ligs Schreibtisch wird immer noch genau in dem Zustand erhalten, in dem er ihn verlassen hat, es wurde nur zusätzlich ein kleines Schildchen aufgestellt, auf dem steht: »Lig Lury jr., Herausgeber, z. Z. nicht anwesend, löffelt wahrscheinlich wieder gerade was aus.«

Ein paar sehr gemeine und subversive Quellen deuten an, Lig sei bei den ersten ungewöhnlichen Experimenten des *Anhalters* auf dem Gebiet der alternativen Buchhaltung umgekommen. Sehr wenig ist darüber bekannt, und noch weniger wird darüber gesprochen. Und jeder, der auch nur den sonderbaren, wenn auch durch und durch zufälligen und bedeutungslosen Umstand bemerkt, geschweige denn die Aufmerksamkeit darauf lenkt, daß jeder Stern, auf dem der *Anhalter* ein Büro eröffnet, wenig später in einem Krieg oder einer Naturkatastrophe unterging, schwebt in der Gefahr, auf Schadensersatz verklagt zu werden.

Es ist eine interessante Tatsache, die allerdings mit dem eben Gesagten nicht das geringste zu tun hat, daß zwei oder drei Tage, bevor der Planet Erde vernichtet wurde, um einer neuen Hyperraum-Umgehungsstraße Platz zu machen, die Zahl der dort gesichteten UFOs dramatisch anstieg, und zwar wurden sie nicht nur über Lord's Cricket Ground in St. John's Wood, London, gesichtet, sondern auch über Glastonbury in Somerset.

Glastonbury war lange schon mit Sagen über alte Könige, Zauberkräfte, Hexenringe und das Besprechen von Warzen in Verbindung gebracht und nun als Bauplatz für das neue *Per-Anhalter-durch-die-Galaxis*-Steuerakten-Kontor ausgewählt worden, und tatsächlich wurden gerade die Steuerakten von zehn Jahren zu einem Zauberberg knapp außerhalb der Stadt geschafft, als nur wenige Stunden später die Vogonen aufkreuzten.

Keine dieser Geschichten, so seltsam und unerklärlich sie auch sein mögen, ist so seltsam und unerklärlich wie die Spielregeln des Brockianischen Ultra-Krickets, wie es in den höheren Dimensionen gespielt wird. Alle Regeln vollständig zu bekommen, ist ungeheuer kompliziert, denn als sie das erste und einzige Mal alle in einen einzigen Band zusammengebunden wurden, erlitten sie einen Gravitationskollaps und wurden ein Schwarzes Loch.

Eine Kurzfassung aber lautet folgendermaßen:

REGEL EINS: Laß dir mindestens ein paar Extra-Beine wachsen. Du wirst sie nicht brauchen, aber sie halten die Zuschauer bei Laune.

REGEL ZWEI: Suche dir einen guten Brockianischen Ultra-Kricket-Spieler. Klone ihn dir ein paarmal ab. Das erspart dir die ungeheuren Summen für die langwierige Auslese und das Training.

REGEL DREI: Stelle deine und die gegnerische Mannschaft auf ein großes Spielfeld und baue eine hohe Mauer drum herum.

Der Grund dafür liegt darin, daß, da das Spiel eine ganz wesentliche Publikumsbelustigung ist, die Enttäuschung bei den Zuschauern, die kaum in der Lage sind, zu sehen, was passiert, dazu führt, daß sie sich einbilden, das Spiel sei viel aufregender als es in Wirklichkeit ist. Eine Zuschauermenge, die gerade ein ziemlich fades Spiel gesehen hat, zeigt einen wesentlich geringeren Lebensbehauptungswillen als Zuschauer, die meinen, sie hätten gerade das dramatischste Ereignis der Sportgeschichte verpaßt.

REGEL VIER: Werfe den Spielern über die Mauer massenweise alle möglichen Sportausrüstungen zu. Alles ist hier angebracht – Kricketschläger, Basewürfelschläger, Tennisgewehre, Schier – alles, womit man prima ausholen und in Schwung kommen kann.

REGEL FÜNF: Nun sollten die Spieler mit allem, was ihnen in die Hände fällt, auf Deubel komm raus um sich schlagen. Wenn ein Spieler bei einem anderen Spieler einen »Treffer« erzielt, sollte er sofort weglaufen und sich aus sicherer Entfernung entschuldigen.

Die Entschuldigung sollte kurz und bündig und aufrichtig sein und der größeren Deutlichkeit und Eindringlichkeit wegen durch ein Megafon abgegeben werden.

REGEL SECHS: Die Siegermannschaft ist die erste Mannschaft überhaupt, die gewinnt.

Je verrückter man in den höheren Dimensionen auf das Spiel ist, desto weniger wird es komischerweise wirklich gespielt, weil sich die meisten der konkurrierenden Mannschaften wegen der Auslegung dieser Spielregeln mittlerweile in permanentem Kriegszustand befinden. Und das ist nur gut so, denn letztlich ist ein guter, solider Krieg psychologisch weniger schädlich als ein in die Länge gezogenes Brockianisches Ultra-Kricket-Spiel.

20

Als Arthur eilends, behende und keuchend den Berg hinunterlief, spürte er plötzlich, wie sich der ganze Berg unter ihm ganz, ganz leicht bewegte. Es donnerte und polterte, es entstand eine kaum wahrnehmbare, unscharfe Bewegung, und er spürte einen Anflug von Hitze in der Ferne hinter und über sich. Er rannte, vor Angst fast verrückt. Die Erde unter ihm begann zu rutschen, und mit einemmal empfand er die Gewalt des Wortes »Erdrutsch« in einer Weise, wie sie ihm noch nie gegenwärtig gewesen war. Für ihn war es immer nur ein x-beliebiges Wort gewesen, aber jetzt wurde ihm plötzlich und erschreckend klar, daß Rutschen für Erde etwas Merkwürdiges und Widerliches ist. Sie tat es mit ihm auf ihr. Ihm wurde schlecht vor Angst und von dem Geschüttele. Der Boden glitt weg, der Berg schmolz, Arthur rutschte, fiel, stand wieder, er rutschte wieder und rannte. Da ging die Lawine los.

Steine, dann Brocken, dann Felsblöcke, die an ihm vorbeisprangen wie tolpatschige kleine Hunde, nur viel viel größer, viel viel härter und schwerer und fast unendlich viel geeigneter, einen zu töten, wenn sie auf einen fielen. Seine Augen tanzten mit ihnen, seine Füße tanzten mit dem tanzenden Boden. Er rannte, als sei Rennen ein schreckliches Schweißfieber, sein Herz hämmerte im Rhythmus des hämmernden geologischen Irrsinns um ihn herum.

Der Logik der Situation, d.h. daß er ganz zweifellos überleben werde, wenn das nächste angedeutete Ereignis in der Saga seiner unabsichtlichen Verfolgung Agrajags tatsächlich einträfe, mißlang es in diesem Moment total, auf seinen Geist einzuwirken oder irgendeinen beruhigenden Einfluß auf ihn auszuüben. Er rannte, Todesangst in sich, unter sich und über sich, und sogar an seinen Haare versuchte sie ihn zu packen.

Und plötzlich stolperte er wieder und wurde von seiner eigenen ganz beträchtlichen Schwungkraft vorwärtsgeschleudert. Aber genau in dem Moment, in dem er drauf und dran war, schrecklich hart auf den Boden zu knallen, sah er direkt vor sich einen kleinen marineblauen Reisebeutel liegen, von dem er genau wußte, daß er ihm vor ungefähr zehn Jahren seiner früheren persönlichen Zeitrechnung im Gepäckausgabesystem des Athener Flughafens verloren hatte, und in seiner Verwunderung verfehlte er den Boden total und schnellte in die Lüfte empor. Und sein Gehirn sang.

Was er tat, was dieses: er flog. Er sah sich überrascht um, aber es konnte kein Zweifel bestehen, daß er genau das tat. Kein Teil von ihm berührte den Boden, und kein Teil näherte sich ihm auch nur. Er schwebte ganz einfach, während die Felsbrocken um ihn herum durch die Luft sausten.

Daran mußte er nun was ändern. Über die Mühelosigkeit der ganzen Unternehmung ungläubig blinzelnd schwebte er höher, und nun sausten die Felsbrocken unter ihm durch die Luft.

Mit gespannter Neugier sah er nach unten. Zwischen ihm und der bebenden Erde waren jetzt gut und gerne zehn Meter leerer Raum, daß heißt leer, wenn man von den Felsbrocken absah, die sich nicht lange darin aufhielten, sondern abwärts sprangen, im eisernen Griff des Gesetzes der Schwere: desselben Gesetzes, das Arthur ganz plötzlich beurlaubt zu haben schien.

Mit der instinktiven Exaktheit, die der Selbsterhaltungstrieb dem menschlichen Geist eingibt, kam Arthur fast augenblicklich in den Sinn, daß er versuchen müsse, nicht darüber nachzudenken, denn wenn er's täte, dann würde das Gesetz der Schwere plötzlich scharf in seine Richtung blicken und zu wissen verlangen, was zum Kuckuck er da oben zu tun gedenke, und alles wäre mit einemmal aus.

So dachte er über Tulpen nach. Es war schwierig, aber er tat es. Er dachte an die wunderschöne feste Rundung ihrer Zwiebeln, er dachte an die faszinierende Vielfalt ihrer Farben und überlegte, wieviele Tulpen wohl auf der Erde im Umkreis einer Meile um eine Windmühle wüchsen oder gewachsen seien. Nach einer Weile fand er diese Überlegungen gefährlich langweilig, er spürte, wie die Luft unter ihm wegschlüpfte, er spürte, daß er in die Bahn der herabdonnernden Felsblöcke sank, an die nicht zu denken er sich so bemühte, und so dachte er eine kleine Weile an den Athener Flughafen, und das hielt ihn mit Erfolg etwa fünf Minuten in Rage – nach deren Ablauf er verblüfft entdeckte, daß er jetzt etwa zweihundert Meter über dem Boden schwebte.

Einen Augenblick fragte er sich, wie er wohl wieder hinunter käme, schreckte aber im selben Moment von dieser Überlegung zurück und versuchte, der Situation fest ins Auge zu sehen.

Er flog. Was er damit wohl anfangen werde? Er sah wieder hinunter zum Boden. Er sah nicht genau hin, aber gab sich alle Mühe, sozusagen im Fluge einen trägen Blick darauf zu werfen. Es gab allerdings ein paar Dinge, die er notgedrungen wahrnehmen mußte. Das eine war, daß die Eruption des Berges jetzt vorüber war – nur ein kleines Stückchen unterhalb des Gipfels sah er einen Krater, wahrscheinlich dort, wo der Fels über der gewaltigen Höhlenkathedrale, seinem Standbild und dem so elend mißhandelten Agrajag eingestürzt war.

Das andere war sein Reisebeutel, und zwar genau der, den er auf dem Athener Flughafen verloren hatte. Er lag keck auf einem offenen Stück Gelände, umgeben von müde gewordenen Felsbrocken, aber offensichtlich von keinem getroffen. Warum das so war, konnte er sich nicht denken, aber da dieses Wunder von der ungeheuerlichen Unmöglichkeit, daß der Beutel überhaupt da war, in den Schatten gestellt wurde, war das keine Überlegung, zu der er sich stark genug fühlte. Tatsache ist, er lag da. Und der gräßliche Beutel aus falschem Leopardenfell schien verschwunden zu sein, was fabelhaft war, wenn auch nicht absolut unerklärlich.

Er sah sich nun vor die Tatsache gestellt, daß er das Ding da aufheben müsse. Hier flog er also, zweihundert Meter über der Oberfläche eines fremden Planeten, an dessen Name er sich nicht einmal erinnern konnte. Da konnte er die jammervolle Lage dieses winzigen Teilchens dessen, was mal sein Leben gewesen war, doch nicht einfach ignorieren, hier, so viele Lichtjahre von den pulverisierten Überresten seiner Heimat entfernt.

Außerdem fiel ihm ein, daß in dem Beutel, wenn er noch im selben Zustand war, in dem er ihn verloren hatte, eine Dose sein müsse, die das einzige griechische Olivenöl enthielte, das es nun im Universum noch gäbe.

Langsam, vorsichtig, Zentimeter für Zentimeter begann er nach unten zu schweben, indem er sanft von einer Seite zur anderen schaukelte wie ein ängstliches Stück Papier, das merkt, daß es jetzt abwärts in Richtung Boden geht.

Es ging prima, er fühlte sich gut. Die Luft trug ihn, ließ ihn aber durch. Zwei Minuten später schwebte er nur noch zwei Fuß hoch über dem Beutel und sah sich vor einigen schwierigen Entscheidungen. Er schwankte ganz leicht. Er runzelte die Stirn, aber wieder so leicht, wie er nur konnte.

Falls er den Beutel aufhöbe, konnte er ihn überhaupt tragen? Würde das zusätzliche Gewicht ihn nicht einfach zu Boden ziehen?

Würde nicht vielleicht allein der Umstand, daß er etwas am Boden berührte, plötzlich die Zauberkraft, oder was es auch war, aufheben, die ihn in der Luft hielt?

Wäre es nicht vielleicht doch besser, wenn er in diesem Punkt einfach ganz vernünftig wäre und für ein, zwei Augenblicke aus der Luft wieder auf den Boden zurückkehrte?

Wenn er das täte, würde er je wieder fliegen können?

Als er sich über dieses Gefühl klarzuwerden erlaubte, empfand er es als auf so friedliche Weise ekstatisch, daß er den Gedanken nicht ertragen konnte, darauf verzichten zu müssen, vielleicht für immer. Mit dieser Sorge im Gemüt schwebte er wieder ein kleines Stück nach oben, bloß um das Gefühl zu spüren, diese überraschende und mühelose Bewegung. Er trieb, er schwebte. Er versuchte einen kleinen Sturzflug.

Der Sturzflug war phantastisch. Mit vor sich ausgestreckten Armen und hinter sich herflatterndem Haar und Morgenmantel schoß er vom Himmel herunter, glitt etwa zwei Fuß über dem Boden auf einer Luftschicht entlang und schwang sich wieder hinauf, fing sich auf dem Gipfelpunkt des Schwunges ab und stand in der Luft. Stand nur. Und blieb da.

Es war wunderbar.

Und das, sagte er sich, sei auch der Weg, wie er den Beutel aufheben könne. Er würde herabstoßen und ihn genau im Augenblick des Wiederaufsteigens packen. Er würde ihn mit sich nach oben tragen. Vielleicht würde er ein bißchen schwanken, aber er war sicher, daß er ihn festhalten könne.

Er probierte noch ein, zwei Übungssturzflüge, und sie gelangen immer besser. Der Wind in seinem Gesicht, das Fallen und Stürzen seines Körpers, alles kam zusammen und ließ ihn einen Rausch der Sinne fühlen, wie er ihn nicht mehr empfunden hatte, seit … seit … nun ja, soweit er berechnen konnte, seit seiner Geburt. Er schwebte auf der leichten Brise entlang und überblickte das Land, das, wie er entdeckte, ziemlich grauenhaft war. Es sah verkommen und wüst aus. Er beschloß, nicht mehr hinzusehen. Er würde nur den Beutel aufheben und dann ... er wußte nicht, was er dann tun würde, wenn er den Beutel aufgehoben hätte. Er beschloß, erstmal nur den Beutel aufzuheben und dann zu sehen, wie sich die Dinge weiter entwickelten.

Er steuerte gegen den Wind, trieb gegen ihn nach oben und drehte sich um. Er schwamm auf ihm. Er bemerkte es nicht, aber sein Körper weidomierte sich in dem Augenblick.

Er duckte sich unter den Luftstrom, knickte ab – und tauchte weg.

Die Luft stürzte an ihm vorbei, er sauste durch sie hindurch. Der Boden wankte unsicher, kam mit seinen Überlegungen ins reine, hob sich ihm ruhig entgegen und bot ihm den Beutel dar, dessen abgenutzte Plastikhenkel zu ihm hochzeigten.

Auf halbem Weg nach unten entstand jäh ein gefährlicher Augenblick, als er es einfach nicht mehr glauben konnte, daß er's wirklich tat, und darum hätte er es beinahe nicht getan, aber er hatte sich rechtzeitig wieder im Griff, schwebte über den Boden weg, ließ einen Arm geschmeidig durch die Henkel des Beutels gleiten und begann, wieder in die Höhe zu steigen, schaffte es nicht und stürzte, schlug auf den Boden auf und schrammte und polterte über den steinigen Grund.

Er kam augenblicklich torkelnd auf die Beine und schwang sich erfolglos herum. In einem Anfall von Schmerz und Enttäuschung wirbelte er den Beutel um sich im Kreise.

Seine Füße klebten plötzlich so schwer am Boden, wie sie es immer getan hatten. Sein Körper fühlte sich an wie ein unhandlicher Sack Kartoffeln, der über den Boden stolperte und wankte, in seinem Kopf herrschte die Leichtigkeit eines Zentners Blei.

Wie benommen sackte er zusammen und schwankte, und alles tat ihm weh. Erfolglos versuchte er zu rennen, aber seine Beine waren plötzlich zu schwach dazu. Er stolperte und plumpste vorwärts. In dem Moment erinnerte er sich, daß in dem Beutel, den er jetzt bei sich hatte, nicht nur eine Dose griechisches Olivenöl war, sondern auch eine zollfreie Flasche Retsina, und beim erfreuten Schreck dieser Entdeckung bemerkte er gar nicht, daß er mindestens zehn Sekunden lang schon wieder flog.

Er schrie und heulte vor Erleichterung und Freude und schierer körperlicher Wonne. Er trudelte und flatterte und glitt und wirbelte durch die Luft. Er legte sich dreist auf einen Aufwind und untersuchte den Inhalt des Beutels. Er fühlte sich, wie sich seiner Meinung nach ein Engel fühlen müsse, der seinen berühmten Tanz auf der Stecknadelspitze vollführt, während Philosophen ihn zu deuten versuchen. Er lachte vor Freude, als er entdeckte, daß in dem Beutel sowohl das Olivenöl als auch der Retsina war, dazu eine kaputte Sonnenbrille, eine sandgefüllte Badehose, ein paar zerknitterte Ansichtskarten von Santorini, ein großes, häßliches Handtuch, ein paar interessante Steine und mehrere Zettel mit den Adressen von Leuten, denen er zu seiner Erleichterung nun wohl nie mehr begegnen würde, auch wenn der Grund dafür traurig war. Er warf die Steine weg, setzte sich die Sonnenbrille auf und ließ die Zettel im Wind davonflattern.

Als er zehn Minuten später faul durch eine Wolke schwebte, hatte er plötzlich eine große und wahnsinnig verrufene Cocktailparty im Kreuz.

21

Die längste und verheerendste aller jemals veranstalteten Parties geht jetzt in die vierte Generation, und immer noch macht niemand Anstalten aufzubrechen. Irgend jemand hat mal auf seine Uhr gesehen, aber das ist nun auch schon wieder elf Jahre her, und einen Nachahmer hat es nicht gegeben.

Das Chaos ist ungeheuer, und man muß es gesehen haben, um es zu glauben, aber wenn du keinen besonderen Grund hast, es zu glauben, dann geh bloß nicht hin und guck nach, denn es wird dir keine Freude machen.

Vor kurzem hat es oben in den Wolken geknallt und geblitzt, und man ist der Auffassung, daß das von einer Schlacht herrührt, die zwischen den Flotten mehrerer konkurrierender Teppichreinigungsfirmen tobt, die wie Geier über der Party kreisen, aber man sollte nichts glauben, was man auf Parties zu hören kriegt, und ganz besonders nicht auf dieser.

Eines der Probleme, und zwar eins, das offenbar immer schlimmer wird, ist, daß die Leute auf dieser Party entweder die Kinder oder Enkel oder Urenkel der Leute sind, die gleich zu Anfang schon nicht gehen wollten, und aufgrund der ganzen Chose von Zuchtwahl, regressiven Erbanlagen und so weiter heißt das, daß die Leute, die jetzt auf der Party sind, entweder fanatische Partygeher sind oder Schwachsinn plappernde Idioten oder, öfter und öfter, beides.

Wie man's auch ansieht, es bedeutet genetisch gesprochen, daß nun jede folgende Generation weniger Neigung zeigt aufzubrechen als die vorangehende.

So kommen andere Faktoren ins Spiel, zum Beispiel der, wann die Getränke alle sein werden.

Nun, aufgrund bestimmter Dinge, die passiert sind und die damals eine gute Idee zu sein schienen (und eins der Probleme bei Parties, die nie enden, ist, daß alle Dinge, die nur auf Parties eine gute Idee zu sein scheinen, auch weiterhin eine gute Idee zu sein scheinen), ist dieser Zeitpunkt offenbar noch sehr weit entfernt.

Eins der Dinge, die damals eine gute Idee zu sein schienen, war, daß die Party steigen sollte – nicht in der normalen Bedeutung, in der Parties steigen, sondern buchstäblich: sie sollte fliegen.

Eines Abends, lang lang ist's her, kletterte eine Schar betrunkener Astro-Ingenieure der ersten Generation um das Gebäude rum, bohrten hier, machten da was fest und hämmerten sehr fest woanders auf was rum, und als die Sonne am nächsten Morgen aufging, war sie sehr erstaunt, als sie feststellte, daß sie auf ein Haus voller fröhlicher, betrunkener Leute schien, das wie ein junges, ungeschicktes Vögelchen über den Baumwipfeln schwebte.

Und nicht nur das, sondern der fliegenden Party war es auch gelungen, sich ziemlich schwer zu bewaffnen. Denn wenn die Leute in irgendwelche kleinlichen Streitereien mit Weinhändlern geraten sollten, wollten sie klarstellen, daß sie die Macht auf ihrer Seite hätten.

Der Übergang von der Ganztags-Cocktailparty zur Halbtags-Plünderparty geschah mühelos und trug viel dazu bei, der ganzen Geschichte ein bißchen zusätzlichen Pep und Schwung zu geben, was inzwischen dringend nötig war, weil die Kapelle alle Nummern, die sie kannte, im Laufe der Jahre bereits unzählige Male gespielt hatte.

Man plünderte, man raubte, man hielt ganze Städte als Geiseln, um den Nachschub an Käsecrackern, Avocadodips, Schweinerippchen, Wein und Schnaps zu sichern, die jetzt aus fliegenden Tankern an Bord gepumpt wurden.

Dem Problem, daß die Getränke zur Neige gehen, wird man indes eines Tages ins Auge sehen müssen.

Der Planet, über dem die Party schwebt, ist nicht mehr der Planet, der er mal war, als sie über ihm zu schweben begann.

Er ist in miserablem Zustand.

Die Party hat gewaltige Teile von ihm überfallen und ausgeraubt, und wegen der unberechenbaren und unvorhersagbaren Art und Weise, in der die Party am Himmel herumschlingert, ist es niemandem je gelungen zurückzuschlagen.

Es ist eine Teufelsparty.

Es ist auch teuflisch, wenn man sie plötzlich im Kreuz hat.

22

Arthur lag sich vor Schmerzen windend auf einem losgerissenen und lose herumfliegenden Stück Eisenbeton, sanft berührt von den Wattebäuschen vorbeiziehender Wolken und verwirrt durch die Geräusche einer schlappen Lustbarkeit irgendwo vage hinter ihm.

Er hörte ein Geräusch, das er nicht gleich einordnen konnte, teils weil er das Lied »Ich hab mein Bein in Jaglan II verloren« nicht kannte, teils weil die Kapelle, die es spielte, sehr müde war und ein paar Musiker es im Dreivierteltakt, einige im Viervierteltakt und einige in einer Art besoffenem πr^2 intonierten, und jeder einzelne je nach der Menge Schlaf, die er in letzer Zeit hatte kriegen können.

Er lag da, atmete schwer in der nassen Luft und versuchte, da und dort mal hinzutasten, um rauszubekommen, wo er verletzt war. Wo er auch hinfühlte, tat es weh.

Nach einer kurzen Weile kam er dahinter, daß es daran lag, daß es seine Hand war, die weh tat. Er schien sich das Handgelenk verstaucht zu haben. Auch sein Kreuz tat ihm weh, aber er vergewisserte sich rasch, daß er nicht ernstlich verletzt war, sondern nur ein bißchen verschrammt und durchgeschüttelt, und wer wäre das nicht gewesen? Er konnte nicht verstehen, warum ein Haus hier durch die Wolken flog.

Auf der anderen Seite wäre er ganz schön in Verlegenheit gewesen, wenn er für seine eigene Anwesenheit hier eine überzeugende Erklärung hätte geben sollen, also zog er den Schluß, daß er und das Gebäude einander einfach würden akzeptieren müssen. Er blickte, wo er lag, nach oben. Eine Mauer aus hellen, aber fleckigen Steinplatten erhob sich hinter ihm, das Gebäude selber. Er schien auf sowas wie einem Sims oder Mauerrand zu liegen, der sich rund um das Ganze drei oder vier Fuß nach außen erstreckte. Es war ein Stück des Bodens, in dem die Fundamente des Partygebäudes gesessen hatten, die es mitgenommen hatte, um an seinem unteren Ende hübsch zusammenzuhalten.

Ängstlich erhob er sich, aber als er über den Rand hinwegsah, drehte ihm ein Schwindel plötzlich fast den Magen um. Er stemmte sich rückwärts gegen die Wand, naß von Nebel und Schweiß. Sein Kopf schwamm Freistil, aber irgend jemand in seinem Magen probierte mal Butterfly.

Obwohl er ja mit eigener Kraft hier rauf gelangt war, brachte er es jetzt nicht über sich, an die entsetzliche Tiefe vor sich auch nur zu denken. Auf gar keinen Fall würde er sein Glück in einem Sprung versuchen. Er würde sich auch nicht einen Zentimeter näher an den Rand bewegen.

Seinen Reisebeutel fest umklammernd schob er sich langsam an der Wand entlang in der Hoffnung, eine Tür zu finden, die nach drinnen führte. Das solide Gewicht der Dose Olivenöl war ihm eine große Beruhigung.

Er schob sich auf die nächste Ecke zu in der Hoffnung, daß die Wand um die Ecke ihm, was Eingänge betreffe, mehr bieten würde als die hier, die keinen geboten hatte.

Durch den schwankenden Flug des Gebäudes wurde ihm vor Angst ganz schlecht, und wenig später nahm er das Handtuch aus seinem Beutel und machte etwas mit ihm, was von neuem seine erste Stelle in der Liste der nützlichen Dinge rechtfertigt, die man mitnehmen muß, wenn man per Anhalter durch die Galaxis reist. Er legte es sich über den Kopf, damit er nicht sehen konnte, was er machte.

Seine Füße tasteten sich über den Boden. Seine ausgestreckte Hand tastete sich an der Wand lang.

Schließlich gelangte er an die Ecke, und als er mit der Hand um die Ecke langte, stieß sie auf etwas, das ihm so einen Schrecken einjagte, daß er beinahe abgestürzt wäre. Es war eine andere Hand.

Die beiden Hände packten einander.

Er versuchte verzweifelt, seine zweite Hand dazu zu benutzen, sich das Handtuch von den Augen zu reißen, aber mit ihr hielt er seinen Reisebeutel mit dem Olivenöl, dem Retsina und den Postkarten aus Santorini fest, und den wollte er nur höchst ungern loslassen.

Er erlebte einen dieser »Ich«-Momente, einen dieser Augenblicke, in denen man sich plötzlich umdreht und auf sich selber schaut und denkt: »Wer bin ich? Wozu bin ich hier? Was habe ich erreicht? Geht es mir gut?« Er wimmerte leise.

Er versuchte, seine Hand loszureißen, es gelang ihm nicht. Die andere Hand hielt seine fest umklammert. Es blieb ihm nichts übrig, als sich langsam weiter um die Ecke zuzuschieben. Er beugte sich herum und schüttelte den Kopf, um das Handtuch loszuwerden. Das schien beim Besitzer der anderen Hand den spitzen Aufschrei irgendeiner unergründbaren Gefühlserregung auszulösen.

Das Handtuch wurde ihm vom Kopf gerissen, und seine Augen starrten in die Ford Prefects. Hinter ihm stand Slartibartfaß, und hinter beiden konnte er deutlich einen Hauseingang und eine große, verschlossene Tür sehen.

Sie preßten sich beide dicht an die Wand, ihr Blick wirr vor Schreck, während sie in die dicke, undurchsichtige Wolke starrten und versuchten, dem Schlingern und Schwanken des Gebäudes standzuhalten.

»Wo bei allen flitzenden Photonen warst du denn bloß?« zischte Ford von Panik erfüllt.

»Äh, naja«, stammelte Arthur, der wirklich nicht wußte, wie er das alles kurz zusammenfassen sollte, »hier und dort. Was macht ihr denn hier?«

Ford wandte seinen, wilden Blick wieder Arthur zu.

»Sie wollen uns nicht reinlassen. Ohne Flasche«, fauchte er.

Das erste, was Arthur bemerkte, als sie sich in das Gewühl der Party mischten, abgesehen von dem Lärm, der erdrückenden Hitze, der ungeheuren Fülle an Farben, die verschwommen durch den zu Kopfe steigenden Rauch hindurchschimmerten, den mit zerbrochenen Gläsern, Asche und Avocadoresten übersäten Teppichen und der kleinen Gruppe flugsaurierähnlichen Wesen in Lurexkleidern, die über seine wohlbehütete Flasche Retsina herfielen und »Ein unbekanntes Vergnügen, ein unbekanntes Vergnügen!« quietschten – das erste, was Arthur bemerkte, war Trillian, mit der gerade ein Donnergott anzubändeln versuchte.

»Kenne ich Sie nicht aus dem Milliways?« sagte er soeben

»Waren Sie etwa der mit dem Hammer?«

»Ja. Hier gefällt es mir viel besser. Nicht so bieder, viel mehr los.«

Das Gekreisch irgendwelcher gräßlicher Vergnügungen grellte durch den Raum, dessen äußere Abmessungen durch das wogende Gedränge fröhlicher, lärmender

Kreaturen nicht zu erkennen waren, die sich heiter Dinge zuriefen, die niemand verstand, und gelegentlich kleine Krisen hatten.

»Scheint lustig hier zu sein«, sagte Trillian. »Was hast du gesagt, Arthur?«

»Ich sagte, wie zum Teufel bist du hierher gekommen?«

»Ich flog als eine Reihe kleiner Pünktchen ziellos durchs Universum. Habe ich dir schon Thor vorgestellt? Er produziert Donner.«

»Hallo«, sagte Arthur. »Das stelle ich mir interessant vor.«

»Hi«, sagte Thor. »Ist es auch. Haben Sie keinen Drink?«

»Äh, eigentlich nein ...«

»Warum holen Sie sich dann keinen?«

»Bis später, Arthur«, sagte Trillian.

Irgendwas gab seiner Erinnerung einen Schubs, und er blickte sich gehetzt um.

»Zaphod ist nicht hier, oder?« fragte er.

»Ich«, sagte Trillian mit fester Stimme, »sehe dich später.«

Thor blickte ihn mit harten, kohlpechschwarzen Augen an, sein Bart sträubte sich, das bißchen Licht, das es dort gab, raffte kurz alle Kräfte zusammen, um sich bedrohlich an den Hörnern auf seinem Helm zu spiegeln.

Er nahm Trillians Ellenbogen in seine ungeheuer riesige Hand, und die Muskeln seines Oberarms rollten umeinander wie ein paar Volkswagen, die einparken.

Er führte sie weg.

»Eines der interessantesten Dinge an der Unsterblichkeit«, sagte er, »ist ...«

»Eines der interessantesten Dinge am Weltraum ist«, hörte Arthur Slartibartfaß zu einer langen, massigen Gestalt sagen, die Aussah, als verliere sie einen Boxkampf gegen ihre rosa Federboa, und hingerissen dem alten

Mann in die tiefen Augen und auf den silbernen Bart starrte, »wie fad er ist.«

»Fad?« sagte die Gestalt und zwinkerte mit ihren ziemlich runzligen, blutunterlaufenen Augen.

»Ja«, sagte Slartibartfaß, »erschütternd fade. Verblüffend. Verstehen Sie, es gibt so viel ihm und so wenig in ihm. Darf ich Ihnen ein paar statistische Angaben machen?«

»Äh, ja ...«

»Bitte, ich tät's so gerne. Auch sie sind sensationell fade.«

»Ich komme gleich wieder und hörte sie mir an«, sagte sie, gab ihm ein paar Klapse auf den Arm, hob ihre Röcke wie ein Luftkissenboot und dampfte davon in die wogende Menge.

»Ich dachte schon, sie ginge nie«, knurrte der Alte. »Komm, Erdling ...«

»Arthur.«

»Wir müssen die Silberne Querstange finden, die ist hier irgendwo.«

»Können wir nicht einfach ein bißchen verschnaufen?« sagte Arthur. »Ich habe einen anstrengenden Tag hinter mir. Trillian ist hier, ganz zufällig, sie hat mir nicht gesagt, wie sie hergekommen ist, möglicherweise tut's auch nichts zur Sache.«

»Denk an die Gefahr, in der das Universum ...«

»Das Universum«, sagte Arthur, »ist groß genug, und alt genug, um sich mal eine halbe Stunde um sich selbst zu kümmern. Na schön«, setzte er hinzu, als er Slartibartfaß' wachsende Unruhe sah, »ich wandere ein bißchen rum und frage mal, ob sie jemand gesehen hat.«

»Gut, gut«, sagte Slartibartfaß, »gut«. Er stürzte sich selber in die Menge und bekam von jedem, an dem er vorbeiging, gesagt, er solle schön locker bleiben.

»Haben Sie irgendwo eine Querstange gesehen?« fragte Arthur einen kleinen Mann, der dastand und nur gierig darauf zu warten schien, irgend jemandem zuzuhören. »Sie ist aus Silber, ungeheuer wichtig für die künftiger Sicherheit des Universums und ungefähr so lang.«

»Nein«, sagte der entzückend eingeschrumpelte kleine Mann, »aber holen Sie sich einen Drink und erzählen Sie mir alles darüber.«

Ford Prefect schlängelte sich in einem wilden, rasenden und nicht ganz jugendfreien Tanz mit einem weiblichen Wesen vorbei, das aussah, als trüge es das Opernhaus von Sidney auf dem Kopf. Er schrie ihr über das Getöse hinweg eine vollkommen nutzlose Konversation zu.

»Mit gefällt Ihr Zopf!« brüllte er

»Was?«

»Ich sagte, mir gefällt Ihr Zopf.«

»Ich trage gar keinen Zopf.«

»Na, dann gefällt mir eben Ihr Kopf.«

»Was?«

»Ich sagte, mir gefällt Ihr Kopf. Interessanter Knochenbau.«

»Was?«

Ford arbeitete in dem komplizierten Ablauf der anderen Bewegungen, die er machte, kunstvoll ein Schulterzucken ein.

»Ich sagte, Sie tanzen fabelhaft«, schrie er, »nur nicken Sie nicht so viel.«

»Was?«

»Es ist nur so: jedesmal, wenn Sie nicken«, sagte Ford, »... aua!« fügte er hinzu, als seine Partnerin mit dem Kopf nickte, um »Was?« zu sagen, und ihm mit dem spitzen Ende ihres nach vorn geneigten Schädels schon wieder schmerzhaft in die Stirn hackte.

»Mein Planet wurde eines Morgens in die Luft gejagt«, sagte Arthur, der sich gänzlich unerwartet in die Lage versetzt sah, dem kleinen Mann seine Lebensgeschichte zu erzählen oder wenigstens ausgewählte Höhepunkte daraus, »deswegen bin ich auch so gekleidet, in meinem

Morgenmantel. Mein Planet flog mit allen meinen Sachen in die Luft, verstehen Sie? Ich wußte ja nicht, daß ich auf eine Party gehen würde.«

Der kleine Mann nickte entzückt.

»Später wurde ich aus einem Raumschiff geworfen. Immer noch in meinem Morgenmantel. Besser als der Raumanzug, den man normalerweise erwarten würde. Kurze Zeit später kam ich dahinter, daß mein Planet eigentlich für ein Rudel Mäuse erbaut worden war. Sie können sich ja vorstellen, welche Gefühle mich da bewegten. Dann wurde ich eine Zeitlang beschossen und in die Luft gejagt. Eigentlich bin ich lachhaft oft in die Luft gejagt, beschossen, beleidigt, regelrecht in Stücke zerrissen und um meinen Tee gebracht worden, und letzthin stürzte sich in einen Sumpf und mußte fünf Jahre in einer feuchten Höhle zubringen.«

»Ah«, sprudelte der kleine Mann, »und Sie haben sich da nicht wundervoll amüsiert?«

Arthur verschluckte sich furchtbar an seinem Drink.

»Welch herrlich aufregender Husten«, sagte der kleine Mann ganz überrascht, »haben Sie was dagegen, wenn ich mich Ihnen anschließe?«

Und damit stürzte er sich in den außerordentlichsten und allerbemerkenswertesten Hustenanfall, der Arthur vor Überraschung derart ansteckte, daß er anfing, sich furchtbar zu verschlucken, entdeckte, daß er das schon tat, und nun völlig durcheinander kam.

Gemeinsam führten sie ein lungenmordendes Duett auf, das volle zwei Minuten anhielt, bis es Arthur endlich gelang, mit Husten und Spucken aufzuhören.

»Das belebt«, sagte der kleine Mann keuchend und wischte sich die Tränen aus den Augen. »Welch aufregendes Leben Sie führen müssen! Danke Ihnen vielmals!«

Er schüttelte Arthur freundlich die Hand und verschwand in der Menge. Arthur schüttelte erstaunte den Kopf.

Ein recht jung aussehender Mann kam auf ihn zu, ein aggressiv dreinschauender Typ mit Hakenmund, Laternennase und schmalen, kugeligen kleinen Backenknochen. Er trug eine schwarze Hose, ein schwarzes Seidenhemd, offen bis wo wahrscheinlich sein Nabel war, obwohl Arthur gelernt hatte, niemals Vermutungen über den Körperbau der Leute anzustellen, denen er inzwischen häufiger begegnete. Außerdem hatte der Typ alle möglichen furchtbaren Goldsachen um den Hals baumeln. Er schleppte irgendwas in einem schwarzen Beutel mit sich rum und wünschte sich nur allzu deutlich, daß die Leute bemerkten, daß er nicht wünschte, daß sie's bemerkten.

»He, äh, habe ich Sie nicht eben Ihren Namen nennen hören?« sagte er.

Das war eines der vielen dinge, die Arthur dem entzückenden kleinen Mann gesagt hatte.

»Ja. Ich heiße Arthur Dent.«

Er Mann schien sich leicht in irgendeinem Rhythmus zu wiegen, und zwar in einem ganz anderen als in denen, die von der Kapelle grimmig in die Gegend getutet wurden.

»Tja«, sagte er, »nur war da ein Mann in einem Berg, der Sie sprechen wollte.«

»Ich habe ihn gesprochen.«

»Tja, nur schien er deswegen ziemlich besorgt zu sein, nicht wahr.«

»Ja, ich habe ihn gesprochen.«

»Tja, ich denke halt, Sie sollten das wissen.«

»Ich weiß es. Ich habe ihn gesprochen.«

Der Mann machte eine Pause und kaute ein bißchen auf seinem Kaugummi rum.

Dann gab er Arthur einen Klaps auf den Rücken.

»Okay«, sagte er, »in Ordnung. Ich sag's Ihnen halt nur, nicht? Gute Nacht, viel Glück, gewinnen Sie Preise.«

»Was?« sagte Arthur, der in dem Moment ernstlich ins Dunkle tappte.

»Ganz egal. Machen Sie, was Sie wollen. Aber machen Sie's gut.« Er machte sowas wie ein Glucksgeräusch mit dem Kaugummi, oder was es sonst war, worauf er rumkaute, und dann eine unbestimmte, kräftige Gebärde.

»Wieso?« fragte Arthur.

»Machen Sie's schlecht«, sagte der Mann. »Wen interessiert's? Wer gibt auch nur einen Scheißdreck drauf?« Plötzlich schien das Blut dem Mann vor Zorn in den Kopf zu schießen, und er fing an zu schreien.

»Warum nicht einfach wahnsinnig werden?« brüllte er. »Hauen Sie ab, gehen Sie mir aus dem Rücken, ja? Sie Kerl! Ziehen Sie bloß Leine!!!«

»Okay, ich gehe ja schon«, sagte Arthur schnell.

»Das war aufrichtig.« Der Mann winkte einmal zackig mit der Hand und verschwand im Gedränge.

»Was war denn das?« sagte Arthur zu einem Mädchen, das er neben sich bemerkte. »Warum hat er mir gesagt, ich soll Preise gewinnen?«

»Ist bloß so'n Schnack aus dem Showgeschäft.« Das Mädchen zuckte die Schultern. »Er hat gerade bei der alljährlichen Preisverleihung des Erholungsillusions-Instituts von Ursa Minor Alpha einen Preis gewonnen und hoffte, einfach drüber hinwegsehen zu können, nur erwähnten Sie ihn nicht, und da konnte er's doch nicht.«

»Ach«, sagte Arthur, »ach, das tut mir aber leid. Wofür hat er denn den Preis gekriegt?«

»Für den grundlosesten Gebrauch des Wortes ›Scheiße‹ in einem ernsten Drehbuch. Der Preis ist sehr angesehen.«

»Verstehe«, sagte Arthur, »ja, und was kriegt man als Preis?«

»Den Rory. Das ist bloß so ein kleines Ding aus Silber auf einem großen schwarze Sockel. Was sagten Sie?«

»Ich habe nichts gesagt. Ich wollte nur eben fragten, was das silberne ...«

»Oh, ich dachte, Sie hätten ›Wopp‹ gesagt.«
»Bitte was?«
»Wopp.«

Es gab Leute auf der Party, die nun schon einige Jahre lang schnell mal so vorbeigeschneit waren, piekfeine Schmarotzer aus anderen Welten, und den Partygästen kam es nun schon eine ganze Weile so vor, wenn sie auf ihren Planeten mit seinen zerstörten Städten, seinen verwüsteten Avocadofarmen und den zu Grunde gerichteten Weinbergen, seinen riesigen neuen Wüstenstrichen und seinen Meeren voller Kuchenkrümel und Schlimmerem hinuntersahen, daß ihre Welt irgendwie auf unmerkliche und nahezu nicht wahrnehmbare Weise nicht mehr ganz so lustig war, wie sie das mal gewesen war.

Ein paar unterernährten Bauern, die es immer noch fertigbrachten, sich aus dem halbtoten Boden des Planeten eine schwächliche Existenz herauszukratzen, hätten das mit äußerstem Wohlgefallen vernommen, aber an dem Tag, als die Party kreischend aus den Wolken geschossen kam und die Bauern in wirrer Angst vor noch einer Wein-und-Käse-Razzia nach oben blickten, begriff jeder, daß die Party nur für eine Weile nirgendwohin mehr fliegen würde, daß die Party nun bald vorüber sei. Sehr bald wäre der Zeitpunkt da, zu Hut und Mantel zu greifen und übernächtigt nach draußen zu wanken und mal nachzusehen, welche Tageszeit sei, welche Jahreszeit herrschte und ob irgendwo in diesem versengten und verheerten Land ein Taxi zu finden sei, das irgendwohin führe.

Die Party wurde in einer furchtbaren Umarmung von einem sonderbaren weißen Raumschiff festgehalten, das sich offenbar halb durch sie hindurchgebohrt hatte. Unter grotesker Nichtbeachtung ihres Gewichts schlingerten, eierten und kreiselten beide am Himmel rum.

Die Wolken teilten sich. Die Luft brüllte und sprang ihnen aus dem Weg.

Die Party und das Kriegsschiff aus Krikkit sahen in ihrem Gerangele ein bißchen wie zwei Enten aus, von denen die eine versucht, in der anderen eine dritte Ente zu fabrizieren, während die zweite Ente sehr nachdrücklich zu erklären versucht, daß sie ausgerechnet jetzt zu einer dritten Ente keine Lust hat und außerdem nicht sicher ist, ob sie eine diesbezügliche dritte Ente speziell von dieser ersten Ente überhaupt fabriziert bekommen möchte, vor allem nicht, während sie, die zweite Ente, gerade mit Fliegen beschäftigt ist.

Der Himmel sang und heulte von der Raserei und beutelte den Boden mit Schockwellen.

Und plötzlich war mit einem »Fuup« das Raumschiff aus Krikkit verschwunden.

Die Party torkelte hilflos über den Himmel wie ein Mann, der sich gegen eine Tür lehnt, die wider aller Erwartung offen ist. Sie trudelte und kullerte auf ihren Schwebedüsen rum. Sie versuchte, sich wieder in die Höhe zu richten, und richtete sich statt dessen zu Grunde. Sie schlingerte wieder über den Himmel zurück.

Eine Weile ging das Geschlingere so weiter, aber natürlich konnte sie nicht lange so weitermachen. Die Party war jetzt eine tödlich verwundete Party. Aller Spaß war von ihr gewichen, was die eine oder andere müde Pirouette auch nicht verbergen konnte.

Je länger sie nun dem Boden noch auswich, desto furchtbarer mußte der Kladderadatsch sein, wenn sie endlich auf ihm aufschlug.

Drinnen standen die Dinge auch nicht zum besten. Sie standen im Gegenteil ungeheuer schlecht, und die Leute fanden's zum Kotzen und sagten das laut. Die Krikkit-Roboter waren dagewesen.

Sie hatten den Preis für den grundlosesten Grund des Wortes »Scheiße« in einem ernsten Drehbuch mitgenommen und an seiner Stelle ein Chaos hinterlassen, das Arthur sich fast so elend fühlen ließ wie jemand, dem der Rory gerade vor der Nase weggeschnappt wird.

»Wir würden gerne noch bleiben und helfen«, rief Ford, der sich seinen Weg über die kleingemahlenen Trümmer hinweg bahnte, »aber wir tun's nicht.«

Das Partygebäude schlingerte wieder, was zwischen den rauchenden Trümmern aufgeregtes Schreien und Stöhnen hervorrief.

»Wir müssen weg und das Universum retten, verstehen Sie«, sagte Ford. »Und wenn sich das nach einer ziemlich lahmen Entschuldigung anhört, haben Sie vielleicht recht. Wie Sie's auch ansehen, wir sind jedenfalls weg.«

Plötzlich stieß er auf eine noch ungeöffnete Flasche, die wie durch ein Wunder unversehrt am Boden lag.

»Sie haben doch nichts dagegen, wenn ich die mitnehme?« sagte er. »Sie werden sie sowieso nicht mehr brauchen.«

Er steckte auch ein Paket Kartoffelchips ein.

»Trillian?« rief Arthur mit vor Schreck ganz schwacher Stimme. In dem rauchenden Durcheinander konnte er nichts sehen.

»Erdling, wir müssen gehen«, sagte Slartibartfaß nervös.

»Trillian?« rief Arthur wieder.

Kurz darauf kam Trillian torkelnd und schwankend in Sicht, gestützt von ihrem Freund, dem Donnergott.

»Das Mädchen bleibt bei mir«, sagte Thor. »In Walhalla steigt 'ne Riesenparty und wir fliegen hin ...«

»Wo wart ihr denn, als das hier passierte?« fragte Arthur.

»Oben«, sagte Thor. »Ich habe sie gewogen. Fliegen ist 'ne komplizierte Angelegenheit, versteht ihr, man muß den Wind berechnen ...«

»Sie kommt mit uns mit«, sagte Arthur.

»He«, sagte Trillian, »habe ich nicht vielleicht ...«

»Nein«, sagte Arthur, »du kommst mit uns mit.«

Thor sah ihn mit Augen an, die langsam zu glimmen begannen. Er legte ziemlichen Wert auf seine Göttlichkeit, und die hatte nichts mit Unschuld zu tun.

»Sie kommt mit mir mit«, sagte er ruhig.

»Komm schon, Erdling«, sagte Slartibartfaß nervös, und zog Arthur am Ärmel.

»Komm schon, Slartibartfaß«, sagte Ford nervös und zog den alten Mann am Ärmel. Slartibartfaß hatte das Teleport-Gerät.

Die Party wogte und schlingerte und warf alle Leute über den Haufen, bis auf Thor und bis auf Arthur, der schwankend dem Donnergott in die schwarzen Augen starrte.

Langsam, man glaubte es nicht, nahm Arthur etwas hoch, was offenbar seine winzigkleinen Fäuste waren.

»Willst du Kloppe beziehen?« sagte er.

»Was willst du, du Däumling?« schrie Thor.

»Ich sagte«, wiederholte Arthur und kriegte das Zittern nicht aus der Stimme, »ob du Kloppe beziehen willst.« Er fuchtelte lächerlich mit seinen Fäusten.

Thor sah in völlig ungläubig an. Dann kräuselte sich aus einem seiner Nasenlöcher ein kleines Rauchwölkchen nach oben. Es war auch eine winzigkleine Flamme darin zu sehen.

Er packte seinen Gürtel.

Er dehnte seinen Brustkorb, um hier ein für allemal klarzustellen, daß er ein Mann sei, dem man nur über den Weg zu laufen wagt, wenn man ein Rudel Sherpas bei sich hat.

Er hakte den Stiel seines Hammers von seinem Gürtel los. Er reckte ihn hoch in die Luft, um den massiven Eisenkopf eindrucksvoll vor Augen zu führen. Er räumte damit jede mögliche Fehldeutung aus, er schleppe vielleicht die ganze Zeit bloß einen Telegrafenmast mit sich durch die Gegend.

»Ob ich«, sagte er und zischte wie ein Fluß, der durch ein Stahlwalzwerk fließt, »Kloppe beziehen will?«

»Ja«, sagte Arthur, dessen Stimme plötzlich ganz außerordentlich stark und angriffslustig klang. Er fuchtelte wieder mit seinen Fäusten, aber diesmal, als wenn er's auch so meinte.

»Gehen wir vor die Tür?« fauchte er Thor an.

»In Ordnung!« bellte Thor wie ein wütender Bulle (oder vielleicht wie ein wütender Donnergott, was viel eindrucksvoller ist) und ging raus vor die Tür.

»Schön«, sagte Arthur, »den wären wir los. Slarty, bring uns bloß hier weg.

23

»Okay«, schrie Ford Arthur an, »ich bin also ein Feigling, Hauptsache ist, ich bin noch am Leben.« Sie waren wieder an Bord des Sternenschiffs »Bistromath«. Slartibartfaß auch. Trillian auch. Harmonie und Eintracht nicht.

»Also, ich bin doch auch noch am Leben, oder?« gab Arthur zurück, ganz giftig vor Unternehmungslust und Zorn. Seine Augenbrauen hüpften auf und nieder, als wenn sie sich gegenseitig verprügeln wollten.

»Du wärst es verdammt beinahe nicht mehr gewesen«, explodierte Ford.

Arthur drehte sich brüsk zu Slartibartfaß um, der im Cockpit auf seiner Pilotencouch saß und gedankenvoll auf den Boden einer Flasche starrte, die ihm irgendwas mitteilte, was er sichtlich nicht begriff. Arthur wandte sich an ihn.

»Glaubst du, der versteht auch nur ein Wort von dem,

was ich zu ihm sage?« beklagte er sich, zitternd vor Erregung.

»Ich weiß nicht«, erwiderte Slartibartfaß ein wenig zerstreut. ‚Ich bin nicht mal sicher«, setzte er hinzu, während er kurz aufblickte, »daß ich das tue.« Mit neuem Eifer und derselben Verwirrung stierte er auf seine Instrumente. »Du wirst es uns halt noch mal erklären müssen«, sagte er.

»Also ...«

»Aber später. Schreckliche Dinge sind im Gange.«

Er tippte auf das Pseudoglas des Flaschenbodens.

»Wir haben auf der Party leider ziemlich klägliche Figur gemacht«, sagte er, »und jetzt bleibt uns als einzige Hoffnung, daß wir zu verhindern suchen, daß Roboter den Schlüssels ins Schloß zu stecken. Wie um alles in der Welt wir das tun sollen, weiß ich nicht«, murmelte er. »Müssen wir wohl einfach da hin. Muß sagen, daß mir die Idee gar nicht gefällt. Wird sicher mein Ende sein.«

»Wo ist Trillian eigentlich?« fragte Arthur plötzlich mit geheuchelter Gleichgültigkeit. Worüber er sich so geärgert hatte, war, daß Ford ihn dafür ausgeschimpft hatte, daß er wegen all dem Quatsch mit dem Donnergott Zeit vertrödelt habe, wo sie doch viel schneller hätten wegkommen können. Arthurs Meinung, und er hatte sie als etwas vorgebracht, wovon jeder halten könne, was er wolle, Arthurs Meinung war, daß er ungeheuer mutig und erfinderisch gewesen sein.

Die vorherrschende Ansicht schien zu sein, daß seine Meinung keinen stinkenden Hundedreck wert sei. Was ihn aber wirklich schmerzte, war, daß Trillian so oder so nicht sehr ansprechbar zu sein schien und sich irgendwohin verzogen hatte.

»Und wo sind meine Kartoffelchips?« fragte Ford.

»Trillian und die Kartoffelchips«, sagte Slartibartfaß, ohne aufzusehen, »sind im Raum der Informationsillusion. Ich glaube, eure junge Freundin versucht, hinter ein paar Probleme der galaktischen Geschichte zu kommen. Die Kartoffelchips helfen ihr möglicherweise dabei.«

24

Es ist ein Irrtum zu glauben, man könne jedes größere Problem einfach mit Kartoffeln lösen.

Zum Beispiel gab es mal ein wahnsinnig aggressives Volk, das die Silastischen Waffenteufel von Striterax hieß. Das war bloß der Name dieses Volkes. Der Name ihrer Armee war noch viel grauenhafter. Zum Glück lebten sie noch viel früher in der Geschichte der Galaxis als alles andere, was uns bisher so begegnet ist – vor zwanzig Billionen Jahren –, als die Galaxis noch jung und frisch und jede Idee, für die sich zu kämpfen lohnte, noch ganz neu war.

Und im Kämpfen waren die Silastischen Waffenteufel von Striterax sehr gut, und da sie darin sehr gut waren, taten sie es sehr reichlich. Sie kämpften gegen ihre Feinde (d. h. gegen jedermann sonst), sie kämpften gegeneinander. Ihr Planet war eine Totalruine. Seine Oberfläche war mit verlassenen Städten übersät, die von verlassenen Kriegsmaschinen umgeben waren, die wiederum von tiefen Bunkern umgeben waren, in denen die Silastischen Waffenteufel wohnten und sich zankten.

Der beste Weg, sich mit einem Silastischen Waffenteufel von Striterax anzulegen, war, geboren zu werden. Das mochten sie nicht, da wurden sie ärgerlich. Und wenn ein Waffenteufel ärgerlich wurde, kam jemand zu Schaden. Eine anstrengende Lebensweise, könnte man vielleicht annehmen, aber sie schienen wahnsinnig viel Energie zu besitzen.

Der beste Weg, mit einem Silastischen Waffenteufel umzugehen, war, ihn in ein eigenes Zimmer zu stecken, denn früher oder später würde er sich einfach selber verdreschen.

Schließlich wurde ihnen klar, daß das etwas war, was sie in den Griff bekommen müßten, und so wurde ein Gesetz erlassen, daß jeder, der im Zusammenhang mit seiner silastischen Arbeit eine Waffe tragen mußte (Polizisten, Sicherheitsbeamte, Volksschullehrer usw.), täglich mindestens fünfundvierzig Minuten darauf verwenden müsse, auf einen Sack Kartoffeln einzuschlagen, um so seine oder ihre überschüssige Aggression loszuwerden.

Eine Weile funktionierte das sehr gut, bis jemand auf die Idee kam, daß es doch sehr viel wirksamer und viel weniger zeitraubend wäre, wenn man statt dessen einfach auf die Kartoffeln schösse.

Das führte dazu, daß die alte Begeisterung, auf alles mögliche zu schießen, wieder neu erwachte, und sie waren bei der Aussicht auf ihren ersten größeren Krieg seit Wochen alle ganz furchtbar aufgeregt.

Eine andere Großtat der Silastischen Waffenteufel von Striterax ist, daß sie das erste Volk waren, dem es gelang, einen Computer mit Entsetzen zu erfüllen.

Das war ein riesenhafter, im Weltraum schwebender Computer namens Haktar, an den man sich bis zum heutigen Tage als einen der mächtigsten Computer erinnert, die je gebaut wurden. Er war der erste, der wie ein natürliches Gehirn funktionierte, insofern als jedes Zellteilchen den Plan des Ganzen in sich trug, was ihn in die Lage versetzte, flexibler und phantasievoller zu denken und, so schien es, auch mit Entsetzen erfüllt zu werden.

Die Silastischen Waffenteufel von Striterax lagen mit den Emsigen Sternenfightern von Stug in einem ihrer regelmäßigen Kriege, an dem sie aber nicht so viel Spaß wie sonst hatten, weil damit furchtbar weite Fußmärsche durch die Strahlungssümpfe von Cwulzenda und über die Feuerberge von Frazfraga verbunden waren, sie sich aber in keinem dieser beiden Gebiete so richtig heimisch fühlten.

Als sich über die Strangulösen Stilettaner von Jajazikstak in die Schlägerei einmischten und sie zwangen, in den Gammahöhlen von Carfrax und den Eisstürmen von Varlengooten an einer zweiten Front zu kämpfen, beschlossen sie, daß genug genug sei, und gaben Haktar den Auftrag, für sie die Allerletzte Waffe zu entwickeln.

»Was«, fragte Haktar, »meint ihr mit ›allerletzte‹?«

Worauf die Silastischen Waffenteufel von Striterax sagten: »Lies es doch in einem deiner Scheißwörterbücher nach«, und sich wieder in das Kampfgewühl stürzten.

Und so entwickelte Haktar eine Allerletzte Waffe.

Das war eine sehr, sehr kleine Bombe, die schlicht und einfach eine Verteilerdose im Hyperraum war, die, wenn scharf gemacht, den Kern der größeren Sonne gleichzeitig mit dem Kern jeder anderen größeren Sonne fusionierte und so das gesamte Universum in eine gigantische Supernova verwandelte.

Als die Silastischen Waffenteufel sie einsetzen wollten, um ein Munitionsdepot der Strangulösen Stilettaner in einer der Gammahöhlen in die Luft zu jagen, stellten sie mit äußerster Bestürzung fest, daß sie nicht funktionierte und sie sagten Haktar das.

Haktar hatte die ganze Idee mit Entsetzten erfüllt.

Er versuchte zu erklären, daß er sich die ganze Angelegenheit mit der Allerletzten Waffe noch mal reichlich überlegt und sich ausgerechnet habe, daß, wenn man die Bombe nicht explodieren lasse, es keine vorstellbare Wirkung habe, die schlimmer sei als die bekannte Wirkung, wenn man sie explodieren lasse, und so habe er sich die Freiheit genommen, in den Mechanismus der Bombe einen kleinen Fehler einzuschmuggeln, und er hoffe, daß jeder Beteiligte bei nüchterner Überlegung der Meinung sei, daß …

Die Silastischen Waffenteufel waren nicht der Meinung und pulverisierten den Computer.

Später überlegten sie es sich noch mal genauer und zerstörten auch die fehlerhafte Bombe.

Sie unterbrachen sich dann bloß noch kurz, um die Emsigen Sternenfighter von Stug und die Strangulösen Stilettaner von Jajazikstak kurz und klein zu hauen, und kamen schließlich auf eine vollkommen neue Möglichkeit, sich selber in die Luft zu jagen, zur größten Erleichterung von jedermann sonst in der Galaxis, besonders der Sternenfighter, der Stilettaner und der Kartoffeln.

Trillian hatte sich das alles angesehen, ebenso die Geschichte des Planeten Krikkit. Sie kam nachdenklich aus dem Raum der Informationsillusion, nur um rechtzeitig festzustellen, daß sie zu spät gekommen waren.

25

Auch als das Sternenschiff »Bistromath« ins konkrete Dasein flimmerte, und zwar auf dem Gipfel einer kleinen Klippe auf dem eine Meile breiten Planetoiden, der seine einsame und ewige Bahn um das eingeschlossene Sternensystem von Krikkit zog, war der Besatzung klar, daß sie nur rechtzeitig angekommen war, um Zeuge eines unaufhaltsamen historischen Ereignisses zu werden.

Ihnen war nicht klar, daß sie gleich zwei sehen würden.

Sie standen ruhig, einsam und hilflos am Rand der Klippe und beobachteten die Geschäftigkeit unter ihnen. Von einem Punkt aus, der sich nur etwa hundert Meter unter und vor ihnen befand, schwenkten Lichtbündel in drohenden Bogen auf die Leere zu.

Sie starrten in das Geschehen, das sie blendete.

Eine Verlängerung des Schwerefeldes ihres Raumschiffs setzte sie in die Lage, dort zu stehen, indem sie sich wieder einmal die Neigung des menschlichen Geistes zu Nutze machten, sich hinters Licht führen zu lassen: die Probleme, etwa von dem winzigen Planetoiden nach oben zu fallen oder nicht atmen zu können, wurde einfach zu Anderer Leute Problemen erklärt.

Das weiße Kriegsschiff der Krikkiter hatte zwischen den dunkelgrauen Klippen des Planetoiden angelegt und leuchtete unter den Lichtbogen auf, um gleich darauf ins Dunkel zu versinken. Die schwarzen Schattenformen, die die Felsen warfen, tanzten in einer wilden Choreographie, wenn die Lichter um sie herumschwenkten.

Die elf weißen Roboter trugen in feierlicher Prozession den Wikkit-Schlüssel in die Mitte des Kreises aus sich drehenden Lichtern.

Der Wikkit-Schlüssel war wieder zusammengefügt. Seine Teile leuchteten und glitzerten: die Stählerne Säule der Macht und Stärke (oder Marvins Bein), die Goldene Querstange des Reichtums (oder das Herz des Unendlichen Unwahrscheinlichkeitsdrives), die Plexiglassäule der Wissenschaft und Vernunft (oder das Argabuthonische Zepter der Gerechtigkeit), die Silberne Querstange (oder Rory, der Preis für den grundlosesten Gebrauch des Wortes »Scheiße« in einem ernsten Drehbuch) und die nun wiederhergestellte Hölzerne Säule von Natur und Geist (oder die Asche eines verbrannten Torstabs, die den Tod des englischen Krickets versinnbildlichte).

»Da können wir im Augenblick wohl nichts machen?« fragte Arthur ängstlich.

»Nein«, seufzte Slartibartfaß.

Der Ausdruck großer Enttäuschung, der über Arthurs Gesicht lief, war ein totaler Reinfall, und da er im Schatten stand, erlaubte er ihm, sich in den Ausdruck großer Erleichterung zu verwandeln.

»Schade«, sagte er.

»Wir haben keine Waffen«, sagte Slartibartfaß, »blöderweise.«

»Verdammt«, sagte Arthur sehr ruhig.

Ford sagte nichts.

Trillian sagte auch nichts, aber auf besonders nachdenkliche und entschiedene Weise. Sie starrte auf den leeren Raum jenseits des Planetoiden.

Der Planetoid umkreiste die Staubwolke, die die Zeitlupen-Hülle umgab, die wiederum den Stern umschloß, auf dem das Volk von Krikkit, die Meister von Krikkit und ihre Killerroboter wohnten.

Die hilflose kleine Gruppe hatte keine Möglichkeit festzustellen, ob die Krikkit-Roboter von ihrer Anwesenheit wußten oder nicht. Sie konnten nur vermuten, sie wüßten es, seien aber der Meinung, und unter den gegebenen Umständen völlig zu Recht, daß sie nichts zu fürchten hätten. Sie hatten eine historische Aufgabe zu erfüllen, und ihr Publikum konnten sie mit Verachtung zur Kenntnis nehmen.

»Schrecklich, so machtlos zu sein, was?« sagte Arthur, aber die anderen achteten nicht auf ihn.

In der Mitte des Lichtfeldes, auf das die Roboter zugingen, öffnete sich im Boden ein viereckiger Spalt. Der Spalt zeichnete sich immer deutlicher ab, und bald konnte man einen Block von ungefähr zwei Metern im Quadrat langsam aus dem Boden steigen sehen.

Im selben Augenblick bemerkten sie noch eine andere Bewegung, aber das geschah fast im Unterbewußtsein, und einen Moment lang war gar nicht klar, was sich da eigentlich bewegte.

Dann wurde es klar.

Der Planetoid bewegte sich. Er bewegte sich langsam nach innen auf die Staubwolke zu, als werde er von so was wie einem Himmelsangler in ihrer Tiefe unerbittlich eingeholt.

Sie sollten also auch im wirklichen Leben die Reise durch die Wolke machen, die sie schon im Raum der Informationsillusion erlebt hatten. Sie standen da, in Schweigen erstarrt. Trillian runzelte die Stirn.

Eine Ewigkeit schien zu vergehen. Die Dinge ereigneten sich wie in einer langsamen Trudelbewegung, als die Vorderseite des Planetoiden in die verschwommenen, weichen Außenschichten der Wolke eindrang.

Und schon waren sie von einer durchscheinenden, wogenden Dunkelheit verschluckt. Sie zogen weiter durch sie hindurch, immer weiter und weiter, während sie verwischte Formen und Wirbel undeutlich wahrnahmen, die in der Finsternis ununterscheidbar waren, es sei denn, man erhaschte sie flüchtig aus dem Augenwinkel.

Der Staub dämpfte die Strahlen des gleißenden Lichts. Die Strahlen des gleißenden Lichts blinkten auf den Myriaden Staubteilchen.

Trillian aber betrachtete die Reise ganz aus ihren skeptischen Gedanken heraus.

Und da waren sie durch. Ob das eine Minute oder eine halbe Stunde gedauert hatte, wußten sie nicht sicher, aber sie waren durch und sahen sich einer neuen Leere gegenüber, als hätte man den Raum vor ihnen weggeklaut.

Und nun bewegten sich die Dinge rasch.

Ein blendender Lichtstrahl schien fast wie eine Explosion von dem Block auszugehen, der sich einen Meter aus dem Boden erhoben hatte, und aus ihm schob sich ein dünnerer Block aus Plexiglas hervor, der von den tanzenden Farben in seinem Inneren glühte.

In den Block waren tiefe Rillen gekerbt, drei senkrecht und zwei quer, ohne Frage so gebildet, um den Wikkit-Schlüssel aufzunehmen.

Die Roboter näherten sich dem Schloß, legten den

Schlüssel hinein und traten wieder zurück. Der Block drehte sich von selbst um seine Achse, und langsam verwandelte sich der Raum.

Der Raum riß sich los und schien den Besuchern die Augen in den Höhlen schmerzhaft umzudrehen. Sie merkten, wie sie blind in eine entfesselte Sonne starrten, die jetzt vor ihnen stand, wo Sekunden zuvor nicht einmal leerer Raum gewesen zu sein schien. Es dauerte ein, zwei Sekunden, ehe sie sich genügend klar darüber wurden, was geschehen waren, und die Hände vor ihre entsetzten geblendeten Augen schlugen. In diesen ein, zwei Sekunden wurden sie einen winzigen Fleck gewahr, der langsam über das Innere dieser Sonne zog.

Sie wankten zurück und hörten in ihren Ohren den dürren und unerwarteten Singsang der Roboter klirren, die wie mit einer Stimme schrien:

»Krikkit! Krikkit! Krikkit! Krikkit!«

Der Klang entmutigte siel. Er war schrill, er war kalt, er war leer, er war auf mechanische Weise trostlos.

Er war auch triumphierend.

Sie waren so verwirrt von diesen zwei Attacken auf ihre Sinne, daß sie beinahe das zweite historische Ereignis verpaßt hätten.

Zaphod Beeblebrox, der einzige Mann in der Geschichte der Galaxis, der imstande ist, einen direkten Feuerangriff der Roboter aus Krikkit zu überstehen, kam aus dem krikkitischen Kriegsschiff gerannt und fuchtelte mit einer Zap-Kanone rum.

»Okay«, schrie er, »die Lage ist ab sofort wieder vollkommen unter Kontrolle.«

Der einzelne Roboter, der die Luke des Raumschiffs bewachte, holte schweigend mit seiner Kampfkeule aus und ließ sie mit der Rückseite von Zaphods linkem Kopf in Verbindung treten.

»Wer war das, großer Zarquon?« sagte der linke Kopf und fiel baumelnd nach vorn.

Sein rechter Kopf blickte interessiert in den Mittelgrund.

»Wer war das?« fragte er.

Die Keule trat mit der Rückseite von Zaphods rechtem Kopf in Verbindung.

Zaphord fiel der Länge nach hin und bildete am Boden eine sonderbare Form.

Innerhalb von Sekunden war die ganze Sache vorüber. Ein paar Salven der Roboter reichten aus, das Schloß für immer zu zerstören. Es zersplitterte und löste sich auf und verstreute in winzigen Stückchen, was es enthalten hatte. Die Roboter marschierten grimmig und, so schien es fast, leicht entmutigt in ihr Kriegsschiff zurück, das mit einem »Fuup« verschwand.

Trillian und Ford liefen aufgeregt den steilen Abhang hinunter zu dem dunklen, reglosen Körper Beeblerbrox'.

26

»Ich weiß nicht«, sagte Zaphod, wie ihm schien, nun wohl schon zum siebenunddreißigstenmal, »sie könnten mich getötet haben, aber sie haben's nicht getan. Vielleicht meinen sie halt, ich wär' so was wie ein ganz fabelhafter Bursche oder was weiß ich. Das könnte ich verstehen.«

Die anderen gaben schweigend ihrer Meinung über diese Ansicht Ausdruck.

Zaphod lag im Cockpit auf dem kalten Boden. Sein Rücken schien mit dem Boden zu ringen, wenn der Schmerz durch ihn hindurchdröhnte und gegen seine Köpfe donnerte.

»Ich glaube«, flüsterte er, »mit diesen Anoden-Playboys stimmt irgendwas nicht, irgendwas ist absolut eigenartig.«

»Sie sind darauf programmiert, jeden zu töten«, erklärte Slartibartfaß.

»Das«, keuchte Zaphod zwischen den dröhnenden Schmerzanfällen, »könnte es sein.« Er schien absolut nicht überzeugt davon.

»He, Baby«, sagte er zu Trillian, in der Hoffnung, das würde sein Benehmen von vorher wieder wettmachen.

»Alles in Ordnung?« sagte sie höflich

»Yeah«, sagte er, »mir geht's prima.«

»Sehr schön«, sagte sie und ging weg, um nachzudenken. Sie blickte forschend auf die riesigen Monitore über den Bordcouches und ließ, nachdem sie an einem Schalter gedreht hatte, Ortsansichten darüber wegflickern. Ein Bild zeigte die Leere der Großen Staubwolke. Eins zeigte die Sonne von Krikkit. Eins zeigte Krikkit selbst. Hektisch schaltete sie zwischen ihnen hin und her.

»Naja, das heißt also dann ›Galaxis adieu‹«, sagte Arthur mit einem Klaps auf seine Knie und stand auf.

»Nein«, sagte Slartibartfaß feierlich, »unser Weg ist klar.« Er furchte seine Stirn, bis man irgendwelches kleines Wurzelgemüse darin hätte anbauen können. Er stand auf und spazierte herum. Als er wieder sprach, schreckte ihn, was er sagte, so sehr, daß er sich erstmal wieder hinsetzen mußte.

»Wir müssen nach Krikkit hinunter«, sagte er. Ein tiefer Seufzer ließ seinen alten Körper erbeben, und seine Augen schienen in ihren Höhlen beinahe zu klappern.

»Wieder mal«, sagte er, »haben wir kläglich versagt. Ganz kläglich.«

»Das liegt daran«, sagte Ford sehr ruhig, »daß es uns nicht genügend interessiert. Das habe ich ja schon gesagt.«

Er hob die Füße auf den Instrumententisch und kratzte mißmutig auf irgendwas auf einem seiner Fingernägel rum.

»Aber wenn wir uns nicht entschließen, endlich irgendwas zu unternehmen«, sagte der alte Mann jammernd, als kämpfe er gegen irgend etwas zutiefst Sorgloses in seinem Wesen an, »werden wir alle vernichtet, werden wir alle sterben. Das interessiert uns doch aber sicherlich?«

»Nicht genug, um uns deswegen umbringen zu lassen«, sagte Ford. Er setzte eine Art nichtssagendes Lächeln auf und hetzte es im Zimmer rum auf jeden, der es sehen wollte.

Slartibartfaß fand diesen Standpunkt natürlich äußerst verlockend und zog also gegen ihn zu Felde. Er wandte sich wieder Zaphod zu, der mit den Zähnen knirschte und vor Schmerzen schwitzte.

»Du hast doch sicherlich irgendeine Idee«, sagte er, »warum sie dir das Leben geschenkt haben. Das ist doch höchst seltsam und ungewöhnlich.«

»Ich glaube fast, sie wußten selber nicht warum.« Zaphod zuckte die Schultern. »Ich hab's dir ja gesagt. Sie beschossen mich nur mit einer ganz schwachen Ladung, sie knockten mich bloß aus, verstehst du? Sie schleppten mich in ihr Raumschiff, warfen mich in eine Ecke und ignorierten mich. Als wenn es ihnen peinlich gewesen wäre, daß ich überhaupt da war. Wenn ich irgendwas sagte, schlugen sie mich wieder k.o. Wir hatten ein paar tolle Gespräche, ›He … autsch!‹ ›Hallo, ihr da … autsch!‹ ›Ich wüßte gern … autsch!‹ Hat mich stundenlang amüsiert, das kann ich euch sagen.« Er krümmte sich wieder.

Er spielte mit irgendwas in seiner Hand. Er hielt es in die Höhe. Es war die Goldene Querstange – das Herz aus Gold, das Herz des Unendlichen Unwahrscheinlichkeitsantriebs. Nur das und die Hölzerne Säule hatten die Zerstörung des Schlosses heil überstanden.

»Dein Raumschiff soll ja ein flotter Renner sein«, sagte er, »wie wär's denn, wenn du mich zu meinem zurückfliegen würdest, ehe du …«

»Willst du uns nicht helfen?« fragte Slartibartfaß.

»Uns?« sagte Ford scharf. »Wer ist denn das: ›uns‹?«

»Ich würde gern bleiben und euch helfen, die Galaxis zu retten«, betonte Zaphod und richtete den Oberkörper auf, »aber meine Kopfschmerzen sind echt von Mutter und Vater, und ich fühle schon eine Masse kleiner Kopfschmerzen nachkommen. Aber wenn die Galaxis das nächste Mal gerettet werden muß, bin ich dabei. He, Trillian-Baby?«

Sie schaute kurz auf.

»Ja?«

»Kommst du mit? ›Herz aus Gold‹? Spaß und Abenteuer und wirklich fetzige Sachgen?«

»Ich gehe hinunter nach Krikkit«, sagte sie.

27

Es war derselbe Hügel und doch nicht derselbe. Diesmal war es keine Informationsillusion. Das hier war Krikkit selbst, und sie standen darauf. In der Nähe, hinter den Bäumen, stand das sonderbare italienische Restaurant, das sie, ihre realen Körper, hierher, zu dem realen, gegenwärtigen Planeten Krikkit gebracht hatte.

Das kräftige Gras unter ihren Füßen war real, real auch der fruchtbare Boden. Die betäubenden Wohlgerüche der Bäume waren ebenfalls real. Die Nacht war eine reale Nacht.

Krikkit.

Wahrscheinlich der gefährlichste Ort in der Galaxis für jeden, der kein Krikkiter war. Der Ort, der die Existenz keines anderen Ortes dulden konnte, dessen bezaubernde, entzückende, intelligente Bewohner vor Angst, Wut und mörderischem Haß aufheulten, wenn sie irgend jemandem gegenüberstanden, der keiner von ihnen war.

Arthur erschauerte.

Slartibartfaß erschauerte.

Ford erschauerte überraschenderweise auch.

Es war nicht überraschend, daß er erschauerte, es war überraschend, daß er überhaupt da war. Aber als sie Zaphod zu seinem Raumschiff zurückgebracht hatten, fühlte er sich plötzlich an seiner Ehre gepackt, nicht einfach wegzulaufen.

Fehler, dachte er im stillen, Fehler, Fehler, Fehler. Er drückte eine der Zap-O-Kill-Pistolen an sich, mit denen sie sich aus Zaphods Arsenal bewaffnet hatten.

Trillian erschauerte und zog die Stirn kraus, als sie in den Himmel blickte.

Auch der war nicht mehr derselbe. Er war nicht mehr blind und leer.

Während sich in den zweitausend Jahren der Krikkit-Kriege und den fünf kurzen Jahren, die hier verstrichen waren, seit Krikkit vor zehn Billionen Jahren in die Zeitlupen-Hülle eingeschlossen worden war, das Land rings um sie her nur wenig verändert hatte, war der Himmel dramatisch verwandelt.

Vage Lichter und massige Formen hingen darin.

Hoch am Himmel, wohin kein Krikkiter jemals sah, befanden sich die Kriegszonen, die Roboter-Zonen – gewaltige Kriegsschiffe und Festungsblocks, die im Null-O-Grav-Feld hoch über der idyllischen Hirtenlandschaft des Planeten Krikkit schwebten.

Trillian sah hinauf zu ihnen und überlegte.

»Trillian«, flüsterte Ford ihr zu.

»Ja?« sagte sie.

»Was tust du?«

»Ich denke.«

»Atmest du immer so, wenn du denkst?«

»Ich habe gar nicht bemerkt, daß ich atme.«

»Genau das hat mich ja beunruhigt.«

»Ich glaube, ich weiß ...«, sagte Trillian.

»Schsch!« sagte Slartibartfaß aufgeregt, und seine magere, zitternde Hand zog sie weiter zurück in den Schatten des Baumes.

Plötzlich, genau wie damals auf dem Band, kamen Lichter den Hügelpfad entlang, aber diesmal waren es keine Laternen, die die hüpfenden Lichtstrahlen aussandten, sondern elektrische Taschenlampen – an sich keine dramatische Veränderung, aber jede kleine Einzelheit brachte ihre Herzen vor Angst zum Klopfen. Diesmal waren keine merkwürdigen lustigen Lieder über Blumen und Ackerbau und tote Hündchen zu hören, sondern gedämpfte Stimmen, die eifrig miteinander debattierten.

Schwerfällig bewegte sich ein Licht am Himmel. Arthur packte eine entsetzliche Platzangst, und der warme Wind schnappte nach seiner Kehle.

Binnen Sekunden wurde ein zweiter Truppe sichtbar, der sich von der anderen Seite dem dunklen Hügel näherte. Sie bewegten sich rasch und gezielt vorwärts, wobei sie ihre Taschenlampen schwenkten und alles um sich herum anleuchteten.

Die Trupps näherten sich ganz offensichtlich, und nicht etwa bloß einander. Sie näherten sich mit voller Absicht der Stelle, wo Arthur und die anderen standen.

Arthur hörte das leise Rascheln, als Ford seine Zap-O-Kill-Pistole auf die Schulter hob, und das leise wimmernde Hüsteln, als Slartibartfaß seine hochnahm. Er spürte das kalte, fremde Gewicht seiner eigenen Pistole und hob sie mit zitternden Händen.

Seine Finger fummelten rum, um die Sicherung zu lösen und den Äußerste-Gefahr-Knopf zu drücken, wie's Ford ihm gezeigt hatte. Er zitterte so sehr, daß, wenn er in dem Moment auf jemanden geschossen hätte, er ihm wahrscheinlich seine Unterschrift auf den Pelz gebrannt hätte.

Nur Trillian hob ihre Pistole nicht. Sie hob die Augenbrauen, senkte sie wieder und nagte gedankenvoll an ihrer Lippe.

»Ist euch schon mal der Gedanke gekommen«, begann sie, aber keiner hatte in dem Moment große Lust, irgendwas zu besprechen.

Ein Lichtstrahl durchbohrte die Finsternis hinter ihnen, sie fuhren herum und entdeckten eine dritte Gruppe Krikkiter hinter sich, die mit ihren Taschenlampen nach ihnen suchten.

Ford Prefects Pistole knatterte bösartig los, aber Feuer schoß auf sie zurück, und sie fiel ihm krachend aus den Händen.

Es entstand ein Augenblick reiner Angst, eine erstarrte Sekunde, bevor wieder jemand schoß.

Und am Schluß dieser Sekunde schoß niemand.

Sie waren von bleichgesichtigen Krikkitern umstellt und badeten im hüpfenden Taschenlampenlicht.

Die Gefangenen starrten ihre Fänger an, die Fänger starrten ihre Gefangenen an.

»Hallo?« sagte einer der Fänger. »Entschuldigt, aber seid ihr vielleicht … Fremdlinge?«

28

Mehr Millionen Meilen entfernt, als der Geist bequem zu fassen vermag, pflegte Zaphod Beeblebrox inzwischen wieder seine miese Laune.

Er hatte sein Raumschiff repariert – das heißt, er hatte mit regem Interesse zugesehen, wie ein Service-Roboter es für ihn repariert hatte. Es war nun wieder eins der mächtigsten und außerordentlichsten Raumschiffe, die es gab. Er konnte damit überallhin, konnte alles machen. Er blätterte in einem Buch rum und warf es schließlich beiseite. Es war das, das er eben erst gelesen hatte.

Er schlurfte rüber zum Kommunikations-Schalltisch und drehte den All-Frequenz-Notkanal auf.

»Will jemand 'n Drink?« fragte er.

»Ist das 'n Notfall, Kollege?« kam knatternd eine Stimme halbwegs von der anderen Seite der Galaxis.

»Könnt ihr mir 'n Mixer leihen?« sagte Zaphod.

»Reite doch auf'm Kometen hin.«

»Okay, okay«, sagte Zaphod und schaltete den Kanal wieder ab. Er seufzte und setzte sich. Er stand wieder auf und schlurfte rüber zu einem Monitor. Er drückte auf ein paar Knöpfe. Kleine Kleckse fingen an, auf dem Bildschirm herumzusausen und sich gegenseitig aufzufressen.

»Peng!« sagte Zaphod. »Friiiioooo! Pop pop pop!«

»Hallo, mein Lieber«, sagte der Computer nach einer Minute fröhlich, »du hast drei Punkte gemacht. Bestes vorheriges Ergebnis: sieben Millionen fünfhundertsiebenundneunzigtausendzweihundertund ...«

»Okay, okay«, sagte Zaphod und knipste den Monitor aus.

Er setzte sich wieder. Er spielte mit einem Bleistift. Auch das verlor allmählich alle Faszination

»Okay, okay«, sagte er und fütterte den Computer mit seinem Ergebnis und dem besten vorherigen.

Sein Raumschiff machte aus dem Universum einen nebelhaften Flecken.

29

»Erzählt doch mal«, sagte der magere, bleichgesichtige Krikkiter, der aus der Menge der anderen vorgetreten war und etwas verlegen im Kreis des Taschenlampenlichts stand, während er seine Maschinenpistole umklammerte, als halte er sie eben mal für jemand anderen, der bloß schnell irgendwohin geflitzt war und gleich wieder zurück sein würde, »wißt ihr was von der Sache, die das ›Gleichgewicht der Natur‹ heißt?«

Es kam keine Antwort von ihren Gefangenen oder zumindest nichts Verständlicheres als ein bißchen verlegenes Gemurmel und Gegrunze. Die Taschenlampenlichter hüpften weiter über sie hinweg. Hoch über ihnen, in den Roboter-Zonen ging ein dunkles Treiben weiter.

»Es ist bloß etwas«, fuhr der Krikkiter verlegen fort, »wovon wir gehört haben, vielleicht nichts Wichtiges. Gut, da werden wir euch also am besten töten.«

Er sah auf seine Pistole, als versuchte er rauszufinden, wo er draufdrücken müsse.

»Das heißt«, sagte er und blickte wieder auf, »es sei denn, es gibt irgendwas, worüber ihr ein bißchen plaudern möchtet.«

Ein starres Staunen kroch langsam an Slartibartfaß, Ford und Arthur hoch. Gleich würde es ihre Gehirne erreichen, die im Augenblick nur damit beschäftigt waren, ihre Kieferknochen rauf und runter zu bewegen. Trillian schüttelte ihren Kopf, als versuche sie, ein Puzzle zu lösen, indem sie die Teile noch mal mischte.

»Wir sind besorgt, nicht wahr«, sagte ein anderer aus

der Schar der Krikkiter, »über diesen Plan, das Universum zu vernichten.«

»Ja«, setzte wieder ein anderer hinzu, »und das Gleichgewicht in der Natur. Wir hatten halt den Eindruck, wenn das ganze übrige Universum vernichtet wird, dann wirft das auch das Gleichgewicht in der Natur irgendwie über den Haufen. Wir sind nämlich an Ökologie sehr interessiert, versteht ihr?« Seine Stimme versiegte traurig.

»Und an Sport«, sagte ein anderer laut. Das wurde mit beifälligen Rufen quittiert.

»Ja«, stimmte der erste zu, »und an Sport ...« Er blickte sich verlegen nach seinen Kameraden um und kratzte sich verschämt an der Wange. Er schien mit irgendeiner tiefen inneren Verwirrung zu kämpfen, als seien das, was er sagen wollte, und das, was er dachte, vollkommen verschiedene Dinge, zwischen denen er keine mögliche Beziehung sah.

»Versteht ihr«, murmelte er, »ein paar von uns ...« Er sah sich wieder um, als suche er eine Bestätigung. Die anderen machten zustimmende Geräusche. »Ein paar von uns«, fuhr er fort, »sind sehr daran interessiert, mit der übrigen Galaxis sportliche Beziehungen aufzunehmen, und wenn ich auch das Argument verstehe, daß man den Sport aus der Politik raushalten solle, denke ich, wenn wir sportliche Beziehungen zur übrigen Galaxis haben wollen, was der Fall ist, dann wäre es doch wahrscheinlich ein großer Fehler, sie zu vernichten. Und die übrige Galaxis ist ja tatsächlich ...« Seine Stimme versickerte wieder. »... was nun also offensichtlich die Idee ist ...«

»Www ...«, sagte Slartibartfaß, »www ...«

»Hhhh ...«, sagte Arthur.

»Ddddrrr ...«, sagte Ford Prefect.

»Okay«, sagte Trillian, »reden wir darüber.« Sie trat vor und nahm den armen, verwirrten Krikkiter am Arm. Er sah wie fünfundzwanzig aus. Wegen der kosmischen Zeitverschiebungen, die in dieser Gegend passiert waren, bedeutete das, daß er gerade zwanzig war, als die Krikkit-Kriege vor zehn Billionen Jahren zu Ende waren.

Trillian führte ihn ein paar Schritte aus dem Taschenlampenlicht heraus, bevor sie weitersprach. Er stolperte unsicher hinter ihr her. Der Lichtschein der Taschenlampen senkte sich nun leicht, als kapitulierte er vor diesem seltsamen, stillen Mädchen, das in diesem Universum heillosen Durcheinanders allein zu wissen schien, was es tat.

Sie drehte sich um, sah ihn an und hielt ihn leicht an beiden Arme. Er war ein Bild verwirrten Jammers.

»Erzähl's mir«, sagte sie.

Einen Augenblick sagte er gar nichts, während sein Blick von einem Augen Trillians zum anderen schoß.

»Wir ...«, sagte er, »wir müssen wohl alleine bleiben ... glaube ich.« Er verzog sein Gesicht, ließ den Kopf nach vorn sinken und schüttelte ihn wie jemand, der versucht, eine Münze aus seiner Sparbüchse zu schütteln. Dann blickte er wieder auf. »Wir haben doch diese Bombe, verstehst du«, sagte er, »sie ist nur ganz klein.«

»Ich weiß«, sagte sie.

Er glotzte sie an, als hätte sie was ganz Merkwürdiges über rote Bete gesagt.

»Ehrlich«, sagte er, »sie ist nur ganz ganz klein.«

»Ich weiß«, sagte sie wieder.

»Aber man sagt«, schleppte sich seine Stimme weiter, »man sagt, sie kann alles Bestehende vernichten. Und das müssen wir, glaube ich, wohl tun, verstehst du? Werden wir dann alleine sein? Ich weiß es nicht. Aber es scheint wohl unsere Aufgabe zu sein«, sagte er und ließ den Kopf wieder sinken.

»Was immer das auch heißen mag«, ließ sich dumpf eine Stimme in der Menge vernehmen.

Trillian legte langsam ihren Arm um den armen, verwirrten junge Krikkiter und streichelte seinen bebenden Kopf auf ihrer Schulter.

»Ist ja schon gut«, sagte sie ruhig, aber laut genug, damit es die ganze schattenhafte Menge hören konnte, »ihr müßt es doch nicht tun.«

Sie wiegte ihn.

»Ihr müßt es ja nicht tun«, sagte sie wieder.

Sie ließ ihn los und trat einen Schritt zurück.

»Ich möchte, daß du etwas für mich tust«, sagte sie und lachte plötzlich.

»Ich möchte«, sagte sie, wieder lachend. Sie legte die Hand auf ihren Mund und sagte dann mit ernstem Gesicht: »Ich möchte, daß du mich zu eurem Anführer bringst«, und sie zeigte auf die Kriegszonen am Himmel. Sie schien irgendwie zu wissen, daß ihr Anführer dort zu finden sei.

Ihr Lachen löste anscheinend etwas an der ganzen Atmosphäre. Irgendwo hinten in der Menge fing eine einzelne Stimme an, eine Melodie zu singen, mit der Paul McCartney, wenn er sie komponiert hätte, sich die ganze Welt hätte kaufen können.

30

Mutig kroch Zaphod Beeblebrox in einem Schacht voran, als wäre er weiß der Teufel was für ein Kerl. Er war ganz schön verwirrt, kroch aber trotzdem verbissen weiter, weil er nun mal so mutig war.

Es hatte ihn etwas verwirrt, was er eben gesehen hatte, aber er war nicht halb so verwirrt, wie er's gleich sein sollte durch etwas, was er hören würde, und so wäre es jetzt wohl das beste, wenn wir genau erklären, wo er war.

Er befand sich in den Kriegszonen der Roboter viele Meilen über dem Planeten Krikkit.

Die Atmosphäre hier war dünn und relative ungeschützt gegen irgendwelche Strahlen oder sonst was, was dem Weltraum in seine Richtung abzuschießen vielleicht einfallen konnte.

Er hatte sein Sternenschiff »Herz aus Gold« zwischen den riesigen, sich gegenseitig anrempelnden, undeutlichen Massen geparkt, die hier den Himmel über Krikkit füllten, und war in das, wie ihm schien, größte und bedeutendste Himmelsgebäude eingetreten, bewaffnet mit nichts als eine Zap-O-Kill und etwas gegen seine Kopfschmerzen.

Er hatte sich in einem langen, breiten und schlecht beleuchteten Korridor wiedergefunden, in dem er sich s lange verstecken konnte, bis er ausgeknobelt hatte, was er als nächstes tun würde. Er versteckte sich, weil alle naselang einer von den Krikkit-Robotern da lang kam, und obwohl er bisher ein vor ihnen gewissermaßen gefeites Leben geführt hatte, war es doch ein äußerst schmerzvolles gewesen, und er hatte kein Verlangen, etwas überzustrapazieren, was er nur halbherzig sein Glück nannte.

Er war irgendwann in einen Raum geschlichen, der von dem Korridor abging, und hatte rausgefunden, daß es sich um einen großen, wieder nur kümmerlich beleuchteten Saal handelte.

Tatsächlich war es ein Museum mit nur einem Ausstellungsstück darin – dem Wrack eines Raumschiffs. Es war furchtbar verbrannt und zerfetzt, und nun, da er etwas von der galaktischen Urgeschichte nachgeholt hatte, die er wegen seiner gescheiterten Versuche, mit dem Mädchen in der benachbarten Kyberzelle Sex zu machen, versäumt hatte, war er in der Lage, die intelligente Vermutung anzustellen, daß es sich hier um das zerschellte Raumschiff handelte, das vor all den Billionen Jahren durch die Große Staubwolke geflogen war und diese ganze Geschichte in Gang gesetzt hatte.

Aber, und das war es, was ihn verwirrt hatte, es stimmte irgendwas nicht daran.

Es war wirklich zerfetzt. Es war wirklich verbrannt, aber eine kurze Prüfung durch ein geübtes Auge enthüllte, daß es gar kein wirkliches Raumschiff war. Es war gewissermaßen ein maßstabsgerechtes Modell von einem – eine solide Blaupause. Mit anderen Worten, es war eine Sache, die um sich zu haben sehr nützlich war, wenn man plötzlich selber ein Raumschiff bauen wollte und nicht genau wußte, wie. Es war aber nichts, was irgendwann selber irgendwohin fliegen würde.

Er rätselte noch immer daran rum – eigentlich hatte er gerade erst angefangen, daran rumzurätseln –, als er bemerkte, daß in einem anderen Teil des Saales eine Tür leise aufgeglitten war und ein paar Krikkit-Roboter reingekommen waren, die ziemlich sauer wirkten.

Zaphod hatte keine Lust, sich mit ihnen in einen Kampf einzulassen, und da er der Meinung war, daß, wie an der Tapferkeit das Beste die Vorsicht war, so an der Vorsicht das Beste die Feigheit, versteckte er sich mutig in einem Schrank.

Der Schrank indessen entpuppte sich als Aufsatz eines Schachts, der durch eine Inspektionsluke in einen weiten Belüftungskanal mündete. Er ließ sich in ihn hinunter und kroch langsam darin entlang, und das ist der Punkt, wo wir ihn vorhin antrafen.

Es gefiel ihm dort nicht. Es war kalt und ungeheuer unbequem, und er hatte Angst. Bei nächstbester Gelegenheit – das war ein anderer Schacht hundert Meter weiter – kletterte er heraus und wieder nach oben.

Dieses Mal gelangte er in einen kleineren Saal, der offenbar ein Computer-Schaltzentrum war. Er kam in einer engen, dunklen Ecke zwischen einer gewaltigen Computeranlage und der Wand heraus.

Schnell kriegte er mit, daß er nicht allein im Raum war, und wollte ihn gerade wieder verlassen, als er dem interessiert zu lauschen begann, was die anderen Anwesenden zu sagen hatten.

»Es sind die Roboter, Sir«, sagte eine Stimme, »irgendwas stimmt mit ihnen nicht.«

»Und was genau?«

Es waren die Stimmen von zwei krikkitischen Truppenkommandeuren. Alle Kommandeure lebten oben am Himmel in den Roboter-Kriegszonen und waren weitgehend immun gegen die wunderlichen Zweifel und Unsicherheiten ihrer Mitbürger unten auf der Oberfläche des Planeten.

»Nun ja, Sir, ich glaube, es liegt daran, daß sie sich aus den Kriegsanstrengungen ausklinken und daß wir bald die Supernova-Bombe zünden. In der kurzen Zeit, seit wir aus der Zeitlupen-Hülle befreit wurden ...«

»Kommen Sie zum Wesentlichen.«

»Die Roboter haben keine Freude dran, Sir.«

»Woran?«

»Am Krieg, Sir, er scheint ihnen auf die Nerven zu gehen. Sie wirken so, als seien sie der Welt überdrüssig, oder vielleicht sollte ich besser sagen, des Universums überdrüssig.

»Tja, das ist doch in Ordnung, sie sind ja auch dazu da, es vernichten zu helfen.«

»Ja, aber sie finden es schwierig, Sir. Sie kämpfen mit einer gewissen Mattigkeit. Sie haben einfach große Mühe, sich richtig auf ihren Job einzustellen. Ihnen fehlt der Pep.«

»Was wollen Sie damit sagen?«

»Nun, ich glaube, sie sind über irgend etwas sehr deprimiert, Sir.«

»Wovon um alles auf Krikkit reden Sie eigentlich?«

»Tja, in den paar Scharmützeln, die sie kürzlich hatten, war es so, als zögen sie in die Schlacht, höben die Waffen, um zu schießen, und dächten plötzlich: Was soll's? Wozu soll das, kosmisch gesprochen, alles gut sein? Und es scheint, sie werden einfach ein bißchen müde und ein bißchen deprimiert.«

»Und was machen sie dann?«
»Äh, meistens lösen sie quadratische Gleichungen, Sir. Teuflisch schwierige, wie man so hört. Und dann schmollen sie.«
»Schmollen?«
»Ja, Sir.«
»Wer hat denn schon mal gehört, daß ein Roboter schmollt?«
»Ich weiß es nicht, Sir.«
»Was war das für ein Geräusch?«
Es war das Geräusch, das Zaphod, dem sich's in seinen Köpfen drehte, beim Verlassen des Saales machte.

31

In einem tiefen Schacht der Bitterkeit hockte ein verkrüppelter kleiner Roboter. In seiner metallenen Düsternis war er eine Zeitlang still gewesen. Es war kalt und feucht dort, aber als Roboter wurde von ihm erwarte, daß er in der Lage sei, derlei Dinge nicht zu bemerken. Mit einer gewaltigen Willensanstrengung gelang es ihm jedoch, sie sehr wohl zu bemerken.

Sein Gehirn war an die zentrale Datenbank des krikkitischen Kriegscomputers angeschlossen worden. Er fand an dieser Erfahrung keinen Gefallen und die zentrale Datenbank des krikkitischen Kriegscomputers auch nicht.

Die Krikkit-Roboter, die dieses jämmerliche Blechmännchen aus den Sümpfen von Squornshöllisch Zeta gerettet hatten, hatten das nur getan, weil sie augenblicklich seine unerhörte Intelligenz und den Nutzen, den sie daraus ziehen konnten, erkannt hatten.

Sie hatten nicht mit den damit verbundenen Knäcken

gerechnet, die auszugleichen Kälte, Dunkelheit, Feuchtigkeit, Enge und Einsamkeit nichts taten.

Er war nicht glücklich mit seiner Aufgabe.

Von allem anderen abgesehen, nahm die lächerliche Koordinierung der Kriegstaktik eines ganzen Planeten nur einen winzigen Teil seiner kolossalen Intelligenz in Anspruch, während der Rest sich furchtbar langweilte. Nachdem er alle wesentlichen mathematischen, physikalischen, chemischen, biologischen, soziologischen, philosophischen, etymologischen, meteorologischen und psychologischen Probleme des Universums bis auf seine eigenen dreimal hintereinander gelöst hatte, war er ernstlich um etwas verlegen, was er nun tun könnte, und hatte damit angefangen, kurze, traurige, tonlose, um nicht zu sagen: melodielose Liedchen zu komponieren. Das letzte war ein Wiegenlied.

»Die Welt schläft tief schon lange Zeit«, dröhnte Marvin,
»Mich flieht die Dunkelheit,
Denn per Infrarot seh ich,
Die Nacht ist wirklich widerlich.«

Er machte eine Pause, um alle seine künstlerischen und gefühlsmäßigen Kräfte zu sammeln und die nächste Strophe in Angriff zu nehmen.

»Ich lieg und find kein Schläfchen,
Zähl tausend Robot-Schäfchen,
Behalt dein ›Gute Nacht‹ für dich,
Die Nacht ist wirklich widerlich.«

»Marvin!« zischte eine Stimme.

Sein Kopf hob sich mit einem Ruck und hätte beinahe das komplizierte Elektrodennetz zerrissen, das ihn mit dem zentralen krikkitischen Kriegscomputer verband.

Eine Inspektionsluke hatte sich geöffnet, und einer von

zwei aufsässigen Köpfen äugte herein, während der zweite ihn immer wieder anstieß, weil er unaufhörlich und äußerst nervös mal in die eine Richtung, mal in die andere Richtung die Blicke schießen ließ.

»Ach, du bist es«, murmelte der Roboter. »Hätte ich mir denken können.«

»He, Kleiner«, sagte Zaphod sehr erstaunt, »warst du das, der da eben gesungen hat?«

»Ich bin«, bestätigte Marvin unfreundlich, »augenblicklich in besonders funkensprühender Verfassung.«

Zaphod steckte den Kopf durch die Luke und sah sich um.

»Bist du allein?«

»Ja«, sagte Marvin. »Müde sitze ich hier, Kummer und Elend, die einzigen Gefährten. Und meine wahnsinnige Intelligenz natürlich. Und unendlich viele Sorgen. Und ...«

»Ja ja«, sagte Zaphod. »Sag mal, wie hängst du denn nun wieder mit all dem zusammen?«

»So«, sagte Marvin und zeigte mit seinem weniger kaputten Arm auf all die Elektroden, die ihn mit dem krikkitischen Computer verbanden.

»Dann«, sagte Zaphod unangenehm berührt, »nehme ich an, du hast mir das Leben gerettet. Zweimal.«

»Dreimal«, sagte Marvin.

Zaphods Kopf fuhr herum (sein zweiter blickte mit Falkenaugen genau in die verkehrte Richtung) und sah gerade noch, wie der tödliche Killer-Roboter hinter ihm plötzlich stehenblieb und anfing zu rauchen. Der Roboter wankte rückwärts und plumpste gegen eine Wand. An der glitt er herab. Er rutschte zur Seite, warf den Kopf zurück und begann verzweifelt zu schluchzen.

Zaphod sah Marvin wieder an. »Du mußt eine wahnsinnige Einstellung zum Leben haben«, sagte er.

»Frag mich bloß nicht«, sagte Marvin.

»Werd' ich auch nicht«, sagte Zaphod und tat's auch

nicht. »He, schau mal an«, fuhr er fort, »was du hier für einen fabelhaften Job hast.«

»Ich nehme an, das bedeutet«, sagte Marvin, wobei er bloß ein Zehntausendmillionbilliontrilliongrillionstel seiner Geisteskräfte benötigte, um diesen ganz speziellen logischen Satz zu tun, »daß du mich hier nicht rausholen wirst oder so was Ähnliches.«

»Kleiner, du weißt, daß ich das gern täte.«

»Aber du wirst es nicht tun.«

»Nein.«

»Verstehe.«

»Du arbeitest gut.«

»Klar«, sagte Marvin, »warum aufhören, wenn ich's grade zum Kotzen finde?«

»Ich muß unbedingt Trillian und die Jungs finden. Sag mal, hast du 'ne Ahnung, wo sie sind? Ich meine, ich hab' ja bloß einen ganzen Planeten, auf dem ich sie suchen muß. Könnte 'ne Weile dauern.«

»Sie sind ganz in der Nähe«, sagte Marvin traurig. »Du kannst sie von hier im Monitor sehen, wenn du willst.«

»Dann geh' ich lieber hin und hole sie«, erklärte Zaphod. »Äh, vielleicht brauchen sie irgendwelche Hilfe, was?«

»Vielleicht«, sagte Marvin mit plötzlicher Autorität in seiner kummervollen Stimme, »wäre es besser, wenn du sie dir von hier aus im Monitor ansähst. Das junge Mädchen«, setzte er unvermittelt hinzu, »ist eine der am wenigsten unwissentlich unintelligenten organischen Lebensformen, mit der einer Begegnung aus dem Wege zu gehen ich zu meiner absolut nicht vorhandenen Freude nicht in der Lage war.«

Zaphod brauchte ein paar Augenblicke, bis er sich durch die verwickelte Kette von Verneinungen durchgefunden hatte und am anderen Ende überrascht wieder zum Vorschein kam.

»Trillian?«sagte er. »Sie ist doch so ein Kind. Klug ja,

aber reizbar. Du weißt doch, wie das ist mit Frauen. Oder vielleicht auch nicht. Ich nehme an, du weißt es nicht. Wenn ja, möchte ich nichts darüber hören. Schalt uns mal rein.«

»... durch und durch manipuliert.«

»Was?« sagte Zaphod.

Es war Trillians Stimme. Er drehte sich um.

Die Wand, gegen die der Krikkit-Roboter schluchzte, hatte sich erhellt und zeigte eine Szene, die sich in irgendeinem anderen, unbekannten Teil der krikkitischen Roboter- und Kriegszonen abspielte. Es schien sich um so etwas wie einen Beratungssaal zu handeln – Zaphod konnte das wegen des Roboters, der gegen die Bildwand geplumpst war, nicht allzu deutlich erkennen.

Er versuchte, den Roboter zur Seite zu schieben, aber der war schwer vor Gram und versuchte, Zaphod zu beißen, also guckte er eben um ihn herum, so gut es ging.

»Denkt doch bloß mal darüber nach«, hörte er Trillians Stimme, »eure ganze Geschichte ist nichts als eine Reihe von seltsam unwahrscheinlichen Ereignissen. Und ich erkenne ein unwahrscheinliches Ereignis, wenn ich eins sehe. Eure ganze Abschottung von der Galaxis war doch von Anfang an seltsam. Ganz am äußersten Rand und mit einer Großen Staubwolke um euch herum. Eine abgekartete Sache. Ganz offensichtlich.«

Zaphod drehte fast durch vor Enttäuschung, daß er die Mattscheibe nicht überblicken konnte. Aber der Kopf es Roboters verdeckte die Sicht auf die Leute, mit denen Trillian sprach, seine Vielzweck-Kampfkeule verdeckte den Hintergrund, und der Ellbogen des Armes, den er mit tragischer Gebärde gegen die Stirn gestemmt hatte, verdeckte Trillian.

»Und dann«, sagte Trillian, »dieses Raumschiff, das auf eurem Planeten Bruchlandung machte. Das ist doch wirklich kaum zu glauben, oder? Habt ihr eine Ahnung, wie unwahrscheinlich es ist, daß ein steuerloses treibendes Raumschiff zufällig die Umlaufbahn eines Planeten kreuzt?«

»He?«, sagte Zaphod, »sie hat beim großen Zarquon keine Ahnung, wovon sie redet. Ich habe das Raumschiff gesehen. Es ist 'ne Attrappe. Keine Frage.«

»Das dachte ich mir, daß das so wäre«, tönte Marvin aus seinem Gefängnis hinter Zaphod.

»Na klar«, sagte Zaphod, »für dich ist es einfach, das zu sagen. Ich hab's dir ja eben erzählt. Trotzdem verstehe ich nicht, was das mit irgendwas zu tun haben soll.«

»Und besonders«, fuhr Trillian fort, »die Unwahrscheinlichkeit, daß es ausgerechnet die Umlaufbahn des einzigen Planeten in der Galaxis oder, soweit ich weiß, sogar im ganzen Universum kreuzen sollte, der durch seinen Anblick total geschockt wäre. Ihr wißt nicht, wie groß der Unwahrscheinlichkeitsfaktor ist? Ich auch nicht, so wahnsinnig groß ist er. Ich sage noch mal, es ist eine abgekartete Sache. Ich wäre nicht überrascht, wenn das Raumschiff bloß eine Attrappe war.«

Zaphod gelang es, die Kampfkeule des Roboters beiseite zu schieben. Hinter ihr tauchten auf dem Bildschirm Ford, Arthur und Slartibartfaß auf, die über die ganze Geschichte sehr erstaunt und verwirrt zu sein schienen.

»He, guck doch«, sagte Zaphod erfreut, »die Jungs halten sich ja phantastisch. Ra ra ra! Gebt's ihnen, Freunde!«

»Und wie sieht's mit der ganzen Technik aus«, sagte Trillian, »die ihr euch plötzlich fast über Nacht herzustellen imstande wart? Die meisten Leute würden Tausende von Jahren brauchen, um all das zu schaffen. Irgend jemand lieferte euch das, was ihr unbedingt wissen mußtet, irgend jemand hielt euch auf dem laufenden.«

»Ich weiß, ich weiß«, setzte sie als Antwort auf den Einwand von jemandem, den man nicht sehen konnte, hinzu, »ich weiß, daß euch nicht klar war, daß es geschah. Das genau ist es, worauf ich hinaus will. Ihr habt nie etwas bemerkt. Wie auch die Sache mit der Supernova-Bombe.«

»Wieso weißt du davon?« fragte jemand, der nicht zu sehen war.

»Ich weiß es halt«, sagt Trillian. »Habt ihr erwartet, daß ich glaube, ihr seid so intelligent, daß ihr etwas derart Intelligentes erfinden, und gleichzeitig zu dämlich, um zu bemerken, daß sie euch mit ins Verderben reißen würde? Das ist doch nicht nur dumm, das ist doch unwahrscheinlich beschränkt.«

»He, was ist diese Bombe für 'n Ding?« fragte Zaphod aufgeregt Marvin.

»Die Supernova-Bombe?« sagte Marvin. »Das ist eine ganz, ganz kleine Bombe.«

»Ja und?«

»Die das Universum *in toto* vernichten würde«, setzte Marvin hinzu. »Gute Idee, wenn du mich fragst. Trotzdem kriegen sie's nicht hin, daß sie funktioniert.«

»Wieso denn nicht, wenn sie wirklich so 'ne intelligente Sache ist?«

»Sie *ist* intelligent«, sagte Marvin, »sie sind's *nicht*. Sie schafften es nur, sie zu entwerfen, ehe sie in die Zeitlupen-Hülle eingeschlossen wurden. Die letzten fünf Jahre haben sie damit zugebracht, sie zu bauen. Sie meinen, sie hätten es hingekriegt, aber das stimmt nicht. Sie sind genauso blöd wie alle anderen organischen Lebensformen. Ich hasse sie.«

Trillian sprach weiter.

Zaphod versuchte, den Krikkit-Roboter an den Beinen wegzuziehen, aber der trat nach ihm und knurrte ihn an, und dann wurde er, von einem neuerlichen Schluchzanfall geschüttelt. Und plötzlich plumpste er vornüber und ließ sich durch nichts abhalten, seinen Gefühlen auf dem Boden freien Lauf zu lassen.

Trillian stand allein mitten in dem Raum, todmüde, doch mit wild glühenden Augen.

Vor ihr saßen die bleichgesichtigen, zerfurchten greisen Meister von Krikkit reglos hinter ihrem weitgeschwungenen Schaltpult und blickten sie mit hilfloser Furcht und voller Haß an.

Vor ihnen, in gleicher Entfernung zwischen ihrem Schaltpult und der Mitte des Saales, wo Trillian wie vor Gericht stand, befand sich eine schlanke, weiße, etwa vier Fuß hohe Säule. Auf ihr lag eine kleine weiße Kugel von etwa drei, vielleicht vier Zoll Durchmesser.

Neben ihr stand ein Krikkit-Roboter mit seiner Vielzweck-Kampfkeule.

»Ich glaube wirklich«, erklärte Trillian, »ihr seid so entsetzlich dumm (sie schwitzte; Zaphod hatte das Gefühl, für Trillian sei das, was sie im Augenblick tat, nicht sehr reizvoll), ihr seid alle so entsetzlich dumm, daß ich zweifle, ja ich *bezweifle* ganz entschieden, daß ihr fähig wart, in den letzten fünf Jahren die Bombe ganz ohne jede Hilfe Haktars überhaupt zu bauen.«

»Was ist denn dieser Haktar für ein Bursche?« fragte Zaphod, der Morgenluft witterte.

Falls Marvin antwortete, überhörte Zaphod ihn. Seine ganze Aufmerksamkeit richtete sich auf den Bildschirm.

Einer der Ältesten von Krikkit gab dem Krikkit-Roboter mit der Hand ein kleines Zeichen. Der Roboter hob seine Keule.

»Ich kann nichts dran ändern«, sagte Marvin. »Der hängt an einem anderen Schaltkreis als die anderen.«

»Wartet«, sagte Trillian.

Der Älteste machte wieder eine Bewegung. Der Roboter hielt inne. Trillian schien plötzlich große Zweifel an ihrem eigenen Urteil zu haben.

»Wieso weißt du das alles?« fragte Zaphod in dem Augenblick Marvin.

»Computergedächtnis«, sagte Marvin. »Und ich habe Beziehungen.«

»Ihr seid so ganz anders«, sagte Trillian zu den greisen

Meistern, »als eure Mitbürger unten am Boden. Ihr habt alle eurer Leben hier oben, von der Atmosphäre geschützt zugebracht. Ihr seid sehr verletzbar gewesen. Und nun ist euer übriges Volk in großer Angst, versteht ihr, es will nicht, daß ihr das tut. Ihr habt keinen Kontakt mehr zu ihm, warum fragt ihr es nicht mal?«

Der Meister von Krikkit wurde ungeduldig. Er gab dem Roboter ein Zeichen, genau das Gegenteil des Zeichen, das er ihm zuletzt gegeben hatte.

Der Roboter holte mit seiner Kampfkeule aus. Er schlug damit auf die kleine weiße Kugel.

Die kleine weiße Kugel war die Supernova-Bombe.

Das war eine sehr, sehr kleine Bombe, die dazu erfunden war, dem gesamten Universum ein Ende zu bereiten.

Die Supernova-Bombe sauste durch die Luft. Sie flog gegen die Rückwand des Beratungssaals und hinterließ in ihr eine ganz furchtbare Beule.

»Wieso weiß sie denn das alles?« rief Zaphod.

Marvin verharrte in trotzigem Schweigen.

»Vielleicht blufft sie bloß«, sagte Zaphod. »Armes Kindchen. Ich hätte sie einfach nicht allein lassen dürfen.«

32

»Haktar!« rief Trillian. »Was hast du vor?«

Es kam keine Antwort aus der sie umschließenden Finsternis. Trillian wartete gespannt. Sie war sicher, daß sie sich nicht irrte. Sie starrte in das Dunkel, aus dem sie eine Antwort irgendeiner Art erwartet hätte. Aber es herrschte nur kaltes Schweigen.

»Haktar?« rief sie wieder. »Ich würde dir gern meinen Freund Arthur Dent vorstellen. Ich wollte mit einem Donnergott durchbrennen, aber Arthur wollte mich nicht gehen lassen, und ich weiß das zu würdigen. Durch ihn wurde mir klar, wo meine Liebe wirklich liegt. Zum Unglück hat Zaphod das Ganze viel zu sehr erschreckt, deswegen habe ich an seiner Stelle Arthur mitgebracht. Ich weiß gar nicht, warum ich dir das alles erzähle.«

»Hallo«, rief sie wieder. »Haktar?«

Und dann kam eine Antwort.

Sie kam schwach und leise, wie eine Stimme, die aus weiter Ferne herangetragen wird, nur halb zu hören, eine Erinnerung oder ein Traum einer Stimme.

»Wollt ihr nicht beide herauskommen?« sagte diese Stimme. »Ich verspreche euch, daß euch nichts geschieht.«

Sie sahen sich beide an, dann gingen sie ungläubig hinaus und den Lichtstrahl entlang, der aus der offenen Luke der »Herz aus Gold« in die verschwommene graupelige Dunkelheit der Großen Staubwolke fiel.

Arthur versuchte, ihre Hand zu ergreifen, um ihr Ruhe und Mut einzuflößen, aber sie wollte das nicht. So hielt er seinen Reisebeutel mit der Dose griechischem Olivenöl, dem Handtuch, den zerknitterten Ansichtskarten aus Santori und dem ganzen anderen Geraffel fest umklammert und flößte ihm statt dessen Ruhe und Mut ein.

Sie standen im Augenblick auf und in – nichts.

Trübem, staubigem Nichts. Jedes Staubteilchen des pulverisierten Computers glitzerte vage, während es sich langsam drehte und herumtanzte und das Sonnenlicht in der Dunkelheit auffing. Jedes Fetzchen des Computers, jedes Staubpartikelchen enthielt, schwach und undeutlich, den Plan des Ganzen. Als die Silastischen Waffenteufel von Striterax den Computer in Staub verwandelten, legten sie ihn nur lahm, töteten ihn aber nicht. Ein schwaches, unwirkliches Kraftfeld hielt die Teilchen in leiser Beziehung zueinander.

Arthur und Trillian standen, oder vielmehr schwebten

in der Mitte dieses seltsamen Gebildes. Sie hatten nichts zu atmen, aber im Moment schien das keine Rolle zu spielen. Haktar hielt sein Versprechen. Ihnen geschah nichts. Für den Augenblick.

»Ich kann euch gar nichts anbieten, um mich gastfreundlich zu zeigen«, sagte Haktar, »nur Lichtspielchen. Aber man kann's auch bei Lichtspielchen gemütlich haben, wenn man nichts anderes hat.«

Seine Stimme schwand, und in dem dunklen Staub fügte sich ein langes, mit Paisley-Samt bezogenes Sofa zu einer nebelhaften Form.

Arthur ertrug die Tatsache nur schwer, daß es dasselbe Sofa war, das ihm auf den Feldern der prähistorischen Erde erschienen war. Er wollte schreien und sich vor Wut schütteln, daß das Universum immer wieder solche wahnsinnig verwirrenden Dinge mit ihm trieb.

Er ließ seine Erregung sich setzen, dann setzte auch er sich – vorsichtig – auf das Sofa. Auch Trillian setzte sich drauf.

Es war real.

Falls es doch nicht real war, trug es sie zumindest, und weil Sofas dazu da sind, war dieses nach jeder Prüfung, die zählte, ein reales Sofa.

Die Stimme im Sonnenwind atmete sie wieder an.

»Ich hoffe, ihr habt's bequem«, sagte sie.

Sie nickte.

»Und ich möchte euch zur Genauigkeit eurer Schlußfolgerungen gratulieren.«

Arthur wies schnell darauf hin, daß nicht so sehr er irgend was schlußgefolgert habe, sondern Trillian. Sie haben ihn nur gebeten mitzukommen, weil er doch so am Leben, am Universum und dem ganzen Rest interessiert sei.

»Das ist etwas, woran auch ich interessiert bin«, keuchte Haktar.

»Wunderbar«, sagte Arthur, »darüber sollten wir irgendwann mal nett plaudern. Bei einer Tasse Tee.«

Vor ihnen materialisierte sich langsam ein kleiner Holztisch, auf dem eine silberne Teekanne stand, ein Milchkännchen aus Chinaporzellan, eine Zuckerdose aus Chinaporzellan und zwei Tassen mit Untertassen aus Chinaporzellan.

Arthur beugte sich vor und griff danach, aber sie waren nur Lichtspielchen. Er lehnte sich auf dem Sofa zurück, das eine Illusion war, die als bequem zu akzeptieren sein Körper bereit war.

»Warum«, fragte Trillian, »bist du der Meinung, du müßtest das Universum vernichten?«

Sie fand es etwas schwierig, so ins Nichts zu reden, mit nichts, worauf sie sich einstellen konnte. Haktar bemerkte das offensichtlich. Er gab ein kleines geisterhaftes Kichern von sich.

»Wenn das so eine Sitzung wird«, sagte er, »dann können wir uns ja auch die richtige Umgebung schaffen.«

Und nun materialisierte sich vor ihnen ganz etwas Neues. Es war der verschwommene und undeutliche Umriß einer Couch – einer Psychiatercouch. Das Leder, mit dem sie bezogen war, war glänzend und teuer, aber wieder handelte es sich bloß um ein Lichtspielchen.

Um die Ausstattung zu vervollständigen, war da die flüchtige Andeutung holzgetäfelter Wände. Und dann erschien auf der Couch das Bild Haktars, ein Bild, das einem die Augen auseinanderfetzte.

Die Couch sah für eine Psychiatercouch normal groß aus – etwa einen Meter fünfzig oder achtzig lang.

Der Computer sah für einen schwarzen, im Weltraum schwebenden Computersatelliten normal groß aus – ungefähr zweitausend Kilometer von einem Ende zum anderen.

Der Eindruck, daß dieser auf jener saß, war, was einem die Augen auseinanderfetzte.

»Okay«, sagte Trillian mit fester Stimme. Sie stand von dem Sofa auf. Sie war der Ansicht, sie werde hier dazu gebracht, es allzu gemütlich zu finden und zu viele Illusionen hinzunehmen.

»Sehr gut«, sagte sie. »Kannst du auch reale Dinge herstellen? Ich meine, massive Gegenstände?«

Wieder trat vor der Antwort eine Pause ein, als müsse der pulverisierte Geist Haktars aus den Millionen und aber Millionen von Meilen, über die er verstreut war, seine Gedanken zusammennehmen.

»Ach so«, seufzte er, »du denkst an das Raumschiff.«

Gedanken schienen an ihnen vorbei und durch sie hindurch zu ziehen wie Wellen durch den Äther.

»Ja«, bestätigte er, »das kann ich.

Aber es bedarf enormer Anstrengung und Zeit. Alles, was ich in meinem … Partikelzustand tun kann, versteht ihr, ist zureden und empfehlen. Zureden und empfehlen. Und empfehlen …«

Das Bild Haktars auf der Couch schien zu wogen und zu schwanken, als hätte er Schwierigkeiten, durchzuhalten.

Er sammelte neue Kräfte.

»Ich kann«, sagte er, »winzigen Stückchen Raumschutt – der einen oder anderen winzigen Sternschnuppe, ein paar Molekülen hier, ein paar Wasserstoffatomen da – zureden und empfehlen, sich zusammenzutun. Ich ermuntere sie dazu. Ich kann sie so lange sticheln, bis sie Form annehmen, aber das dauerte viele Ewigkeiten.«

»Und hast du auch«, fragte Trillian wieder, »das Modell des zerschellten Raumschiffs hergestellt?«

»Äh … ja«, murmelte Haktar, »ich habe … einige Dinge gemacht. Ich bewege sie hin und her. Ich habe euch das Raumschiff gebaut. Es schien mir das beste zu sein.«

Irgendwas brachte Arthur dazu, seinen Beutel, den er auf das Sofa gelegt hatte, wieder an sich zu nehmen und festzuhalten.

Der Nebel von Haktars uraltem, zerschmettertem Geist umtanzte sie, als quälten ihn Angstträume.

»Ich hab's bereut, das kann ich euch sagen«, murmelte er kummervoll. »Ich hab's bereut, daß ich meine eigene Konstruktion für die Silastischen Waffenteufel sabotiert habe. Es war nicht meine Funktion, solche Entscheidungen zu treffen. Ich wurde geschaffen, um eine Aufgabe zu erfüllen und bin an ihr gescheitert. Ich habe meine eigene Existenz verleugnet.«

Haktar seufzte, und sie warten schweigend, daß er seine Erzählung wieder aufnähme.

»Ihr hattet recht«, sagte er schließlich, »ich päppelte die Bewohner des Planeten Krikkit bewußt mit meinen Ideen, bis sie auf demselben geistigen Niveau wie die Silastischen Waffenteufel waren und von mir den Bau der Bombe forderten, an der ich das erste Mal gescheitert war. Ich zog mich um den Planeten zusammen, hüllte ihn ein und hätschelte ihn. Unter dem Einfluß der Ereignisse, die ich herbeiführen, der Wirkungen, die ich hervorrufen konnte, lernten sie zu hassen wie Wahnsinnige. Ich wußte sie dazu zu bringen, am Himmel zu leben. Am Boden war mein Einfluß zu schwach.

Als sie dann ohne mich in die Zeitlupen-Hülle eingeschlossen waren, kamen ihre Reaktionen natürlich völlig durcheinander, und sie waren außerstande, irgend etwas zu schaffen.«

Na schön, na schön«, setzte er hinzu, »ich habe versuchte, meine Aufgabe zu erfüllen.«

Und ganz allmählich, sehr sehr langsam begannen die Bilder in der Wolke zu schwinden und sich behutsam aufzulösen.

Und dann unterbrachen sie das plötzlich.«

»Das Thema Rache stand natürlich auch noch zur Debatte«, sagte Haktar mit einer Schärfe, die neu in seiner Stimme war.

»Erinnert euch«, sagte er, »daß ich pulverisiert und dann Billionen von Jahren in diesem verkrüppelten, halb ohnmächtigen Zustand gelassen wurde. Ich hätte ehrlich ziemliche Lust, das Universum auszuradieren. Ihr würdet genauso empfinden, glaubt mir.«

Er machte wieder eine Pause, und Wirbel fegten durch den Staub.

»Aber zunächst«, sagte er, in dem sehnsüchtigen Ton wie vorher, »habe ich versucht, meine Aufgabe zu erfüllen. Na schön.«

Trillian sagte: »Kümmert's dich sehr, daß du gescheitert bist?«

»Bin ich denn gescheitert?« flüsterte Haktar. Die Erscheinung des Computers auf der Psychiatercouch begann wieder, sich langsam aufzulösen.

»Na schön, na schön«, psalmodierte die schwindende Stimme von neuem. »Nein, der Fehlschlag kümmert mich nun nicht mehr.«

»Du weißt, was wir zu tun haben?« sagte Trillian, deren Stimme kalt und sachlich war.

»Ja«, sagte Haktar, »ihr werdet mich auflösen. Ihr werdet mein Bewußtsein zerstören. Bitte, laßt euch nicht aufhalten – nach allen diesen Ewigkeiten ist Vergessen mein ganzes Sehnen. Falls ich meine Aufgabe nicht schon erfüllt habe, ist es nun zu spät. Vielen Dank und gute Nacht.«

Das Sofa verschwand.

Das Teetischchen verschwand.

Die Couch und der Computer verschwanden. Die Wände waren weg. Arthur und Trillian machten sich auf ihren seltsamen Weg zurück zur »Herz aus Gold«.

»Naja«, sagte Arthur, »das war's dann wohl.«

Die Flammen vor ihm tanzten höher und sanken dann in sich zusammen. Ein paar letzte Zuckungen, dann waren sie erloschen, und er stand vor nichts als einem Häufchen Asche da, wo vor wenigen Minuten noch die Hölzerne Säule von Natur und Geist gewesen war.

Er schaufelte sie aus dem Blecheinsatz des Gamma-

Barbecue-Grills der »Herz aus Gold« heraus, füllte sie in eine Papiertüte und ging in den Kontrollraum zurück.

»Ich meine, wir sollten sie zurückbringen«, sagte er. »Der Meinung bin ich ganz entschieden.«

Er hatte über dieses Thema schon mit Slartibartfaß eine Auseinandersetzung gehabt, und der alte Mann war schließlich verärgert weggegangen. Er war zu seinem eigenen Raumschiff, der »Bistromath« zurückgekehrt, hatte einen furchtbaren Krach mit dem Kellner bekommen und war schließlich in eine total subjektive Vorstellung dessen, was der Weltraum sei, entschwunden.

Der Streit war entstanden, weil Arthurs Idee, die Asche im selben Moment zu Lord's Cricket Ground zurückzubringen, in dem sie dort weggenommen worden war, bedeutete, daß man sich pünktlich eines Tages oder so hätte auf die Rückreise machen müssen, und das genau war dieses grundlose und unverantwortliche Herumgelungere zwischen den Zeiten, dem die Kampagne für die Realzeit Einhalt zu gebieten versuchte.

»Ja«, hatte Arthur gesagt, »aber versucht das mal dem MCC zu erklären«, und er wollte keinen Einwand mehr gegen diese Idee hören.

»Ich meine«, sagte er noch mal und unterbrach sich. Der Grund, warum er es nochmal sagte, war, daß ihm beim ersten Mal niemand zugehört hatte, und der Grund, weshalb er sich unterbrach, Arthur, daß ziemlich deutlich zu sehen war, daß ihm auch dieses Mal niemand zuhörte.

Ford, Zaphod und Trillian sahen aufmerksam auf den Monitor. Haktar löste sich unter dem Druck eines Vibrationsfeldes, das die »Herz aus Gold« in ihn hineinpumpte, langsam auf.

»Was hat er gesagt?« fragte Ford.

»Ich glaube, ich hörte ihn sagen«, sagte Trillian in einem Ton, als versuche sie, hinter ein Rätsel zu kommen, »›Was getan ist, ist getan … Ich habe meine Aufgabe erfüllt …‹«

»Ich meine, wir sollten sie zurückbringen«, sagte Arthur und hielt die Tüte mit der Asche in die Höhe. »Der Meinung bin ich ganz entschieden.«

33

Die Sonne beleuchtete friedlich eine Szene totaler Verwüstung.

Rauch wogte noch immer über den verbrannten Rasen, nachdem vor wenigen Augenblicken der Pokal mit der Asche von den Krikkit-Robotern entführt worden war. Leute liefen voller Panik durch den Rauch, rannten sich gegenseitig über den Haufen, fielen über Tragbahren, wurden verhaftet.

Ein Polizist versuchte, Wowbagger den Unendlich Verlängerten wegen beleidigenden Benehmens festzunehmen, war aber nicht in der Lage, den langen, graugrünen Fremdling daran zu hindern, in sein Raumschiff zu steigen und hochmütig davonzufliegen, wodurch noch mehr Panik und Lärm entstand.

Inmitten von all dem und nun bereits zum zweiten Mal an diesem Nachmittag materialisierten sich plötzlich Arthur Dent und Ford Prefect, die sich aus der »Herz aus Gold« hierher teleportiert hatten, während das Raumschiff in einem Park-Orbit um den Planeten kreiste.

»Ich kann alles erklären«, rief Arthur. »Ich habe die Asche! Sie ist hier in der Tüte.«

»Ich glaube, sie hören dir nicht zu«, sagte Ford.

»Ich habe auch geholfen, das Universum zu retten«, rief Arthur jemandem zu, der zuzuhören bereit war, mit anderen Worten: niemand.

»Das hätte doch wie eine Sensation einschlagen müssen«, sagte Arthur zu Ford.

»Hat's aber nicht«, sagte Ford.

Arthur sprach einen Polizisten an, der vorbeilief.

»Entschuldigen Sie«, sagte er. »Die Asche. Ich habe sie. Sie wurde eben von diesen weißen Robotern gestohlen. Ich habe sie hier in dieser Tüte. Sie war ein Bestandteil des Schlüssels zur Zeitlupen-Hülle, verstehen Sie, und ... na ja, den Rest raten Sie sicher selbst. Hauptsache ist, ich habe die Asche, und was sollte ich schon mit ihr machen?«

Das sagte ihm der Polizist, aber Arthur konnte sich höchstens denken, er habe es metaphorisch gemeint.

Er wanderte verzweifelt herum.

»Interessiert's denn niemanden?« schrie er. Ein Mann rannte an ihm vorbei, stieß ihn mit dem Ellbogen an, Arthur ließ die Tüte fallen und verstreute ihren Inhalt auf der Erde. Er starrte mit zusammengepreßtem Mund auf die Bescherung.

Ford sah ihn an.

»Kommste nu mit?« sagte er.

Arthur entfuhr ein tiefer Seufzer. Er blickte sich um auf dem Planeten Erde, und das zum allerletzten Mal, da war er sich jetzt sicher.

»Okay«, sagte er.

In dem Moment fiel ihm durch den sich verziehenden Rauch eines der Wicket-Tore ins Auge, das da trotz allem noch stand.

»Warte nochmal eine Sekunde«, sagte er zu Ford. »Als ich noch klein war ...«

»Kannst du mir's nicht später erzählen?«

»... war ich verrückt nach Kricket, verstehst du, aber ich war nicht sehr gut darin.

Oder ganz und gar nicht gut, wenn du das lieber hörst.

Und ich träumte immer davon, ziemlich töricht natürlich, daß ich eines Tages auf Lord's Cricket Ground den Ball werden würde.«

Er besah sich das von Panik ergriffene Gewühl ringsumher. Niemand würde sich groß drum kümmern.

»Okay«, sagte Ford müde. »Bring's hinter dich. Ich bin da drüben«, setzte er hinzu, »mich langweilt das.« Er ging weg und setzte sich auf einen rauchenden Rasenfleck.

Arthur erinnerte sich, daß bei ihrem ersten Besuch an diesem Nachmittag der Kricketball genau in seinem Beutel gelandet war, und kramte ihn danach durch.

Er hatte den Ball bereits gefunden, als ihm auffiel, daß das gar nicht mehr derselbe Beutel wie vorhin war. Trotzdem lag da der Ball zwischen seinen Souvenirs aus Griechenland.

Er nahm ihn raus und rieb ihn an seiner Hüfte blank, spuckte drauf und polierte ihn nochmal. Er legte den Beutel auf den Boden. Er würde diese Sache so erledigen, wie es sich gehörte.

Er warf den kleinen, harten, roten Ball von einer Hand in die andere und spürte sein Gewicht.

Mit einem hinreißenden Gefühl der Leichtigkeit und Sorglosigkeit schlenderte er von dem Wicket-Tor weg in die andere Richtung, Mittelschnelles Tempo, beschloß er, und maß einen schönen langen Anlauf ab.

Er sah in den Himmel hinauf. Die Vögel flatterten darin herum, ein paar weiße Wolken jagten über ihn hinweg. Die Luft wurde durch das Getöse der Polizei- und Krankenwagensirenen und das Schreien und Kreischen der Menschen in Aufruhr gebracht, aber er fühlte sich sonderbarerweise glücklich und von all dem nicht berührt. Denn er würde jetzt auf Lord's Cricket Ground einmal den Ball werfen.

Er drehte sich um und scharrte ein paarmal mit seinen Schlafzimmerpantoffeln den Boden. Er straffte die Schultern, warf den Ball in die Luft und fing ihn wieder auf.

Er setzte sich in Trab.

Während er rannte, sah er, daß an dem Wicket-Tor ein Schlagmann stand.

Na, wunderbar, dachte er, das tut ein übriges …

Als dann seine rennenden Füße ihn näher herantrugen, sah er deutlicher. Der Schlagmann, der an dem Wicket-Tor bereitstand, gehörte nicht zum englischen Kricket-Team. Er gehörte nicht zum australischen Kricket-Team. Er gehörte zum Krikkit-Robot-Team. Es war ein kaltschnäuziger, hartherziger, todbringender weißer Killer-Roboter, der vermutlich nicht mit den anderen zu seinem Raumschiff zurückgekehrt war.

Eine ganze Menge Gedanken purzelten in dem Moment in Arthur Dents Kopf durcheinander, aber er schien außerstande mit Rennen aufzuhören. Die Zeit schien wahnsinnig, wahnsinnig langsam zu vergehen, aber offenbar war er trotzdem nicht imstande, mit Rennen aufzuhören.

Während er sich wie durch Sirup bewegte, drehte er langsam seinen von Sorgen geplagten Kopf und sah auf seine Hand, die Hand, die den kleinen, harten, roten Ball hielt.

Seine Füße stampften langsam weiter, unaufhaltsam, während er auf den Ball starrte, den seine hilflose Hand gepackt hielt. Der Ball gab ein dunkelrotes Glühen von sich und blitzte hin und wieder auf. Und seine Füße stampften noch immer unerbittlich vorwärts.

Er blickte wieder auf den Krikkit-Roboter, der in eisiger Reglosigkeit und Entschlossenheit vor ihm stand, die Kampfkeule schlagbereit erhoben. Seine Augen glühten in einem dunklen, kalten, betörenden Licht, und Arthur konnte den Blick nicht von ihnen wenden. Er meinte, in zwei Tunnel zu sehen – an deren beiden Enden nichts zu existieren schien.

Einige der Gedanken, die in diesem Augenblick in seinem Kopf durcheinanderpurzelten, waren diese:

Er kam sich wahnsinnig dämlich vor.

Er hatte den Eindruck, er hätte vielleicht etwas aufmerksamer ein paar Dinge beachten sollen, die er gehört hatte, Sätze, die jetzt in seinem Kopf rumstampften, während seine Füße weiter auf die Stelle zutrampelten, wo er unweigerlich den Ball dem Krikkit-Roboter übergäbe, der ihm unweigerlich mit der Keule einen Schlag versetzen würde.

Er erinnerte sich an Haktars Worte: »Bin ich denn gescheitert? Der Fehlschlag kümmert mich nicht mehr.«

Er rief sich die Bedeutung der letzten Worte Haktars in Erinnerung: »Getan ist getan. Ich habe meine Aufgabe erfüllt.«

Er erinnerte sich an Haktars Worte, es sei ihm gelungen, »ein paar Dinge« zu tun.

Er erinnerte sich der plötzlichen Bewegung in seinem Reisebeutel, die ihn veranlaßt hatte, ihn fest an sich zu pressen, als er in der Großen Staubwolke war.

Er erinnerte sich, daß er in der Zeit um einige Tage zurückgereist war, um nochmal zu Lord's Cricket Ground zu gelangen.

Er erinnerte sich auch, daß er kein sehr guter Werfer war.

Er fühlte, wie sein Arm herumfuhr, den Ball fest im Griff, von dem er jetzt sicher wußte, daß er die Supernova-Bombe sei, die Haktar selbst gebaut und ihm angedreht hatte, die Bombe, die dem Universum ein plötzliches, allzu frühes Ende bereiten würde.

Er hoffte und betete, es möge kein Leben nach dem Tode geben. Dann bemerkte er, daß hier ein Widerspruch vorlag, und so hoffte er nur noch, es möge kein Leben nach dem Tode geben.

Es würde ihn sehr, sehr peinlich berühren, wenn er dann alle wiedersähe.

Er hoffte, er hoffte, er hoffte, daß sein Werfen so schlecht sei, wie er es in Erinnerung hatte, denn das schien ihm jetzt noch das einzige zu sein, das zwischen diesem Augenblick und dem universalen Vergessen lag.

Er spürte seine Beine stampfen, er fühlte seinen Arm

herumfahren, er merkte, wie sich seine Füße in dem Beutel verhedderten, den er dummerweise vor sich auf der Erde hatte liegen lassen, er merkte, wie er unbeholfen nach vorne fiel, aber da er den Kopf so schrecklich voll mit anderen Dingen hatte, vergaß er total, auf dem Boden aufzutreffen, und tat es auch nicht.

Den Ball noch immer fest in der Rechten, schwirrte er hoch in die Lüfte, wimmernd vor Überraschung.

Er flatterte und wirbelte durch die Luft und ließ sich trudeln, ganz wie's ihn gefiel.

Er kurvte mit hektischem Geflatter hinab zur Erde, während er die Bombe gleichzeitig unauffällig so weit wegschleuderte, wie er nur konnte.

Er stürzte von hinten auf den verblüfften Roboter los. Der hielt noch immer seine Vielzweck-Kampfkeule erhoben, hatte aber mit einemmal nichts mehr, auf das er schlagen konnte.

Mit einer plötzlich wahnsinnigen Steigerung seine Kräfte entwand Arthur dem überraschten Roboter die Kampfkeule, vollführte in der Luft eine atemberaubende Schrägwendung, raste in wütendem Sturzflug wieder abwärts und schlug mit einem irrsinnigen Hieb dem Roboter seinen Roboterkopf von den Roboterschultern.

»Kommst du nun endlich?« fragte Ford.

Epilog

Und am Ende reisten sie wieder.

Es kam eine Zeit, da hatte Arthur keine Lust mehr dazu. Er sagte, der Bistromathic-Drive habe ihm die Augen darüber geöffnet, daß Zeit und Entfernung ein und dasselbe seien, daß Geist und Universum ein und dasselbe seien, daß Intuition und Realität ein und dasselbe seien, und daß man, je mehr man reise, desto mehr an einer Stelle hocken bleibe, und daß er nun lieber mal für eine Weile mit ein paar Dingen an einer Stelle hocken bleibe und alles in seinem Geist sortiere, der nun ja ein und dasselbe wie das Universum sei, darum sollte es eigentlich nicht allzu lange dauern, und er könnte sich hinterher mal richtig ausschlafen, ein bißchen Flugtraining einlegen und kochen lernen, was er schon immer habe machen wollen. Die Dose griechisches Olivenöl war jetzt sein teuerster Besitz, und er sagte, die Art und Weise, wie es unerwartet in seinem Leben aufgetaucht sei, habe ihm von neuem ein ganz bestimmtes Gefühl der Einheit der Dinge gegeben, das ... das ihm den Eindruck vermittle, daß ...

Er gähnte und schlief ein.

Am Morgen, als sie ihn gerade zu irgendeinem ruhigen und idyllischen Planeten schaffen wollten, wo es sie nicht stören würde, wenn er solches Zeug redete, empfingen sie plötzlich einen computergesteuerten Notruf und legten einen Umweg ein, um mal nachzusehen.

Ein kleines, aber anscheinend gut erhaltenes Raumschiff aus der Merida-Klasse schien in komischen kleinen Hüpfern durch die Leere zu schaukeln. Ein kurzer Computertest zeigte, daß das Schiff in Ordnung war, daß sein Computer in Ordnung war, nur sein Pilot war verrückt.

»Halbverrückt, halbverrückt«, protestierte der Mann tobend, als sie ihn an Bord ihres Raumschiffs brachten.

Er war Journalist beim *Täglichen Sternenreporter*. Sie beruhigten ihn erstmal und schickten Marvin zu ihm rein, der ihm Gesellschaft leisten sollte, bis er verspräche, sich zu bemühen, vernünftig zu reden.

»Ich war gerade dabei«, sagte er schließlich, »von einem Prozeß auf Argabuthon zu berichten.«

Er hob mühsam seinen mageren, verfallenen Oberkörper, seine Augen blickten wild. Sein weißes Haar schien jemandem, den es im Nachbarzimmer erkannt hatte, zuzuwinken.

»Ruhig, ruhig«, sagte Ford. Trillian legte ihm besänftigend die Hand auf die Schulter.

Der Mann sank wieder zurück und starrte an die Dekke der Krankenstation des Raumschiffs.

»Der Fall«, sagte er, »spielt jetzt keine Rolle mehr, aber es gab einen Zeugen … einen Zeugen … einen Mann namens … Prak. Ein seltsamer, schwieriger Mann. Man war schließlich gezwungen, ihm eine Droge zu verpassen, damit er die Wahrheit sagte, eine Wahrheitsdroge.«

Seine Augen rollten hilflos in ihren Höhlen.

»Sie gaben ihm zu viel davon«, sagte er leise wimmernd. »Sie gaben ihm viel zu viel.« Er begann zu weinen. »Ich glaube, die Roboter haben den Arzt bei der Spritze geschubst.«

»Roboter?« fragte Zaphod scharf. »Was denn für Roboter?«

»Irgendwelche weißen Roboter«, flüsterte der Mann heiser, »drangen in den Gerichtssaal ein und stahlen dem Richter sein Zepter, das argabuthonische Zepter der Gerechtigkeit, ein häßliches Ding aus Plexiglas. Ich weiß nicht, warum sie es unbedingt wollten.« Wieder begann er zu weinen. »Und ich glaube, sie schubsten den Arzt …«

Er ließ den Kopf schlaff, hilflos und traurig von einer Seite zur anderen pendeln und kniff die Augen vor Schmerz zusammen.

»Und als dann der Prozeß weiterging«, sagte er mit weinerlichem Flüstern, »forderten sie Prak zu etwas Verhängnisvollem auf. Sie forderten ihn auf«, er hielt inne und zitterte, »die Wahrheit zu sagen, die ganze Wahrheit und nichts als die Wahrheit. Nur … versteht ihr jetzt?«

Er erhob sich plötzlich wieder auf seine Ellbogen und brüllte sie an.

»Sie hatten ihm viel zu viel von der Droge gegeben!«

Er brach wieder zusammen und stöhnte leise. »Viel zu viel zu viel zu viel zu ...«

Die vier Leute neben seinem Bett sahen einander an. Gänsehaut zeigte sich auf Rücken.

»Was geschah?« fragte Zaphod endlich.

»Oh, er sagte sie natürlich«, sagte der Mann rasend, »nach allem, was ich weiß, sagt er sie derzeit noch immer. Merkwürdige, schreckliche Dinge ... schreckliche, schreckliche Dinge!« schrie er.

Sie versuchten, ihn zu beruhigen, aber er richtete sich wieder mühsam auf und stützte sich auf die Ellbogen.

»Schreckliche Dinge, unbegreifliche Dinge«, schrie er, »Dinge, die einen verrückt machen können!«

Er starrte sie wild an.

»Oder wie in meinem Fall«, sagte er, »halbverrückt. Ich bin Journalist.«

»Sie wollen damit sagen«, sagte Arthur ruhig, »daß Sie gewohnt sind, der Wahrheit ins Auge zu sehen?«

»Nein«, sagte der Mann und zog verwirrte die Stirn kraus. »Ich wollte damit sagen, daß ich mir eine Ausrede einfallen ließ und den Gerichtssaal früher verließ.«

Er fiel in ein Koma, aus dem er nur einmal und ganz kurz erwachte.

Bei dieser Gelegenheit bekamen sie folgendes aus ihm heraus.

Als deutlich wurde, was passierte und daß Prak nicht mehr aufzuhalten war, die Wahrheit in ihrer absoluten und endgültigen Form zu sagen, wurde der Gerichtssaal geräumt.

Nicht nur geräumt, er wurde versiegelt, und nur Prak allein blieb drin. Man errichtete Stahlwände um ihn herum und installierte, nur um ganz sicher zu sein, Stacheldrahtverhaue, Elektrozäune und Krokodilsümpfe und zog drei größere Armeen zusammen, damit nie jemand in die Lage geriete, Prak reden zu hören.

»Das ist aber schade«, sagte Arthur. »Ich hätte ihn gern

gehört, was er zu sagen hatte. Wahrscheinlich hätte er gewußt, wie die Frage nach der allerletzten Antwort lautet. Es hat mich immer gewurmt, daß wir nie dahintergekommen sind.«

»Denke dir eine Zahl aus«, sagte der Computer, »eine x-beliebige Zahl.«

Arthur nannte dem Computer die Telefonnummer der Zugauskunft im Bahnhof King's Cross und sagte als Begründung, irgendeine Funktion müsse das doch haben, und das stelle sich vielleicht als sie heraus.

Der Computer gab die Zahl dem wiederhergestellten Unendlichen Unwahrscheinlichkeitsdrive ein.

In der Relativität sagt die Materie dem Raum, wie er sich biegen soll, und der Raum sagt der Materie, wie sie sich zu bewegen hat.

Die »Herz aus Gold« sagte dem Raum, er solle sich verknoten, und legte säuberliche im Inneren der Stahlwand um den Gerichtssaal von Argabuthon an.

Der Gerichtssaal war ein nüchterner Raum, ein großer, dunkler Saal, deutlich für die Justiz errichtet und weniger – sagen wir mal – zur Freude. Man käme nie auf die Idee, eine Dinnerparty darin abzuhalten – zumindest keine gelungene. Die Ausstattung würde die Gäste melancholisch machen.

Die Decken waren hoch, gewölbt und sehr dunkel. Schatten lauerten dort mit grimmiger Entschlossenheit. Die Täfelung der Wände und der Richterbank, die Verkleidungen der massigen Säulen, alles war aus den dunkelsten und herbsten Bäumen des schrecklichen Waldes von Arglebard gearbeitet. Das massive, schwarze Podium der Gerechtigkeit, das die Mitte des Saales beherrschte, war ein Monstrum an Würde. Wenn es einem Sonnenstrahl jemals gelungen wäre, sich so weit in das Justizgebäude von Argabuthon hineinzuschleichen, er wäre umgedreht und auf schnellstem Wege wieder hinausgeschlichen.

Arthur und Trillian waren als erste drin, während Ford und Zaphod hinter ihnen sie mutig bewachten.

Zuerst erschien der Saal absolut dunkel und verlassen. Ihre Schritte hallten im ganzen Saale wider. Das kam ihnen merkwürdig vor. Alle Verteidigungsanlagen um das Gebäude waren noch in Stellung und intakt, sie hatten Rastertests vorgenommen. Deshalb hatten sie auch angenommen, das Die-Wahrheit-Sagen müsse immer noch im Gange sein.

Aber nichts war da.

Als sich ihre Augen endlich an die Finsternis gewöhnt hatten, erspähten sie in einer Ecke ein mattes, rotes Glimmen und hinter dem Glimmen einen lebendigen Schatten. Sie richteten eine Taschenlampe auf ihn.

Park rekelte sich faul auf einer Bank und zog lustlos an einer Zigarette.

»Hi«, sagte er und winkte ihnen andeutungsweise zu. Seine Stimm echote durch den Saal. Er war ein kleiner Mann mit zottigem Haar. Er saß mit vorgebeugten Schultern da, Kopf und Knie wackelten ununterbrochen.

Sie starrten ihn an.

»Was ist los?« fragte Trillian.

»Nichts«, sagte der Mann mit wackelnden Schultern.

Arthur leuchtete Prak mit seiner Taschenlampe voll ins Gesicht.

»Wir dachten«, sagte er, »Sie würden hier immer noch die Wahrheit sagen, die ganze Wahrheit und nichts als die Wahrheit.«

»Ach das«, sagte Prak. »Ja, das habe ich. Damit bin ich aber fertig. Es gibt nicht annähernd so viel Wahrheit, wie die Leute sich das vorstellen. Aber manches ist ziemlich ulkig.«

Er brach plötzlich für etwa drei Sekunden in ein irres Gelächter aus. Danach saß er wieder da und wackelte mit dem Kopf und den Knien. Mit einem seltsamen halben Lächeln zog er an seiner Zigarette.

Ford und Zaphod traten aus dem Schatten näher heran.

»Erzählen Sie uns davon«, sagte Ford.

»Ach, ich kann mich an gar nichts mehr erinnern«, sagte Prak. »Ich hatte mal vor, einiges aufzuschreiben, aber erst fand ich keinen Bleistift, und dann dachte ich, was soll's?«

Es trat ein langes Schweigen ein, in dem sie zu spüren meinten, wie das Universum ein wenig älter wurde. Prak starrte in das Taschenlampenlicht.

»Überhaupt nichts?« sagte Arthur schließlich. »Sie erinnern sich an überhaupt nichts?«

»Nein. Ich weiß nur noch, daß die meisten guten Stellen von Fröschen handelten.«

Plötzlich schrie er wieder vor Lachen und stampfte mit den Füßen auf den Boden.

»Einige von den Sachen über Frösche würdet ihr einfach nicht glauben«, ächzte er. »Kommt, gehen wir raus und suchen uns einen Frosch. Jungejunge, ich werde sie in ganz neuem Licht sehen!« Er sprang auf und vollführte ein winzigkleines Tänzchen. Dann blieb er wieder stehen und nahm einen langen Zug aus seiner Zigarette.

»Suchen wir uns einen Frosch, damit ich über ihn lachen kann«, sagte er schlicht. »Nebenbei, wer seid ihr eigentlich, Leute?«

»Wir sind nur Ihretwegen hergekommen«, sagte Trillian, die die Enttäuschung in ihrer Stimme absichtlich nicht verbarg. »Ich heiße Trillian.«

Prak schüttelte den Kopf.

»Ford Prefect«, sagte Ford Prefect und zuckte die Schultern.

Prak schüttelte den Kopf.

»Und ich«, sagte Zaphod, als er der Meinung war, das Schweigen sei wieder tief genug, um eine Mitteilung von solcher Tragweite locker einzuwerfen, »bin Zaphod Beeblebrox.«

Prak schüttelte den Kopf.

»Wer ist denn der Knabe da?« fragte Prak und wies mit wackeligen Schultern auf Arthur, der einen Moment lang schweigend und in enttäuschten Gedanken versunken dastand.

»Ich?« sagte Arthur. »Oh, mein Name ist Arthur Dent.«

Prak sprangen beinahe die Augen aus dem Kopf.

»Ernsthaft?« schrie er. »Du bist Arthur Dent? *Der* Arthur Dent?«

Er taumelte zurück, griff sich an den Magen und bog sich von neuen in Lachkrämpfen.

»Mann, daß ich ausgerechnet *dir* begegne!« stöhnte er. »Jungejunge!« schrie er, »du bist der aller … huh, du stellst ja noch die Frösche in den Schatten!«

Er heulte und kreischte vor Lachen. Er fiel hintenüber auf die Bank. Er brüllte und schrie, von Hysterie geschüttelt. Er weinte vor Lachen, er zappelte mit den Beinen in der Luft, er trommelte sich auf die Brust. Nach und nach beruhigte er sich schwer atmend. Er sah sie an. Er sah Arthur an. Heulend vor Lachen fiel er wieder nach hinten. Dann schlief er endlich ein.

Arthur stand da mit zuckenden Lippen, während die andren den bewußtlosen Prak in das Raumschiff trugen.

»Bevor wir Prak aufsammelten«, sagte Arthur, »wollte ich euch verlassen. Das will ich auch immer noch, und ich meine, ich sollte das so schnell wie möglich tun.«

Die anderen nickten schweigend. Ein Schweigen, das ein wenig gestört wurde, durch das stark gedämpfte, ferne Geräusch hysterischen Gelächters, das aus Praks Kabine am äußersten Ende des Raumschiffs herübertönte.

»Wir haben ihn befragt«, fuhr Arthur fort, »oder vielmehr ihr habt ihn befragt – ich, wie ihr wißt, darf ihm ja nicht nahekommen –, ihr habt ihn nach allem gefragt, aber er hat offensichtlich wirklich nichts zusagen. Bloß das gelegentliche kleine Erinnerungsschnipselchen und Dinge, die ich nicht hören will, über Frösche.«

Die anderen versuchte ernst zu bleiben.

»Und ich bin schließlich der erste, der über einen guten Witz lacht«, sagte Arthur und mußte erst mal warten, bis die anderen aufhörten zu lachen.

»Ich bin der erste ...« Er unterbrach sich. Diesmal unterbrach er sich, um auf die Stille zu hören. Es herrschte diesmal tatsächlich Stille, und die war sehr plötzlich eingetreten.

Prak war still. Tagelang hatten sie mit dem irren Dauerlachen gelebt, das durchs ganze Schiff hallte und nur gelegentlich von kurzen Phasen unterbrochen wurde, in denen er leise kicherte oder schlief. Arthurs ganze Seele krampfte sich paranoisch zusammen.

Das hier war nicht die Stille des Schlafs. Ein Summer ertönte. Ein Blick auf eine Anzeigentafel sagte ihnen, daß Prak auf den Summer gedrückt hatte.

»Es geht ihm nicht gut«, sagte Trillian ruhig. »Das dauernde Lachen macht seinen Körper völlig kaputt.«

Arthurs Lippen zuckten, aber er sagte nichts.

»Wir sehen wohl besser mal nach ihm«, sagte Trillian.

Trillian kam aus der Kabine und hatte ihr ernstes Gesicht aufgesetzt.

»Er möchte, daß du reinkommst«, sagte sie zu Arthur, der sein mürrisches und schmallippiges Gesicht aufgesetzt hatte. Er schob die Hände tief in die Taschen seines Morgenrocks und versuchte, sich irgendwas zu überlegen, was er sagen könnte, das sich nicht kleinkariert anhörte. Es erschien furchtbar gemein, aber ihm fiel nichts ein.

»Bitte«, sagte Trillian.

Er zuckte die Schultern und ging hinein und nahm sein mürrisches, schmallippiges Gesicht mit, trotz der Wirkung, die das stets auf Prak hatte.

Er sah auf seinen Peiniger hinunter, der, aschgrau und verfallen, still auf seinem Bett lag. Sein Atem ging sehr flach. Ford und Zaphod standen am Bett und blickten verlegen drein.

»Du wolltest mich etwas fragen«, sagte Prak mit schwacher Stimme und hüstelte leise.

Schon dieses Hüsteln ließ Arthur völlig steif werden, aber es ging vorbei und legte sich.

»Woher weißt du das?« fragte er.

Prak zuckte schwach mit den Schultern. »Weil's wahr ist«, sagte er einfach.

Arthur ergriff die Gelegenheit.

»Ja«, sagte er schließlich ziemlich geziert, »ich hatte tatsächlich eine Frage. Oder was ich vielmehr habe, ist die Antwort. Und ich wollte wissen, wie die Frage lautet.«

Prak nickte mitleidig, und Arthur entkrampfte sich ein bißchen.

»Es ist … nun ja, es ist eine lange Geschichte«, sagte er, »aber die Frage, die ich gern wüßte, ist die Große Frage nach dem Leben, dem Universum und dem ganzen Rest. Alles, was wir davon wissen ist, daß die Antwort ›Zweiundvierzig‹ lautet, und das ist ja etwas mißlich.«

Wieder nickte Prak.

»Zweiundvierzig«, sagte er. »Ja, das stimmt.«

Er machte ein Pause. Gedanken- und Erinnerungsschatten gingen über sein Gesicht hinweg wie Wolkenschatten über das Land.

»Es tut mir leid«, sagte er schließlich, »aber die Frage und die Antwort schließen sich gegenseitig aus. Die Kenntnis der einen schließt konsequenterweise die Kenntnis der anderen aus. Es ist unmöglich, daß man jemals beide im selben Universum kennen wird.«

Wieder machte er eine Pause. Enttäuschung schlich sich auf Arthurs Gesicht und machte sich's an ihrem gewohnten Platz bequem.

»Aber«, sagte Prak und bemühte sich, Ordnung in einen Gedanken zu bringen, »wenn es trotzdem geschieht, so scheint es, daß Frage und Antwort sich gegenseitig aufheben und das Universum einfach gleich mitnehmen, das dann durch etwas noch Bizarreres und Unbegreiflicheres ersetzt wird. Es ist möglich, daß das bereits passiert ist«, setzte er schwach lächelnd hinzu, »aber darüber besteht ein gewisses Maß an Ungewißheit.«

Ein kleines Kichern ging durch ihn hindurch.

Arthur setzte sich auf einen Hocker.

»Na schön«, sagte er resignierend, »ich hatte halt gehofft, es gäbe so etwas wie einen Grund für alles.«

»Kennst du«, sagte Prak, »die Geschichte vom Grund?«

Arthur sagte, er kenne sie nicht, und Prak sagte, das wisse er, daß er sie nicht kenne.

Er erzählte sie ihm.

»Eines Nachts«, erzählte er, »tauchte ein Raumschiff am Himmel eines Planeten auf, der noch nie eins erblickt hatte. Der Planet hieß Dalforsas, das Raumschiff war das hier. Es tauchte als leuchtender neuer Stern auf, der langsam über den Himmel zog.

Primitive Eingeborene, die auf den kalten Hügeln hockten, sahen von ihren dampfenden Nachttrünken auf, zeigten mit zitternden Fingern nach oben und schworen, sie hätten ein Zeichen gesehen, ein Zeichen ihrer Götter, das besage, daß sie sich nun endlich erheben und hingehen und die bösen Prinzen der Ebene erschlagen müßten.

Von den hohen Türmen ihre Paläste blickten die Prinzen der Ebene nach oben und sahen den leuchtenden Stern und verstanden ihn als unmißverständliches Zeichen ihrer Götter, hinauszuziehen und über die verwünschten Eingeborenen von den Kalten Hügeln herzufallen.

Und zwischen ihnen blickten die Waldbewohner zum Himmel empor und sahen das Zeichen eines neuen Sterns, und sahen es mit Furcht und Bangen, denn obwohl sie noch nie so etwas gesehen hatten, wußten sie doch genau, was es ihnen prophezeite, und sie neigten verzweifelt ihre Häupter.

Sie wußten, wenn es Regen gab, war es ein Zeichen.

Wenn der Regen nachließ, war es ein Zeichen.

Wenn sich die Winde erhoben, war es ein Zeichen.

Wenn sich die Winde legten, war es ein Zeichen.

Wenn im Lande um Mitternacht bei Vollmond eine Ziege mit drei Köpfen geboren wurde, war es ein Zeichen.

Wenn im Lande irgendwann am Nachmittag ohne jedes Komplikation eine völlig normale Katze oder Kuh oder auch nur ein Kind mit Stupsnase das Licht der Welt erblickte, wurde auch das oft als ein Zeichen verstanden.

Und so gab es keinen Zweifel, daß ein neuer Stern am Himmel ein Zeichen ganz besonderer Art sei.

Und jedes neue Zeichen bedeutete dasselbe – daß nämlich die Prinzen der Ebene und die Eingeborenen von den Kalten Hügeln im nächsten Augenblick wieder mal wie wahnsinnig aufeinander einschlagen würden.

Das wäre an sich nicht so furchtbar gewesen, wenn die Prinzen der Ebene und die Eingeborenen von den Kalten Hügeln sich nicht immer den Wald dafür ausgesucht hätten, um wie wahnsinnig aufeinander einzuschlagen, und es waren stets die Waldbewohner, die bei diesen Hügeln am schlechtesten davonkamen, obwohl das Ganze, soweit sie sahen, nie irgendwas mit ihnen zu tun hatte.

Und ein paar Male, nach einigen der allerschlimmsten Keilereien, schickten die Waldbewohner einen Boten entweder zum Anführer der Prinzen der Ebene oder zum Anführer der Eingeborenen von den Kalten Hügeln und verlangten, den Grund für dieses unerträgliche Benehmen zu erfahren.

Und der Anführer, ganz gleich, welcher es auch war, nahm dann den Boten beiseite und erklärte ihm langsam und genau und unter ausführlicher Beachtung der nicht wenigen Details den Grund.

Und das Schreckliche daran war, es war ein sehr guter Grund. Er war sehr klar, sehr vernünftig und realistisch. Der Bote ließ dann immer den Kopf hängen, war traurig und kam sich dämlich vor, weil ihm nicht klar gewesen war, wie unsentimental und kompliziert die reale Welt war, und auf welche Schwierigkeiten und Widersprüche man sich einzulassen hatte, wenn man in ihr Leben wollte.

›Begreifst du jetzt?‹ sagte der Anführer dann immer.

Der Bote nickte stumm.

›Und du verstehst, daß diese Schlachten stattfinden müssen?‹

Wieder ein stummes Nicken.

›Und warum sie im Wald stattfinden müssen und es in jedermanns Interesse liegt, dem der Waldbewohner inklusive, daß das so ist?‹

›Äh ...‹

›Im Grunde genommen?‹

›Äh ja.‹

Und dem Boten war der Grund klar, und er kehrte zu seinen Leuten im Wald zurück. Aber als er fast wieder zu Hause war, als er so unter den Bäumen durch den Wald wanderte, entdeckte er, daß er von dem Grund sich an nichts weiter erinnern konnte, als daß ihm das Argument wahnsinnig einleuchtend erschienen war. Aber wie es tatsächlich gelautet hatte, daran konnte er sich absolut nicht mehr erinnern.

Und das war natürlich ein großer Vorteil, als die Eingeborenen und die Prinzen das nächste Mal sich ihren Weg durch den Wald hackten und brannten und jeden Waldbewohner töteten, der ihnen begegnete.«

Prak unterbrach seine Erzählung und hustete gotteserbärmlich.

»Ich war der Bote«, sagte er, »nach den Schlachten, die das Erscheinen eures Raumschiffs heraufbeschworen hatten und die besonders grausam waren. Viele unserer Leute starben. Ich dachte, ich könnte mir den Grund nochmal sagen lassen. Ich ging zurück und bekam ihn von dem

Anführer der Prinzen mitgeteilt, aber auf dem Rückweg entschlüpfte und entschwand er mir aus dem Kopf wie Schnee in der Sonne. Das ist viele Jahre her, und vieles ist seither geschehen.«

Er blickte zu Arthur hoch und kicherte wieder ganz leise.

»Es gibt etwas anderes, woran ich mich von der Wahrheitsdroge her noch erinnern kann, von den Fröschen mal abgesehen. Und das ist Gottes letzte Botschaft an seine Schöpfung. Möchtet ihr die hören?«

Einen Moment lang wußten sie nicht, ob sie ihn ernst nehmen sollten.

»Is wahr«, sagte er. »Bestimmt. Ich mache keinen Spaß.«

Seine Brust hob sich schwach, und er rang nach Atem. Sein Kopf zitterte leicht.

»Als ich das erste Mal hörte, wie die Botschaft lautet, war ich nicht sehr beeindruckt davon«, sagte er, »aber wenn ich mir jetzt überlege, wie beeindruckt ich von dem Grund war, den mir der Prinz genannt hatte, und wie schnell ich mich überhaupt nicht mehr an ihn erinnern konnte, dann denke ich, sie könnte am Ende viel hilfreicher sein. Möchtet ihr wissen, wie sie lautet? Ja?«

Sie nickten stumm.

»Das hatte ich mir gleich gedacht. Wenn sie euch dermaßen interessiert, schlage ich euch vor, ihr fahrt los und sucht sie. Sie steht in zehn Meter hohen Feuerbuchstaben auf dem Gipfel der Quentulus-Quazgar-Berge im Lande Sevorbeupstry auf dem Planeten Preliumtarn, dem dritten von der Sonne Zarss im galaktischen Sektor QQ7 Aktiv J Gamma aus gesehen. Er wird durch die Lajestische Vantra-Schale von Loob geschützt.«

Dieser Mitteilung folgte ein langes Schweigen, das schließlich von Arthur unterbrochen wurde.

»'schuldigung, wo ist das?« fragte er.

»Sie steht«, wiederholte Prak, »in zehn Meter hohen

Feuerbuchstaben auf dem Gipfel der Quentulus-Quazgar-Berge im Lande Sevorbeupstry auf dem Planeten Preliumtarn, dem dritten von …«

»'schuldigung«, sagte Arthur, »welche Berge?«

»Die Quentulus-Quazgar-Berge im Lande Sevorbeupstry auf dem Planeten …«

»Welches Land war das? Ich hab's nicht genau mitgekriegt.«

» Sevorbeupstry auf dem Planeten …«

»Sevor … was?«

»Um Himmels willen, Mann«, sagte Prak und starb vor Ärger.

In den folgenden Tagen dachte Arthur ein wenig über diese Botschaft nach, aber dann beschloß er, sich von ihr nicht ablenken zu lassen, und bestand auf seinen ursprünglichen Plan, sich irgendwo einen netten kleinen Stern zu suchen, auf dem er sich niederlassen und ein stilles, zurückgezogenes Leben führen könne. Nachdem er an einem einzigen Tag das Universum gleich zweimal gerettet hatte, meinte er, daß er die Dinge von nun an ein bißchen lockerer sehen könne.

Sie setzten ihn auf dem Planeten Krikkit ab, der nun wider ein idyllische Hirtenwelt war, auch wenn Arthur die Lieder gelegentlich auf die Nerven gingen.

Er verbrachte viel Zeit mit Fliegen.

Er lernte, sich mit den Vögeln zu verständigen, und entdeckte, daß ihre Gespräche unglaublich langweilig waren. Sie drehten sich allesamt um Windgeschwindigkeiten, Spannweiten, Kraft-Gewicht-Relationen und zu einem beträchtlichen Teil um Beeren. Wenn man erst mal die Vogelsprache erlernt hat, so entdeckte er, kommt man leider sehr schnell dahinter, daß die Luft stets voll von nichts anderen als geistlosen Vogelgeschwätz ist. Man kann sich ihm einfach nicht entziehen.

Aus diesem Grund gab Arthur schließlich seinen Sport

auf und lernte, am Boden zu leben und es zu mögen, trotz des vielen geistlosen Geschwätz, das er auch da unten hörte.

Eines Tages spazierte er gerade durch die Felder und summte ein entzückendes Liedchen vor sich hin, das er vor kurzem gehört hatte, als plötzlich ein silbernes Raumschiff vom Himmel herunterkam und vor ihm landete.

Eine Luke öffnete sich, eine Rampe wurde ausgefahren, und eine lange, graugrüne, fremdartige Gestalt trat heraus und kam auf ihn zu.

»Arthur Phili ...«, sagte sie, sah ihn scharf an und war feinen Blick auf ihren Klemmblock. Sie zog die Stirn kraus. Dann blickte sie wieder zu Arthur hoch.

»Ich hatte dich doch schon mal, oder?« sagte sie.